記不起

THE NAME GAME

鈴木收
Osamu Suzuki

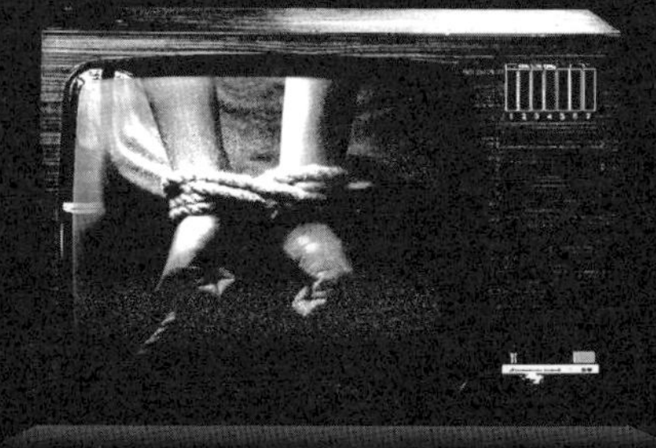

Pre Start

如果你有空的話，可以跟我聊一聊，聽我說說話嗎？雖然可能會耽誤你稍微久一點。那麼，就從我還記得的部分開始說起。

英國的動物學家萊爾・華特森（Lyall Watson）曾經寫過一本書叫《大象傳奇》（Elephantoms），書中提到一九八一年時，他在非洲發現了三隻大象——原本以為會找到一大群的，沒想到卻只找到三隻。而經過六年之後，又失去了一隻大象，於是就只剩下兩隻大象相依為命。剩下的兩隻大象中，一隻是母象，另一隻是小象。兩隻大象為了要生存下去，所以不斷地向前走著。但是，又過了三年，終於只剩下母象形單影隻了。同伴死去了，小孩、家族，全都離自己而去。如果你是這隻母象的話，你會怎麼做呢？

除了人類之外，幾乎沒有其他物種會有自殺的行為。在鼠類中有一種「旅鼠」，當群聚的數量劇烈增加，旅鼠便會以數年為周期集體躍入大海溺斃自殺，藉此調整整體的數量。話雖如此，但像人類一樣，因為在人生中失去希望就去自殺的動物可以說是完全沒有。因此，不論如何這隻母象也只能繼續活下去，別無他途。只能活著、繼續不斷向前邁進。母象就這麼孤單地持續往前走去。

然而，又過了幾年，在非洲大陸上也看不到這隻母象的蹤影了。難道母象也死了嗎？不，並非如此。動物學家華特森非常確定母象只是到了某個地方去了而已。為什麼會這麼想呢？因為華特森小的時候，曾在南非的某個地方見到過讓他一生難忘的光景。

少年時期的華特森，曾經看過一隻大象站在懸崖邊，眼前是一片茫茫大海。這隻象就這樣一直站在懸崖邊，看起來似乎是在等待著什麼，那畫面真的充滿了寂寞的況味。不過，其實這隻大象並不是平白無故來到這座懸崖的。牠是非來這邊不可。

過了不久，大象眼前的那片廣闊無邊的海平面，突然衝出了龐然大物。沒錯，浮出水面的正是一頭巨大的藍鯨。藍鯨朝著大象游去，掀起萬丈波瀾。

大象跟藍鯨是偶然在這邊相遇的嗎？當然不是！據說大象跟藍鯨可以用人類聽不到的低周波頻率互相溝通。沒錯！想必是這隻失去同伴的大象，把大海中唯一的一頭藍鯨喚來的吧。懸崖上的大象，一定有很多話想要跟漂浮在海中的藍鯨說。雙方都擁有聰明而碩大的腦袋，以及長長的壽命，活在這個世界上會伴隨著多少痛苦，能夠了解並共享箇中滋味的伙伴，也只有彼此了。

大象及藍鯨。

他非常喜歡這個故事。不過也很有可能只是因為我很喜歡講這個故事。不管怎麼說，當我在說這個故事的時候，他要不就是會一臉開心地聽著，要不就是一臉陰沉地聽著。

1st Stage

1 圍著彩色圍巾的男子

那天，我等待著那個男人歸來。我穿著最令自己滿意的黑色西裝，以及圍著自己最喜歡的圍巾。我所擁有的圍巾，全都是色彩斑斕的類型，那天我帶出來的是其中顏色變化最搶眼的那條。

神田達也先生。我在接下來要展開的遊戲中擔任執行者，負責提出問題。那天是我們第一次碰面，我在達也先生家的客廳等待著。超過二十坪大的客廳，被純白色的牆圍住，有許多家具是玻璃製品，整個空間走簡潔風，可以說沒有多餘的物品。能夠擁有一間這麼像樣的家，真不愧是電視台的高層啊。像我這樣年收入微薄的人，人生中根本就不可能擁有「把客廳設計得寬敞些」這個選項。這樣的事情我是不可能辦得到的。

在這個值得炫耀的房子裡，我選在白色牆壁上釘了兩根比手掌還長一些的釘子。話說在全白的牆上釘上兩根釘子的感覺啊，不是有人說過罪惡感反而會給人帶來快感嗎？大家在小時候，一定都有用腳把螞蟻的巢穴給踏平掩埋的經驗吧？就像是那樣的快感。在牆上扎實地釘上兩根釘子，前端就會留下圓圓的兩個洞。一般來說這邊應該是要用繩子打結綁起來的，不過我啊，則是把手銬給掛出來了呢。那副手銬是在保全用品專賣店買到的。

在保全用品專賣店竟然買得到手銬，不覺得很奇怪嗎？難道手銬會用在SM道具之外的用途嗎？這很正常嗎？我相信絕對沒有人會在保全用品專賣店裡頭買手銬。女性在購買自慰用的電動按摩棒時，表現得「脖子好僵硬、好痠痛」的樣子，這些店員通通都看在眼裡。在這個世界上偶而也會有像這樣的事情，我想說的就是這個。

話題回到手銬上，我買了兩副那樣的手銬，總共大約一萬五千圓左右。這種不具有保全功用的手銬，我就這樣喀鏘掛到牆上的釘子，一根釘子掛一副。在相距大約一公尺左右的兩根釘子上，各自掛著一副手銬，這讓我感覺自己好像變成了一個警官。

然後，這兩副手銬，還真的就銬住了某人的手腕。在白色的牆前張開雙臂，那姿態就好像被釘在十字架上似的。掛在釘子上的手銬，確確實實地把「他」的手牢牢銬住了。

「他」就是和也，神田和也，是達也先生的兒子。他身上所穿的制服外套，充分展現出以升學為主的好學校氛圍。不好意思，他的嘴巴被膠帶貼住了現在沒辦法說話。

順道一提，父親叫做達也，兒子叫做和也，對於這樣的名字不曉得聽到的人會有什麼看法？大概是很喜歡《TOUCH 鄰家女孩》這部漫畫吧。想必夫妻兩人都非常喜歡喔。在為小孩取名的時候，受到喜歡的漫畫或是卡通左右，對於這樣的事情大家又是怎麼想的呢？我個人其實是非常討厭啦。連取名字這種小事，為人父母的都還要這麼任性妄為。真令人感到悲哀。

和也的脖子上套著鐵製的項圈，我想應該很清楚這不是為了流行裝飾而去戴的項圈吧？項圈的右側，一個黑色、形狀像枇杷的東西緊密套在頸動脈上，飄散出怪異的氛圍。一旁還有一個一模一樣的鐵製項圈，套在一顆蘋果上。奢華的飯廳中，有一張裝腔作勢的大理石餐桌，上頭放著一顆蘋果。在蘋果的旁邊，也有一個鐵製的黑色枇杷，同樣散發著詭異的氛圍。

和也現在雙手都銬著手銬，身體無法移動，眼睛一直盯著我看。

準備工作已經完成。現在就只剩下等待達也先生回來了。

晚上十點十八分。遊戲開始了。

客廳的門打開了，房間內電燈開啟，眼前突然一片光明，達也先生「哇！」地尖叫了一聲，彎腰腿軟跌倒在地。沒想到他會嚇這麼大一跳呢。可能是因為平常習慣的生活空間，突然有了不一樣的變化吧。對達也先生來說，和也出現在這個家裡頭，就已經是很大的變化。因為他們目前並沒有住在一起。再者，不該出現在這間房子裡的和也，雙手被釘在牆上的手銬牢牢銬著，更是讓他感到突兀。不過最讓他訝異的，相信莫過於我這個陌生男人出現在他家裡面吧。如此強烈的驚嚇，足以在瞬間將平衡感從人的骨架中奪走。也因此達也先生才會腰一軟跌坐在地。

像現在這種狀況，要從頭一一開始說明實在是不可能的事情。首要之務，我想是明確指出主從關係，讓達也先生清楚了解該聽誰的話，這才是最重要的事情。

——突然闖進貴宅真的很不好意思，就用這個來代替招呼吧。

我的右手拿著遙控器，朝著桌上的蘋果按了個按鈕。緊接著，與日常生活最背離、最難以想像的事情發生了。

轟！爆炸了。套在蘋果上的項圈產生反應，蘋果應聲爆裂，變成粉末，四散碎裂。安置蘋果的桌子也炸出了一個洞，就像水都乾掉了的水坑一樣。真不愧是裝腔作勢的大理石餐桌。

和也在旁邊也目睹了整個爆炸過程，連結著手銬的身體，像是剛被釣上岸的魚一樣拚命扭動，然而情況一點也沒有改變。這一幕幕的畫面，也全部都映入達也先生眼中。不僅身體，就連每個細胞都感到懼怕，如此一來應該會讓人全身無力吧。

這樣的場面，對接下來我要說的一句話非常重要。我從口袋裡拿出另外一個遙控器，並對著和也說道：

——下一次，我會對著你脖子上的項圈按下這個按鈕，然後你的頭，就會像那顆蘋果一樣四散炸裂喔。

把人類的頭比喻成「蘋果」並不是隨性的發言，我可是經過深思熟慮的。有點說過頭了，這讓我感到不太好意思，不過畢竟這是一場遊戲，就請多見諒吧。

和也一邊看著達也先生，一邊啪搭啪搭地抖動著被手銬銬著的雙手死命掙扎。他乞求著父親的幫助。然而，身為父親的達也先生，身體及細胞卻依舊不聽使喚。連站起來都辦不到，看來似乎也只能理解眼下的狀況，理解到除了照我說的話做別無他法了。

——你是……達也先生吧？在那邊的是你可愛的兒子和也，對吧？

——和也！

達也先生好不容易總算擠出聲音來，叫了「和也」的名字。

那麼，在危急的狀況橫擺在眼前時，人們最先感受到的會是什麼呢？那就是「無力感」啊！眼下的狀況應該就是給人這樣的感覺吧。

——接下來我會開始說明，請全部都以現實的狀況照單全收。

——這是怎麼回事？這是怎麼回事？這到底是怎麼一回事，到底是怎麼一回事啊？

看來恐慌已經將他的辭彙都奪走了。一句「這是怎麼回事」都不知道說了幾次。

——和也，你今年是高二的學生對吧？你們平常都是分開生活的，已經很久沒碰面了吧？

——為什麼和也會在這裡？到底怎麼回事？這到底是怎麼一回事？

——請你冷靜下來！這麼慌張對事情一點幫助都沒有！

話有點說得太多了。這非常重要。在危急的情況中，人若能重新恢復理智，就會開始去思考解決眼下狀況的策略。在想出策略的那一瞬間至關重要。

人類的生命就是一連串選擇所組成的。例如，發現自己賴床睡過頭已經遲到了，那麼「選項」就浮現了。應該要飛跳起來，趕快換好衣服，然後衝到公司去呢？還是就當作感冒了直接請一天假呢？因為沒有辦法休假，所以決定要到公司去。那麼，應該要打電話跟公司聯絡嗎？遲到已經成為既定的事實，該怎麼做才能把傷害降到最低呢？是不是應該寫個電子郵件給公司的後輩呢?就謊稱自己因為感冒了身體狀況不佳，到醫院去看病了，所以才會遲到。
就像這樣，人的腦袋一旦開始進行這種小小詭詐的算計，「選項」就會一一浮現。因此，在這種時候最重要的重點，就是要讓對方覺得自己「沒得選擇」。要先預測到對方有在思考這件事。
——請不要想著要趁隙打電話報警喔。
緊接著再次秀出遙控器讓他們看。這個舉動可以加深「孩子的生死掌握在他人手中」的印象。
——我是會毫不猶豫按下按鈕的人，如此一來事情會如何演變誰都不知道，對吧?
——到底是為了什麼?是為了錢嗎?
——為了要搶錢的話，有必要特地去做這麼多麻煩又瑣碎的事嗎?
對方已經差不多要恢復理性了，必須要加諸以不同種類的恐懼才行。因此我這麼說道:
——你啊，讓好多人都因為你而寂寞傷心啊，這個惡貫滿盈的男人。
——這話是什麼意思?
——你對很多人做了許多讓人感到悲傷難過的事情，這樣你應該就能聽懂了吧?
透過以上這段話，我讓達也先生了解到我是以「神田達也的所作所為」為出發點，藉此讓他感受到另外一層的恐懼感。喜歡看電視的人，或許會知道達也先生是收視率非常高的機智問答節目製作人，然而「惡貫滿盈的男人」這句話一出，想必讓達也先生的體溫瞬間下降許多。

是時候宣布達也先生有哪些該做的事情了。在說明整個來龍去脈的時候，我想我臉上的表情一定會是充滿笑意的吧。

——現在，有個機智問答的遊戲要讓你來挑戰看看！

接下來達也先生將進行的機智問答遊戲，題目就是：

——這個機智問答的遊戲題目就是，名片遊戲，Ｔｈｅ Ｎａｍｅ。

2　神田達也

終於！過了四十歲，我所負責的電視節目，總算紅起來了！還記得在電視台擔任製作人，已經是三十歲左右的事情了。剛進公司時，我是在事業部負責活動，好不容易才在三十歲時轉戰節目製作。不過，儘管年過三十，但我仍是從ＡＤ（助理導播）開始做起。因為是從局裡面過來的，所以完全沒有任何特別的待遇，就這樣努力撐了五年，總算成為製作人了！

可惜，我擔任製作人所負責的電視節目，那可是我所負責的電視節目啊！才半年就停播了！那根本就不是我造成的，但整個氛圍卻滿懷惡意地把矛頭指向我。真教人受不了。喔不，說不定這一切對我來說是好事呢。

我所負責製作的是遊戲節目，邀請藝人到節目中來用身體嘗試各式各樣的挑戰。不過那都是一些絕對不會造成傷害的遊戲啊！我想大家都看過用龍蝦的螯夾住嘴唇的戲碼吧？這只不過就是傳統綜藝節目的梗罷了。那天來到攝影棚的是一個男偶像，他接在通告藝人後面接受挑戰。只是龍蝦的螯夾上嘴唇而已，然後啊，就不知道為什麼那天龍蝦的螯竟然出奇尖銳，真的就只有那天這樣。男偶像的嘴唇邊，被夾出了兩吋長的傷痕。剛開始還以為是在做效果呢。大家都笑成了一團。但是，那個男偶像用手摀住嘴巴，鮮紅色的血液從他的指縫間流淌出來，整個手掌都染紅了。真正的血液，其實一開始看起來並不像血，這你知道吧。鮮紅色的血看起來就像是假的，那些騙人的血看起來根本就是紅色墨水。然而，當我們意識到那些看起來像是化學製造的假血，其實是真的血液時，一旁前來探班的女遊客立刻從笑聲轉變成尖叫。這是真的嗎？龍蝦真的會用螯夾傷人，而且還能造成那麼大的傷痕？

後來我才知道，為了要執行龍蝦大螯夾嘴唇的挑戰遊戲，某些執行製作會把龍蝦的螯修整得鈍一些，但我怎麼會知道這種事情啊！我根本就不知道龍蝦的螯原來如此銳利，簡直就像刀子一樣。

結果，這位男偶像，傷口被縫了兩針。這個在嘴唇旁邊會不會留下疤痕，倒是成為我們電視台的重大問題。結果這個節目不得不喊出暫停，而整個製作團隊被炒魷魚的，就只有我一個人。

就是從那時候開始。我被大家當成是掃把星，完全沒有任何一個節目的製作團隊願意讓我加入。我明明是一個領人薪水的上班族，但卻完全沒有辦法做事，實在是太痛苦了。更重要的是我還持續收到薪水！這真的讓我有巨大的罪惡感。

這樣的事情真的沒有辦法向由美說明。在事業部任職的時候，有位前輩約我一起參加空姐聯誼。聯誼活動中，我認識了由美。當時還是男人對空姐趨之若鶩的年代。不過我啊，實在很不會應付派對之類的場合。大家可能都會認為在電視台上班的人，應該都很喜歡參加派對，華而不實只懂玩樂，不過在裡頭，也有很多人是完全不同類型的。電視台的形象，應該是像燦爛而光亮的太陽一樣。然而，身處陽光照射不到的角落，在陰暗面樸實地生活著的人也非常多。

我就是如此。大學時代我因為喜歡機智問答的遊戲，所以進入了機智問答研究會，同時內心也期待著哪天可以進入電視台，製作與機智問答相關的電視節目。剛才可能沒有講得很清楚，其實說實在的，在電視台工作這件事情，對吸引某些女性來說還是挺管用的。

人生第一次參加空姐的聯誼，所遇到的對象就是由美。我拿由美喜歡的藝人所舉辦的演唱會門票，當作一個誘因，順利地得到了由美，甚至在半年後讓她懷孕了。

結婚之後，到了和也三歲左右，我調動工作到節目製作組。過了三十歲才要去當助理導播，我原本以為由美會持反對意見，沒想到她竟很乾脆地同意了。由於工作的關係，我在家的時間突然變得非常少，由美當然沒什麼問題，和也則是偶而會寄放在由美的娘家，讓他開始學習單字之類的。有了小孩之後，我才開始對於有孩子的人生感到興奮。事情就是從那時候開始的。

可以製作電視節目，對我來說真的是從大學時代以來就一直深深期待的夢想。因此每當回到家的時候，不管怎麼樣我一定都會在由美及和也面前露出笑容。藉著燦爛笑容的演出，表現出我對現在的人生非常滿意的心情。當然不能實話實說對吧？雖說是搞笑節目的製作人，但卻在公司裡惹出了這麼大的風波。

在龍蝦事件之後，我身為一個三十多歲的節目製作人，卻成為被發配邊疆的對象。部長還曾經說過，我不僅是發配邊疆，甚至是遠到天崖海角去了。

——你在這一、兩年內，如果可以靠自己做出一個爆紅的節目，我就讓你調動到別的部門去。

也就是說做不出好的節目就完蛋了不是嗎？但是像我這樣的人，在公司根本不可能有機會站上打擊區的，不是嗎？我拚了命地撰寫企劃書，然而根本就過不了關。說什麼「這樣的企劃已經出現過了」、「這個梗過時了」、「沒有話題性」、「連保送的機會都沒有」等等的，在上個禮拜所說的理由，到這禮拜會完全大逆轉，這就是當時的狀況。我發覺自己努力提出的企劃，根本只是部長發洩壓力的工具罷了。再這樣下去，根本不可能製作任何一個節目，想要調動就更是難如登天了，我被這樣的恐懼感緊緊包圍著。

——好可憐喔。

這句話還真的很適合用在當時的我身上。一旦周遭的人發現我是個「可憐的傢伙」之後，我整個人就會開始散發出「可憐」的氛圍。就好像去吃了燒肉之後，衣服上的燒烤味道揮之不去一樣。我的身體、我的背影，全都散發著「可憐」的氣味，完全無法消除。

到了我三十八歲左右，四十大關已經來到眼前，但我仍舊還沒製作出任何一檔節目，工作上也始終在低檔徘徊、難以翻身。有次當我在辦公桌前寫著企劃書的時候，有個比我小三歲但已經製作出當紅節目的製作人，看到我之後用非常小的聲音說道：

——那個人的人生已經過氣了吧，像這樣活著有什麼樂趣可言呢。

在那個當下，我覺得他倒不如大聲講出來還比較好。壓低聲音反而更具渲染力，真懂得怎麼讓八卦傳開來啊。不愧是強打者、名演員。非常了解用什麼樣的音量才能夠一擊中的、形成重傷害啊。

那時候我所撰寫的企劃書，也是機智問答類型的節目，主要是為了揭開動物以及自然界的神祕面紗所做的企劃。

在此先岔一下話題，你知道侏儒黑猩猩這種動物嗎？侏儒黑猩猩是一種類人猿，專家學者們在得知侏儒黑猩猩是人類以及黑猩猩共同的始祖之後，便把這個物種從黑猩猩的範疇中分割出來。侏儒黑猩猩主要的棲息地是在剛果。關於侏儒黑猩猩，有一個相當有趣的特徵，人類是唯一會使用正常體位性交的動物，不過其實侏儒黑猩猩也會。而且，雌雄兩性性交並非只是為了傳宗接代，也只有人類和侏儒黑猩猩而已。侏儒黑猩猩的性交行為，其實是類似日常的招呼，同時也是為了緩和緊張的社交氣氛，這樣的說法似乎更貼近於事實。因此侏儒黑猩猩和一般會為了爭奪地盤而大打出手的黑猩猩不同，在侏儒黑猩猩之間幾乎都不會發生任何紛爭。

如何？跟人類真的很像對吧？換句話說，真的很可惜。差一點點就可以進化成人類了，真是太可惜了。

我在網路上看到這些資訊之後，我就對侏儒黑猩猩變得非常著迷。在公司裡面不是有很多人會說我「真可憐啊」，絕大部分都是一些看不起我的人。這些人會不會跟我有同樣的想法，對可惜沒能進化成人類的侏儒黑猩猩抱持著高度興趣。如果是這些人的話，一定可以把事情幹得很漂亮的吧。沒辦法，這些胡思亂想的念頭一直在我的腦海裡，閃爍著刺眼的光芒。

侏儒黑猩猩的故事觸發了我的想像，我思考著，是不是可以將動物及自然界中，那些類似都市傳說的故事或流言，都一一拍攝下來，用來當作機智問答的素材。不過，光是這樣我想是不夠的。部長曾經說過：「一個好的節目必須要有三倍的爆點！」在這之中有將「機智問答」和「人生閱歷豐富精彩的料理大師」兩個元素加起來，相乘之下變成收視率居高不下的「料理節目」；也有把「猜對排名」以及「如果沒有全部猜對就不能回家」這兩套模式，運用在「大家常去的餐廳所提供的菜單」這樣的節目中，同樣人氣飆升。

——你所寫的企劃書，一直以來都沒有三倍加乘的特色。

在惹部長生氣的時候，雖然想著之後要做到三倍加乘效果，然而那個當下所規劃的動物及自然界的神祕事件機智問答，同樣也差了臨門一腳。

不過就在這時候，我聽到了天啟。真的很感恩。我的學弟，線上火紅的製作人，所說的一句話。

——那個人的人生已經過氣了吧，像這樣活著有什麼樂趣可言呢。

就是這麼一句話。在他說出口的那一剎那，我腦中的一部分突然「轟」地燃燒起來。拜託地球的引力好好地把我的屁股給拉住，不要讓我就這樣站起來。要理性一點啊！可不能衝上前去揍人啊，我努力阻止自己。我還聽到他說：「那傢伙雖然在節目製作的領域是前輩，可是在人生經歷上，說起來是我的後輩吧。」我壓抑著、忍耐著。

那句話，現在回想起來真的是很氣人。在人生經歷上是我的前輩，這種話一點意義都沒有，所以當時我並沒有在意。不過「過氣」這字眼倒是在我腦海中揮之不去。

那時候，靈感突然閃現。不然我就來當一個過氣的人吧，因為對我來說，我本身就是自己最同情的人。

有很多女藝人，因為對培養人才的事務所來說已經沒有戰力可言了，所以就會被淘汰。這對事務所來說其實是最困擾的一件事，因為女藝人跟男藝人大不相同，隨著年紀越來越大，女藝人在工作上可以選擇的項目就會越來越少。

所以我們就以過氣的女藝人為主題，把這些即將被事務所淘汰的女藝人集合起來，一起來做一個綜藝節目吧。讓過氣的女藝人們，去搜尋從未被拍攝過的動物及自然界的祕辛，去捕捉這些難得的畫面。如果拍不到好畫面的話，那這個女藝人就會被事務所炒魷魚，並從此退出演藝圈。「動物及自然界的祕辛」X「機智問答」X「過氣女藝人」，這樣算起來就是三重火力了！

我在企劃書上寫著「侏儒黑猩猩是除了人類之外，唯一會採用正常體位性交的動物。一個禮拜以內，如果過氣女藝人沒辦法拍到侏儒黑猩猩採正常體位性交的畫面，那這位女藝人就必須接受被事務所裁員的命運！」

甚至我還在企劃書中寫上「過氣的製作人——神田達也」。

在審閱這個企劃案時，部長的表情看起來相當有趣，就好像是在說「這傢伙總算是崩壞了啊」！企劃都隨便做做，還寫上自己是「過氣的人」。如果再逼迫他的話，以作為一個人來說，他說不定會徹底崩潰。上司想必是認為如果演變成不可收拾的地步就太麻煩了。在那時候我明白了，原來瘋狂的舉動有時候是可以打動上司的。

一開始是得到一次機會，在深夜時段播放。這真的是一大奇蹟啊。三十歲的過氣女藝人堀田香織，拍到了侏儒黑猩猩採正常體位性交的畫面。堀田一邊拍攝侏儒黑猩猩以正常體位做愛的畫面，一邊忍不住嚎啕大哭。可以看到動物在性交，還可以看到女藝人崩潰大哭，真的很棒不是嗎？就連事務所上上下下也都興奮起來。這一集的節目大獲好評，儘管是深夜時段卻也創下了高收視率。緊接著再播出兩集特別節目，之後就在黃金時段成為固定節目了。每個禮拜六晚間七點，「全民大猜謎！祕辛搜查員出動！」準時播出。過氣女藝人一舉由黑翻紅，就連DVD也非常熱銷。以現在的環境，能夠像這樣擊出兩次安打，對電視台來說可是非常難得的。

短短的三年時間，一個被認為是可憐蟲的傢伙，竟然搖身一變成為社內的紅牌製作人。周圍的人態度可真的是都轉變了呢。之前我提出企劃案的時候，那些人根本連正眼都不肯瞧一眼，然而當製作出了一個爆紅節目之後，他們翻閱我的企劃書態度就完全不同了。附加價值對人來說還真是厲害啊。明明都是同一個人寫出來的東西，卻因為有了附加價值就得到全然不同的對待方式。

終於啊終於，終於。我終於製作出當紅節目，成為一個有附加價值的人了。

但是啊但是，那傢伙到底是在想什麼啊！這天我一回家，才剛打開客廳的電燈，印入眼簾的景象我想我永遠無法忘懷。我的兒子和也雙手被手銬牢牢銬在牆壁上，然後蘋果爆炸了。讓蘋果炸得粉碎的炸彈，現在也掛在和也的脖子上。恐懼已經先行占據整個心思，理性在後頭怎麼追也追不上啊！

穿著黑色西裝，圍著彩色圍巾的男子，不知怎麼的給人的感覺就是有點噁心，喔不，是非常非常的噁心。他突然說道：

——現在，我準備了一個機智問答遊戲要讓你來挑戰看看。這個遊戲的名字就是「The Name。」

3 圍著彩色圍巾的男子

The Name，這是一個機智問答遊戲，主要是出題給當紅的人氣製作人猜答案的。哎呀，這些題目我可是深思熟慮才想出來的喔。

達也先生，我想我就算這麼快就把問答遊戲的主題跟你說，以你目前的理智恐怕還沒有辦法好好理解吧。

我想這是理所當然的。畢竟你剛踏進家門，就猛然看到就讀高中的兒子雙手被手銬銬在客廳的白色牆壁上。再加上我的手中握有一個遙控器，只要我的拇指一按，安裝在兒子頭上的東西，就會把頭給炸飛。

該怎麼說呢？狗急跳牆？我以人工的方式創造了一個懸崖，幾分鐘之內就讓達也先生深其中。想要救出自己的兒子，唯一的辦法就是答對我所出的題目。

——自從你的節目紅了之後，你整個人都變了。一直以來所累積的仇恨，今天就一次解決吧。

聽到我這句台詞，想必已經能夠了解我並不是一個單純的節目粉絲，而是為了達到某個目的才會進到這個家裡頭來。

——你似乎有點搞錯節目製作人的權力了。

人們都說日子一天一天在過，人的想法總會漸漸地被看透，這真是件可怕的事情。如果被一個初次見面的陌生人看透，那更是如此。

——你想說什麼？你到底想幹什麼？

達也先生從喉嚨深處把聲音擠出來，看來必須要把The Name的遊戲規則跟他說明一下了，畢竟時間所剩無幾。

——你的腦袋還有辦法好好運作嗎？

——什麼意思？

——有個說法是，人類的腦只使用了百分之二，這個你知道吧？

有專家指出，人類的大腦真的很浪費，只使用了百分之二而已，不過，還是有人可以發揮超過百分之二的腦力。讓大腦好好發揮作用的人還是存在的。

自由潛水的選手就是如此。他們透過控制心跳次數的方式讓心跳速度變慢，於是便可以潛入更深的水域，並待更長的時間。想要練就那樣的體力，光是鍛鍊肌肉是不夠的。那麼，該怎麼做呢？

關鍵就在於腦力的訓練。透過訓練將腦中控制呼吸及心臟的煞車器移除。如果腦中專司痛覺的部位壞掉的話，應該就不會感覺到痛了，對嗎？比方說，用大頭針的尖銳處插進食指指腹，感覺到痛的其實是腦袋而不是肌膚。全部都是大腦在作祟。然而，大腦也是可以透過訓練來加以控制的。將煞車器移除是辦得到的。沒錯，越是努力使用，大腦越能充分發揮。

——所以今天也請你讓大腦發揮出超乎平常的能力吧。

——我到底該怎麼做？到底我要怎麼做你才願意放過和也？

他的話語裡總算流露出慌張的情緒，所以可以跟他說了。該如何讓達也先生的大腦發揮潛力呢？我可是很貼心的，所以會好好仔細說明。我不會就這樣放著不管。

像是排除電腦故障的服務中心，或是搜尋網路上的資料庫，往往都只能找到懂電腦的人才看得懂的資料。這就是放任不理。一點都不貼心。我會貼心地為達也先生作說明的。因為說明得越清楚，將能帶給達也先生的大腦越多恐懼的成分。

我的個性真是不乾不脆？是啊，我知道。

——大腦中有一個稱為海馬迴的部分。寫起來就是海中的馬。這個你知道吧。

我想應該很多人都聽過海馬迴。在大腦正中央附近，直徑一厘米、長五厘米，差不多就像通心粉一樣吧。這個部位在大腦中有什麼功用呢？

送進大腦中的所有資訊，都會先儲存在海馬迴，在此判斷資訊是需要或是不需要的。所以海馬迴可以說是大腦分析情報的地方。

人類只要活著，眼睛就時時刻刻都會看到各項事物、耳朵會聽到許許多多的聲音、鼻子會聞到各種味道或香氣。不管是很努力在打拚的人，或是平白浪費生命的人，只要還活著，就會接收到大量的情報。

很了不起不是嗎？這些情報真的是很公平的。早上起床之後一路到車站的過程中，不管是富人也好、窮人也罷，資訊全都一視同仁地滿街橫溢。如果把所有看到的畫面、聽到的聲音，全部都變成記憶儲存在大腦中的話，那應該很快就塞滿了。家裡的有線電視機上盒硬碟也是如此，若是把喜歡的節目大量地預錄下來，那容量很快就會不敷使用，對吧？

所以真的要很感謝大腦裡有海馬迴的存在，它將所有進入大腦的資訊分成需要的以及不需要的，適切地做好整理的工作，同時把不必要的垃圾資訊清除掉。

像是今天早上所搭乘的電車，車廂裡擠了滿滿的人，因為同時間有非常多令人不舒服的資訊橫擺在眼前，海馬迴就趕緊開始工作把不需要的資訊刪除。然而，在為數眾多的垃圾資訊中，如果眼前的女性身上穿的內衣顏色會從襯衫透出來的話，海馬迴就會將內衣的顏色判別為「需要留存」的資訊。真是太優秀了不是嗎？哎呀，不過這麼詳細地向人氣機智問答節目的製作人達也先生，說明海馬迴的運作模式，說起來也真是太失禮了。

——海馬迴是什麼東西啊？

——如果沒了海馬迴的話，那肯定會完蛋的吧？因為，如此一來就沒有可以暫時儲存記憶的地方了。

沒錯，的確是有人的海馬迴沒辦法正常發揮功能。如果因為意外事故不幸傷到海馬迴的話，在事故發生前的記憶都會好好保存著，然而卻沒有辦法儲存新的記憶。這是理所當然的，因為分析篩選記憶的負責單位已經故障了嘛。所以，如果海馬迴受傷的話，那麼一天過後就會把當天發生的所有事情都忘記。根據每個人的狀況不同，有些人能保有十個小時的記憶，但也有只能保有一個小時記憶的狀況。

真的很可憐呀。不過，也不全然都是壞事，因為只要有討厭的事情，也同樣會忘光光。

我向達也先生做確認。

——你的海馬迴是正常運作的，對吧？

——你到底想說什麼？

本來想要開始說明遊戲規則的，沒想到卻談到大腦以及海馬迴的話題去了。不過，總之我就是想要說這些。

——如果有正常運作的話，那麼想必海馬迴正在你的大腦裡努力分析著必要以及不必要的資訊。

達也先生看起來非常焦躁。看來差不多了，可以來進行發表了。

我從右邊的口袋中拿出The Name這個機智問答遊戲所需要用到的道具。如果沒有這個道具的話，遊戲就玩不成了。

那就是名片！我看起來應該是有點興奮吧。我將六張名片送到達也先生的眼前。

——這些東西在你的海馬迴中，是被判定為需要的資訊，還是不需要的呢？

怎麼樣？感覺很像是英國電視台裝腔作勢的機智問答節目主持人吧？不過我真想更帥氣地去說這些事情。因為你想想看，兒子的命運掌控在我手中，說必須要參與機智問答才可以，然而出現在眼前的道具卻是名片，是名片呢！

提供名片的達也先生，現在好像吃到從來沒吃過的食物一般，聽得出來語氣中透露著膽怯。

——這些名片，到底要拿來作什麼？

於是我告訴他，這個名片到底要做什麼用。

——這些都是你曾經拿過的名片啊！我是從你公司過去所收到的為數眾多的名片中拿過來的，總共有六張。

——我曾經拿到的名片？為什麼我拿到的名片會在你手上？

沒有時間去理會這種因為害怕而提出的問題了，我接著進行下一個步驟。因為要開始進行遊戲，光是有名片還不夠。我將手機拿了出來。

——你要打電話給誰？

——我要叫人過來。

電話通了，我只說了一句「麻煩了。」然後便掛上電話。這句話就是暗語。你要打電話給誰？答案很快就會揭曉。因為我打電話找的人，早就在這個家的二樓待命了。

幾個人從一直敞開著的客廳白色大門走進來，這些人就是Ｔｈｅ Ｎａｍｅ這個遊戲的題目。三位男性、兩位女性，總共五個人。這五個人全都穿著白色的睡衣。

有人說，白色代表著清潔、純粹、純真、天真無邪的感覺對嗎？所以婚紗才會都使用白色系。不過，也有人說白色代表著冷漠、毫無感情，是種貧瘠的顏色。像是醫院的病床、病房，乃至於醫生及護士的制服，都是採用全白的顏色，我想應該沒有人對此不會感到微微的害怕。

眼下的狀況也是如此。這五個男女不需要鮮明的性格，我想把他們的獨特性都掩蓋掉，並且希望他們能帶給人微微的恐懼感。所以我讓這五個人清一色都穿著白色的睡衣，在白色的牆前站成一排。

我特意作這樣的安排，是為了掌控所有細節的呈現。現在就來根據排列的順序及性別，以及達也先生一開始認識這幾個人的資訊，一一說明。

一號，男性，大約是超過二十五歲，體型肥胖，看來似乎很喜歡碳水化合物以及碳酸飲料。

二號，女性，大約是超過三十五歲，留著露出耳朵的短髮，如果用美女以及非美女的標準來分的話，她是屬於後者。

三號，男性，超過三十五歲。是身材結實的大光頭，眼神流露出超乎必要的強勢。

四號，女性，超過二十五歲，留著蓋住胸部的長髮，巨大的胸脯將頭髮都往前擠了。

五號，男性，超過二十五歲，身高大約一百八十公分，身材纖瘦，眼神透露出沒有自信的懦弱。

不好意思，以上的說明我加入了許多個人好惡，為此我特別說聲抱歉。

突然有五個穿著全白服裝的男女，從家裡的二樓走下來，達也先生理所當然地放聲喊道：

——這些到底是什麼人啊？

現在，差不多該來說明遊戲規則了。

在達也先生的名片夾中，有難以計數的名片，從裡頭挑選出來的六張名片，再次拿到達也先生的面前，接著我向他說明最重要的關鍵。

——這些人，就是這幾張名片的持有者。

沒錯，我手裡拿著的名片，正是屬於這幾個好不容易進到房子來的人。我再一次重複剛剛所說過的話。

——這些名片，透過你的海馬迴篩選之後，是儲存下來的，或是被剔除了呢？

我露出堅定的表情，擺出主持人的架勢。

——他們都曾經遞名片給你，並介紹過自己的名字，所以你應該都記得他們的名字才對吧？

我能夠清楚感覺到達也先生的臉部溫度瞬間往下降。因為要救雙手被手銬銬在牆上的兒子一命，條件就是挑戰這個遊戲，並且要答對問題。這個遊戲就是：

——請將你所拿到的這幾張名片，一一發還給站成一排的這幾個人。

——發還名片？

——只要你還錯一個，就出局了！

——出局？

——如果你答錯的話，你的兒子就要代替你犧牲囉。

很簡單，就是把自己曾經拿到的名片，再還給名片的主人而已。真的，就是這麼簡單。不過，光是如此，恐怕一般人都很難做到。

這就是The Name這個遊戲的玩法。

4 神田達也

從以前到現在，我曾收到過的名片應該有幾百，喔不，應該有幾千張，其中有一些到了那個人的手裡。如今，曾經給我名片的人之中，有五個人來到了我面前。

名片。在我變成知名製作人之後，所拿到的名片數量，跟完全沒有製作出好節目的時候相比，增加了三倍之多。本來就是這麼一回事，人們往往都會對得勢者有較高的期待，名片的數量就是最好的說明。

當然，有些人在交換了名片之後還是有再碰面。不過，也是有對方記得我，但我對對方完全沒印象的狀況。遞名片的人和接收名片的人，這兩者之間的從屬關係絕不是對等的，不是嗎？誰都希望可以成為一個將名片遞出去馬上就會被記住的人物。

在製作出人氣節目之前，我也是歸屬在希望別人可以記住我的這一邊，不過當我主導的節目紅了之後，一切就不相同了，可以有這樣的改變我覺得真的太棒了。現在，我已經搖身一變成為一個馬上就會被記住的人物，而在我的面前，有三男兩女穿著全白的睡衣直挺挺地站著。我要把他們曾經交到我手上的個人名片還回去。就是這樣而已。把手上的名片正確地還給當初遞給我的那個人。然而，只要出一次錯，那個人就會按下手中的遙控器，用炸彈將和也的頭炸得粉碎。這就是我非挑戰不可的機智問答遊戲The Name。

說起來也真有點不甘心，這個遊戲結合了「機智問答」、「兒子的性命」、「曾經拿到手的名片但是不記得對方是誰」，是完整的三個要素啊！那傢伙理所當然地問道：

——這五個人你應該都還記得吧？

——那是當然的。

也只能這麼說了。其實我曾經最高紀錄是一天之內拿到二十幾張名片，除了應該要馬上記住的人之外，其他的都會交由行政祕書去協助整理歸檔，但我現在當然不能這麼說，現在的氣氛完全不適合說出那樣的話。

——這些人，都是在你面前低下頭，謙卑地將名片遞給你的人。

——我知道。

——每天都有那麼多人來跟你拜託事情，你應該都忘記了吧？

——才沒有這種事。

——你現在是了不起的人物了，所以忘了也無可厚非。不過，這些人可是都記得你喔。

在這五個人之中，也有看起來是每周的行事曆中會安排在某處碰面的人。他們的表情既不是怒視，也沒有笑容，就只是像一顆彈珠一樣，用缺乏自我性格的雙眼看著我。我好想從這五雙沒有個性的視線中逃開。

——據說腦神經細胞有多達一百億，甚至是一千億。

——那又怎麼樣？

——所有的資訊一個一個都會進入到腦細胞內，我想你眼前所有人的名字也是如此。

我的海馬迴已經對於記憶做好整理了嗎？這五個人的名字是不是已經當作不必要的資訊被刪除了呢？還是說有好好地被記錄在一千億個腦細胞之中，需要我在記憶倉庫的深處挖掘呢？總之，我目前非做不可的事情，就是在記憶的倉庫中搜尋，把眼前五個人的情報通通找出來，然後把屬於他們的名片一一還回去。

——腦部運作的祕訣你了解嗎？聽說多攝取葡萄糖很有幫助喔。

我知道那傢伙想說些什麼。過去在做節目的時候我也曾查過資料。想要激發大腦運作，最好的辦法就是產生危機意識。

在名古屋的某一個水族館裡，設有沙丁魚的水族箱。那些沙丁魚整體會以不斷繞圈旋轉的方式進食，館方便以這種沙丁魚龍捲風當作一個賣點。不過沙丁魚龍捲風維持的時間很短暫，很快地魚群便散去不再繞圈，當作招牌的沙丁魚龍捲風也不復見了。理由很簡單，就是沙丁魚都變懶了。因為習慣了安穩的環境，所以不想再用形成沙丁魚龍捲風的方式去進食。

館方為了讓這些沙丁魚重現龍捲風的精彩畫面，便將沙丁魚的天敵金槍魚擺進同一個水族箱內。當天敵金槍魚進入水族箱的瞬間，沙丁魚也只能拚命地在水族箱裡不停游動逃竄了。就這樣，再次重現了沙丁魚龍捲風的特殊景象。所以說還是需要危機意識啊！任何一種生物，只要沒有危機意識，就沒辦法拿出認真的態度。

現在，我的人生也被任意地放入了金槍魚。因為那傢伙的關係，我心中的危機意識也被逼得直達臨界點。

那傢伙，用右手將掌控著和也性命的遙控器輕輕握住，並朝著雙手被手銬銬在牆壁上的和也走近。和也明知道背後就是牆了，仍舊忍不住邊抖著身體邊往後退，就好像要把牆弄出凹痕鑽入其中一樣。

——那麼，遊戲開始囉！

被貼在和也嘴上的厚膠布一撕開來，堆積在口腔裡的口水就滿溢了出來，看起來好可憐。相信是因為從來不曾有過的恐懼心理，才讓和也的身體製造出如此大量的口水。看著眼前的和也，我嘴裡能夠說得出來的，也只有呼喚他的名字「和也」兩個字。不過，和也調整了一下氣息之後，卻高稱喊道：

——爸爸！你不用管我沒關係！

和也的話才剛說出口，那傢伙就立刻用厚膠布再次封住他的嘴巴，藉以打斷他想說的話。

——限時兩個小時！趕快把這些名片一一還給本人吧！

——兩個小時？

那傢伙拿著遙控器在我眼前晃了晃。利用危機意識把我大腦裡的開關打開。我如果答錯了，那傢伙應該會毫不猶豫地按下遙控器吧。

儘管才剛見到面沒多久，但是這個瘋狂的傢伙清楚傳達了他的認真程度。所以沒辦法，只能照他的話去做了。在這樣的狀況下，與其去思考其他的解決辦法，倒不如從眼前排排站的五個當初曾把自己的名片塞到我手上的人下手，趕快把他們的名片還給本人就是了。

雖然有點老王賣瓜，但我可是打造日本最高人氣機智問答節目的製作人啊！

那傢伙居然出題目來挑戰我這個製作人，那我也只有恭敬不如從命了。

似乎看穿了我已經有所覺悟，那傢伙像魔術師一般用左手攤開手中的名片，並遞到我面前。

——我一定會救你的。

我對著和也這麼說，那傢伙聽到馬上冷笑著說：「你是想要逞英雄嗎？」

眼下我唯一能做的事情，就是像自由潛水選手一樣把大腦的煞車器移除，強制壓下自己內心各式各樣的恐懼，將所有的腦細胞都集中在這個遊戲上。

維繫著和也性命的問答遊戲Ｔｈｅ　Ｎａｍｅ，現在才真正開始！

——首先是這張名片，請拿去吧。

那傢伙把名片翻開讓我看。他很明顯是看不起我這個在日本打造出最強機智問答節目的製作人。

在這個遊戲中，我應該要做的第一件事情，就是把名片分成男性的名片以及女性的名片。眼前有三位男性、兩位女性，將名片依照性別分門別類的話，選擇就會比五分之一再小一點，原本百分之二十的答對機率，一口氣也向上提升了許多對吧？

——你可以把名片上的資訊一張張地念出來嗎？首先第一張是？

——Q企劃　機智問答編劇　木山光。

——第二張。

——大山高中老師　薄井忍。

——第三張。

——哈里奇利便當　董事長　大木真。

——第四張。

——NextChange　導播　松永累。

——第五張。

——DASH 公司　經紀人　山本司。

——第六張。

——AYUZAK 機構　CEO TAGAMI NARIKAZU。

最後一張上頭的名字沒有漢字，從拼音唸起來的感覺應該是個男性。不過，可以確定是男性的名字也僅此一個而已。

在確認名字的同時就把男女都分出來的作戰計畫，已經宣告失敗。因為在這幾張名片上的盡是些難以判別男女的姓名。我發現到這一點的時候，就看到那傢伙露出非常愉悅的表情。

——怎麼了？因為沒辦法從名字去判別男女，所以有些焦急了是嗎？

——我才沒有焦急。

當然焦急啊！一定會心急如焚的吧。因為我注意到我的想法他早就搶先一步猜到，並且加以防堵了。不過，並非只是因為如此。在我眼前穿著白色睡衣排排站好的男男女女，總共是五個人，然而名片卻有六張！

——名片有六張，現在在現場只有五個人喔。

——你終於注意到了嗎？你覺得是怎麼一回事呢？

——是表示在這六張名片中有一張不是我拿到的，也就是說有一張名片是不需要的。

那傢伙故意慢慢地鼓起掌來，打亂目前的節奏。

ＴｈｅＮａｍｅ這個遊戲，就是我得要從手上的六張名片中找出一張多餘的，然後將其他五張分別正確地返還給現場的五個人。這個瞬間，選項增加了，正確率也隨之下降。

因此我思考著和那傢伙的對話，從話語裡找出遊戲的暗示，唯有如此才能將範圍縮小。然而，我的想法又被猜到並防堵了。

——對了，針對一張名片只能提出一個問題，而且問題內容要經過我的同意才行。

一張名片只能提一個問題，也就是說面對這五個人，每一個都得要問出直指核心、導出答案的關鍵。正確率又再度下降了。

——這些都是你曾經經手的名片，應該沒道理忘記吧？

——沒忘。

那傢伙露出了「你真的記得嗎？」的質疑眼光。另外的五個人則仍舊面無表情地看著我。

對於我來挑戰這個關係到我兒子性命的遊戲這件事，這些傢伙是怎麼想的呢？

——你的名字大家可都記得清清楚楚的喔！還有跟你交換名片時的情景，也都還歷歷在目。

那傢伙所說的話裡頭，有沒有隱藏著某些小小的暗示呢？

首先，聚集在這裡的五個人，難道只是因為姓名難以辨別男女就被找來的嗎？這遊戲難道只是這樣的程度？我想絕對不是。

想必是有什麼目的，才會設計出這個遊戲。這麼想來，這五個人會被挑中，應該都有各自的理由。那傢伙說「跟你交換名片時的情景，也都還歷歷在目。」如此想來，說不定他是想藉著這個遊戲讓我想起一些事情。

——那麼開始猜第一個人吧，可以嗎？

在六張名片中首先應該要選擇哪一張呢，我一點想法都沒有。問答遊戲的難度設得太高的話，反而無法勾起觀眾的興趣。那傢伙也很明白這個道理。看著不斷比照名片和人臉的我，他緩緩走近，並且從六張名片中抽出一張來。

——我就好心地告訴你吧，這一張要猜中應該很簡單。

這張名片上頭寫的是「哈里奇利便當　董事長　大木真」。那傢伙沒有給我第一張名片的暗示，反而是說了我最不想聽到的話。

——事實上，在這之中有一張名片你已經知道該還給誰了。

那傢伙邊說邊輪流看著我以及和也。他說得沒錯。有一張名片我的確知道主人是誰，但是，我卻不想把名片還給那個人。

總之，那傢伙挑選了大木真，我思考著要把大木真的名片還給本人。

在這五個人之中，誰是大木真呢？

5　圍著彩色圍巾的男子

不是常有人說嗎？在這個世界上有兩種類型的人。蟑螂很討人厭對吧？到底為什麼人類會討厭蟑螂到這種程度呢？我在想，蟑螂明明擁有如此強韌的生命力啊。據說蟑螂就算沒了頭，也還是可以繼續存活一個禮拜左右。就算用拖鞋把蟑螂打個稀巴爛，它的身體卻還可以動，還是可以活得好好的，面對這麼強大的生命力，人類想必都覺得十分害怕吧。

在看到這麼討人厭的蟑螂時，拿起拖鞋追殺也可以分成兩個種類。毫不猶豫地把蟑螂打到潰不成形的類型，以及一時之間會陷入躊躇的類型。不管有多麼討厭，但好歹蟑螂也算是一個生命，真的可以用自己的雙手輕易地把一個生命就這樣抹殺掉嗎？這就是躊躇的主因。我啊，就是那種會毫不猶豫把蟑螂打個稀巴爛的類型。我可以把蟑螂打得內臟迸出咖啡色的身體之外。因為每個人對於討厭鬼一定都會想要先除而後快，所以躊躇的時間實在很浪費。猶豫不決說不定還會讓某些人感到不開心呢。

現在我拿蟑螂來當例子是不是覺得有點噁心？聽得很不開心吧？那換個話題如何？

一九九二年在美國，一個名為泰瑞莎的無腦症女嬰誕生了。在腦幹上方的腦部主要是掌控呼吸和心跳的，然而泰瑞莎天生缺少那個部位。先說明清楚好了，泰瑞莎在出生後的第十天，就匆匆結束短暫的一生了。泰瑞莎的父母其實在她出生之前就已經得知她的腦部有缺陷。但是他們還是決定要把泰瑞莎生下來。因為他們下了一個決定。那個決定就是，在泰瑞莎出生之後，他們要將她身上可以用的器官，捐給有需要的人。

真的是很偉大的父母。不過，泰瑞莎自然死亡之後，她的器官可能就不適合做移植了。因此必須要在泰瑞莎還活著的時候，就把器官提供出來。泰瑞莎的父母在孩子出生前就向法院提出申請，希望泰瑞莎在「出生後立刻被認定為死亡狀態」，然而法院卻將之駁回了。結果泰瑞莎身上的器官完全沒有捐贈出去，就這樣在十天後結束了短暫的一生。

聽了這個故事，你會站在哪一邊呢？如果你是泰瑞莎的父母，會做出什麼選擇呢？

這其實跟先前所提到的蟑螂的故事有異曲同工之妙。在自己的感情之前，你有辦法判斷黑與白嗎？你的存在對這個社會是有幫助的嗎？可以合理地思考所有事情嗎？

我想大多數的人應該都無法贊同泰瑞莎父母的作法。因為女兒才剛出生，就要在還活著的狀態下捐出器官，這等於是親手斷送自己小孩的性命——不過啊，那麼做卻可以拯救其他需要幫助的孩子。明明知道這個道理，但卻怎麼也辦不到。結果就這麼受到情緒的干擾阻礙。我想說的是，捐贈器官這件事情對這個世界來說，絕對是好事。但是，卻沒辦法那麼做。就這樣任自己猶豫著。到底是哪裡創造出這種情緒的呢？就是大腦。人類的大腦真是會壞事啊，真是容易動搖啊。

現在我的眼前也站著一個腦袋將會劇烈起伏的男人。一個拿著六張名片的男人，要在遊戲中挑選出正確的答案。在這個遊戲中只有正確和不正確而已，就好像是非黑即白一樣的道裡。但是達也先生在挑戰ＴｈｅＮａｍｅ遊戲時，卻有各式各樣令他猶豫的事情在阻撓他。也因此，遊戲就變得更加有趣了。

在我的建議之下，第一張名片出爐，要開始找出正確的持有者。不過，如果遊戲光只是猜中就沒事了，那未免也太無趣了點。達也先生的節目「全民大猜謎！祕辛搜查員出動！」內容雖然說很有趣，但其實說起來那也是靠主持人峰田清先生的主持功力啊。在答題者苦思答案的時候，他便不停地搧風點火，讓人更加搖擺不定，那種搧風點火的方式真的是非常壞心。

有一次，一位因為劈腿而引發娛樂圈一陣騷動的男藝人，在二選一的問答題中因為不曉得正確答案是什麼，所以一臉煩惱的模樣。這個時候主持人峰田便說：「我看這題目跟你的私生活一樣啊，沒辦法從兩個之間挑選出一個來啊！」聽到這話還真是感到痛快。一聽到自己最不想被提及的話題被說出來的時候，那一瞬間的表情真的可以帶給觀眾非常大的樂趣。峰田會讓人焦慮、讓人動搖，也因此問答節目才會變得那麼好看。我也來學學峰田，開始嘲諷達也先生。

——達也先生是哪一年離婚的啊？

就好像那時候的男藝人一樣，我提出的問題也超乎達也先生的想像。對於達也先生的情報我能夠掌握得這麼清楚，這個新的衝擊想必讓他更害怕了。

——你離婚到現在也兩年了吧。自從製作的節目開始大紅大紫之後，家庭的維持卻變得每況愈下。

達也先生支支吾吾許久，好不容易才吐出一句「那跟現在的事情一點關係都沒有吧！」但是，還有更多他不希望被提及的事情。

——節目紅了之後，你身邊的人也都改變了吧？

——才沒有變。

——自己靠過來的人也不少對吧，在公司內部也是如此。

——並沒有！

——以前都覺得你並不是一個會搞外遇的人呢。

這些話達也先生並不想在兒子的面前聊吧。這就是峰田教會我的，讓人內心混亂動搖的方法。不過我是自己學習而來的啦。

——你到底是甚麼人？為什麼要對我跟和也做出這種事呢！

達也先生的反應和回話都在我的預料之中，於是我便跟他說道：

——我這麼做是為了讓你們之後可以過得幸福啊。

這麼講會不會太帥氣了點啊。

——好了，時間越來越短了。請趕快把你手上的名片還給現場的那個對的人吧。

男女五人在我們前面站成一排，他們都是名片的主人，達也先生必須要把名片正確地還給他們本人。

第一張名片上面寫的是「哈里奇利便當　董事長　大木真」。這張名片到底屬於五個人之中的哪一位，非得猜中才行。

我就自己獨斷且充滿偏見的眼光，觀察了一下這五個人。

一號是超過二十五歲的男性，就體型來看就是那種過了深夜十一點還會叫拉麵和咖哩飯來吃，而且不會有任何罪惡感的人。五官說起來是挺端正的，如果瘦下來的話應該會是俊俏的帥哥吧。在後面若提到他，就叫他「碳水化合物一號」好了。

二號是超過三十五歲的女性。過了三十五歲之後，女人就會被稱為熟女，我本身會盡量避免去使用這個用語，但這個二號似乎是把人生都寫在臉上了，完全不在乎的樣子。真不好意思，以美女和醜女來分的話，先前我說二號是屬於醜女的類型，若是就幸運或不幸的觀點來看，則是屬於不幸的那一類。那麼接下來就稱她是「不幸的醜女二號」吧。我並沒有嘲諷她的意思喔。

三號是超過三十五歲的肌肉男。剛剛我說他剃個大光頭，眼神流露出超乎必要的強勢，在此稍微修正一下。與其說他眼神強勢，倒不如說眼底的深處看來非常凶惡。他似乎在對著某個事物發脾氣，現在可以看得出來他的怒氣都要衝出頭頂了。簡直就好像要噴火了似的。看他這樣一定是去酒店玩的時候，邊付錢還會邊對女人怒罵的那種人。因此，請稱呼他「活火山三號」。

四號是超過二十五歲的女性。長得很可愛。不過，看來她是因為家庭教育很優良，所以對於戀愛相關的事情會一件一件仔細地認真思考。保守的觀念想必讓她在過了二十歲才脫離處女的行列吧。可惜她的胸部那麼大，容易讓人有所誤會。所以就叫她「沒用的巨乳四號」吧。像這樣的女生，我還真的是不喜歡啊。

五號是超過二十五歲的男性。身高看來有一百八十公分，不過非常纖瘦。看起來就好像單純因為身高而被選入排球隊，但三年間都一直在當替補的那種人。表情看來一點活力都沒有，長這麼大了卻還是無法好好善用自己的身高。我知道該為這個高個兒取什麼綽號，因為我見過太多像他這樣的人了。決定就叫他「巨神兵五號」吧！

在個性鮮明的五個人當中，達也先生首先必須要正確地找出第一張名片「哈里奇利便當董事長 大木真」的主人。

明明曾經跟這些人交換過名片的，但達也先生看來就連名片的主人是男性或是女性都記不得了。儘管如此，達也先生還是不斷地比對名片和五個人的臉。看來他根本找不到答案，因為完全忘光光了嘛！

真是沒辦法。一開始就給他一點優惠，派出救援小艇幫他一把吧。

——這位大木董事長，就像名片上所顯示的，是經營便當店的。

——這我知道。

在電視節目錄製的時候，好像都會跟便當店訂便當。這種便當外送服務的店家一般不會對外做零售服務，而是以接大量預訂的訂單為主。電視節目開錄的時候，演員加經紀人，還有後台工作人員等等的，加一加起碼要訂超過一百個便當。達也先生所製作的節目不僅在黃金時段播出，而且人氣居高不下，一次訂想必至少需要接近兩百個便當。一個要價將近一千日圓的便當，每次都訂差不多兩百個，光是這樣就能為便當店創造很高的營業額了。因此，為了成為電視節目製作團隊固定訂便當的店家，各家便當店無不卯足全力攏絡客戶。名片上的哈里奇利便當，正是幸運取得便當訂單的贏家之一。

——一開始決定要訂哈里奇利便當的人是你嗎？

——不是。這種事情都是由行政祕書決定的。

——但是，卻是你決定要剔除這家便當店的，不是嗎？

聽到這句實話，達也先生露出了臉頰被針刺到的表情。此時這位大木真董事長的眼尾一瞬間動了一下。幸好達也先生並沒有注意到，真是太好了。如果因為眼睛的變化而被達也先生猜出來的話，那不就太無趣了嗎？

——大木董事長是前陣子才剛替代了前任的負責人，成為新一任董事長的喔。

——原來是這樣呀。

——因為你們決定要換別家店，所以大木董事長首次拿著名片來拜託你。

一旦成為人氣節目的製作人，就會遇到很多人在交換名片的時候，做出一生中最重要的請託。然而，對於那些人來說或許是一生中的重大事件，但因為達也先生每天都要面對很多前來拜託他重要事務的人，所以想必也很難去感受到事情的嚴重性。我想，這也是無可奈何的吧。

——那個時候，雖然你接下來那張名片，但應該馬上就在現場把它丟掉了吧？

——我不記得了。

差不多要提供達也先生一些情報了，希望這樣可以讓他在記憶的倉庫中翻找能輕鬆一點。

——新任董事長大木真，在把名片遞到你手上時，曾經這麼說過……

大木真董事長賭上人生的說詞，達也先生是完全記不得了。

——下一次你們訂的便當不用錢也沒關係！

這對達也先生的海馬迴來說，是沒有必要的存在，因此予以捨棄了。

——大木董事長把名片交到你手上，並且寒暄個幾句的時間，僅僅一分鐘而已！

一分鐘這個單位其實很有趣。在家裡待著什麼事都沒做的一分鐘；醫生在進行非常困難的腦部手術時所經過的一分鐘；在客滿的電車上忍耐著的一分鐘；戰場上的一分鐘；在學校上課的一分鐘；雙手被手銬銬在牆上，而命運被掌控在他人手上的一分鐘……一分鐘的價值根據不同人而有所不同。

同理可證，遞出名片的人與接下名片的人，兩者的一分鐘也具有不同價值。所以我要教會他。

——對你來說僅僅只是一分鐘而已，但是對當事人來說，卻足以改變她的人生啊。

看來達也先生的記憶倉庫裡實在找不出什麼有用的線索，我就再給他一點特別的優惠吧。

——人為什麼會說謊呢？其實是為了要隱瞞自己所犯下的錯吧？

——你到底想說什麼？

——你不是也曾經為了要隱瞞小小的錯誤而撒過謊嗎？

達也先生停下所有動作好好思考了一分鐘。這一分鐘真是價值連城。相信他已經從倉庫裡挖出一些資訊了。

——我可以問問題嗎？一張名片問每個人一個問題。

透過一個問題，就必須要在這五個人之中找出正確的那一個人。身為人氣機智問答遊戲節目的製作人，在這個當下對於要提問的問題究竟是怎麼想的呢？真耐人尋味啊。

——我的……我可以問我討厭吃的食物嗎？

真不愧是機智問答遊戲節目的製作人。這樣的發展實在非常符合我的期待。

6 神田達也

——你不是也曾經為了要隱瞞小小的錯誤而撒過謊嗎？

多虧那傢伙所說的話，我才能從記憶的倉庫裡挖出些有用的資訊。這些記憶片段讓我得以回想起來。一張名片可以問每個人一個問題。問了問題之後，就必須要在這五個人之中把大木真找出來。我對著這五個人問道：

——我討厭的食物，是什麼？

這就是我的問題。透過這個問題，我想應該可以找出正確答案，只要每個人都誠實回答的話。那傢伙看著眼前的五個人，然後點了點頭，站在最左邊的碳水化合物男子見狀立刻就往前踏了一步，並且回答道：

——我想應該是香菇。

二號短髮的女性回答道：

——青花菜。

三號肌肉男回答：

——香菇。

四號女性回答：

——苦瓜。

身高非常高、被稱為巨神兵的男性回答：

——青花菜。

有兩個人回答香菇、兩個人回答青花菜，一個人回答苦瓜。藉著這個問題要把答案找出來。應該可以吧。那傢伙一直盯著我的眼睛，並且問道：

——你所討厭的食物是什麼？

——是青花菜。

我討厭吃的食物是青花菜。針對這個問題回答青花菜的有兩個人，分別是二號的短髮女性，以及五號的巨神兵。怎麼會這樣！為什麼這個問題會有兩個人答對呢！這兩個人難道是在腦中想像會被我討厭的食物，然後就這麼隨口回答出青花菜來的？必須要在兩個人之間找出答案，但已經不能再問問題了。

——討厭的食物。你為什麼會問這個問題呢？

會這麼問，是因為行政祕書有向經營便當店的大木真說明不再繼續合作的理由，就這麼簡單。

——你不再跟他們合作，難不成是因為他們在便當裡放青花菜？

行政祕書是個細心的人，不僅會留意便當裡不要放入主持人峰田清先生不喜歡的食物，就連對我也是如此。她將相關資訊告知所有合作的便當店。然而，那一天的便當裡面，卻出現了青花菜。

——這件事就是你不再跟哈里奇利便當合作的真正理由？

——先前絕對沒有發生過這種事。因為祕書非常明確地將我討厭的食物傳達了出去。

——上一任的董事長因為生病突然倒下了，會不會是因為忘記交代下去了呢？

——專業的便當業者絕對會好好交代清楚的。

電視節目播放的機會僅有一次，我們這些電視人都是藉著播出時的收視率來決勝負的。製作小組的狀況如果不好的話，哪怕只是一次的差錯，也會讓節目整個告吹。高層是不會想聽任何解釋的。那麼，從便當業者的角度來看又是如何呢？只是因為便當的配菜弄錯就被列為拒絕往來戶，這會很奇怪嗎？僅僅只是因為配菜？修車師傅只要在氣閥上出了一點差錯，就有可能造成事故。難道修車師傅可以說不就是一個氣閥而已？不能有這樣的態度吧？因為那是攸關性命的大事。所以說，跟修車師傅的情況一樣，便當店不是也應該要將製作便當視為攸關性命的大事嗎？對專業的便當店來說，儘管是剛換董事長，但失誤就是失誤。我不想要跟這種在細節處會犯錯的人一起工作啊！

這就是我內心真正的想法。我一直都這麼想。不過那時候我只是在找一間可以不再合作的便當店。我想要在所有簽訂契約的便當店之中，找出一家來中止契約關係。事實就是這樣。要找一個犧牲者。

改變了他人的命運，但卻連對方的臉都不記得了？你是不是會這麼想？

人是很單純的。對人太好的話就容易被欺負。在節目紅起來之前我就是如此，一直在當被欺負的角色。

在一起工作的傢伙中，要把不會做事的傢伙也變得認真，該怎麼做才好？這是很令人害怕的事情，伴隨著害怕而來的是緊張感，而緊張感就會讓人變得認真。拿影印資料並且裝訂好這件事來說好了，如果與會的對手是令人害怕的，那麼就連釘資料這件事都會做得仔細而認真；但如果是與溫和的人開會，那釘資料就不會太認真了。人就是這樣。很容易會粗心大意的。粗心大意和依賴其實是一樣的事情。

過了四十歲，好不容易讓自己手上的節目紅起來了，情況已經大不相同了對吧？不過人家說啊，有所得必有所失。如果不想要從現在的位置降下來的話，那就必須要捨棄某些東西。我覺得這是很好的事情。不管多討厭，還是要拿出最認真的態度嚴謹以待。為了讓節目可以維持高人氣，所以不得不為周遭的人製造出緊張感。我也知道現在有些傢伙會叫我獨裁者。但是，如果我不像一個獨裁者一樣讓下屬感到緊張的話，那誰會因此感到困擾？誰會因此丟掉節目、失去工作？

像我這樣，這幾年來每天來找我的人不是來道歉的，就是來請託的。幾乎都是那種輕易就把一生中最重要的請託隨便說出口的傢伙。便當店負責人應該也是其中的一個吧。對對方來說，或許那是人生中至關重要的一分鐘，但對我來說不過就是稀鬆平常的一分鐘。因此我往往就連對方的臉都記不得。

我所記得的，或者是說我想得起來的，只有因為便當加了青花菜這個理由而跟對方解約這件事情。如果是因為我的關係而遭到解約的話，那這家便當店一定會記得我討厭吃的食物。我覺得我提出的這個問題非常棒。我想一定可以就此逼出正確解答。然而，神真的是很愛抓弄人啊。回答青花菜的傢伙居然有兩個！二號的女人和五號的男人。

每天都有許許多多不同的人來找我道歉，我在記憶細胞中搜索相關資訊，為眼前兩人的臉做比對認證，但是看來我的海馬迴已經把這部分的記憶做出處置了。

——答案就在這兩人之中了。但是，難道你連是男是女都記不得嗎？

雙手被銬在牆上的和也，對於遊戲的規則也已經充分理解了。看到我在第一張名片的關卡就已經窮途末路，和也的雙腳震動的幅度也變大了。

針對第一張名片，已經提出一個問題讓五個人一一回答了。哈里奇利便當的大木真到底是眼前的男人還是女人，只是看臉的話我是回答不出來的。想要從兩個人之中找出正確答案只有一個方法。

我只能主動採取攻勢了。

——說到青花菜，我真不懂把這麼難吃的東西吃下去的人到底在想什麼。

我抛出誘餌。這是遊戲開始以來我第一次這麼做。那傢伙聽到了。

——為什麼這麼討厭呢？

——因為吃進嘴裡的感覺非常噁心，就好像把抹布放進嘴裡一樣。

——你把抹布放進嘴巴裡過？

那傢伙的回答真令人感到生氣。

——你知道嗎？到明治時代為止，青花菜主要是園藝觀賞用呢。

那傢伙說了這麼一席話，因為這種青花菜的知識而滿臉驕傲之色：青花菜的營養價值很高，一天吃個兩、三份的話，就能攝取一日所需的維它命；可以預防癌症和糖尿病；維它命C的含量是檸檬的兩倍以上；青花菜的學名Broccoli是義大利人Broccoli所研發的品種……就連這種無關緊要的資訊他也一股腦說了出來。

——你知道得真詳細。

那傢伙驕傲地用食指指著我，並說道：

——我是從本田那裡聽來的。

——那是誰啊？

——一個務農的老婆婆。

之後那傢伙所說的一句話，想必是他想說很久了。

——只要是跟我碰過面的人，我都會記得名字。

關於青花菜的那些情報，只是一種偽裝，為了確認更多事情的偽裝。我想他已經咬住誘餌了。我期待那傢伙可以因為上當而多說點什麼，說不定會不小心說漏一些可以逼出正確答案的話來。不過我也明白那傢伙不可能如此輕易讓人有可趁之機。

——美國前總統喬治・布希也很討厭青花菜喔。

他又再次驕傲地賣弄青花菜的知識。

——因為他曾公開表達這樣的想法，你覺得後來發生了什麼事？結果，農夫們送了他非常多的青花菜。

那傢伙開始大放厥詞了。居然拿布希總統小小的不幸事件來當作笑柄。不過他的用意並非如此。我知道他是在暗指我。

——大木董事長說不定也是故意把青花菜放到便當裡的。

我想這是不可能的事情。不過，故意這麼作的可能性也不能說完全沒有。那麼，為什麼要故意把青花菜放進便當呢？想到這邊我的思緒暫時停了下來。因為那傢伙一直在干擾我的思緒。他一直笑個不停，腦中想必在想像著我因為受到干擾而困擾不已的窘境。

——應該不可能是故意的吧。

——就是說啊。我有問過大木董事長為什麼要把青花菜放進去便當裡。

——結果呢？

——大木董事長認為青花菜是女孩子喜歡的菜色。

中了！我等的就是這句話！

——你現在說的這句話……大木董事長就是這麼說的嗎？

——大木董事長就是這麼說的。

——因為青花菜是女孩子喜歡的菜色？

——是的。

那傢伙的笑容消失了，回答變得謹慎。所以我想我可以跟他說清楚了。

——若是這樣的話，你就洩漏了重要的線索了！真是一個不合格的主持人啊！因為青花菜是女孩子喜歡的菜色……男人是不可能說出像這樣子的話來的！

那一瞬間，看到那傢伙右邊的太陽穴不斷抽動，我就知道我的判斷是正確的。從遊戲開始到現在，我是第一次這麼有信心。限制的時間越來越短了，現在也只有賭一把了！我望向和也，剛好他也注意到我的視線並回望我，他的眼神強而有力。和也的眼神彷彿從背後推了我一把，讓我更加確信自己的想法。我拿著大木真的名片，走到二號短髮女人的面前。接下來，我把上頭寫著「哈里奇利便當　董事長　大木真」的名片朝她遞過去。她一直看著我的眼睛，結果，眼淚就從她的眼眶緩緩地流了下來。

——答對了！

這是峰田在節目中當有人答對題目時的慣用台詞，一聽到那傢伙有樣學樣地大喊，那女人便伸出雙手，非常有禮貌地用手指接下名片。一切都進行得非常緩慢。

——你答對了，解決了一張名片，原本的六張名片現在少一張了。

那傢伙緩慢地拍拍手，以冷淡的語氣稱讚成功還回一張名片的我。

——剛剛，你說我洩漏線索，沒資格當一個主持人是吧？

——是啊，我是這麼說了。

——其實我是故意的。

真是輸不起。像這樣把自己的過失說成是故意為之的大人所在多有。不過，似乎不是這麼一回事。

——其實我老早就給你更明顯的暗示了。

——暗示？

——在你問你討厭的食物之前，我就已經說過了。

——是什麼？

——我不是說了嗎？對你來說僅僅只是一分鐘而已，但是對當事人來說那一分鐘卻足以改變「她」的人生啊！

完全沒注意到！完全沒注意到！如果我有注意到的話，馬上就可以把答案從五個縮小至兩個。原本順利返還一張名片的安心感，立刻轉變成巨大的不安。結果，這個遊戲根本全部都照著那傢伙所想的在進行不是嗎？

我心想，不安的感覺就像是覆蓋在傷口上的痂一樣。把痂給剝開，就可以看到大大的傷口。因為被結痂的狀況騙了，所以沒意識到自己的傷口有多嚴重，因此讓人感到異常不安。

——你會和哈里奇利便當店解除合作關係，其實並不是因為青花菜對吧？

那傢伙意圖要把痂給剝開。我奮力抵抗。

——你到底在說什麼？

——那麼，我來問問你吧。你每個月都從新合作的便當店那裡收到回扣，對吧？

痂一旦被剝開，不想被人看見的傷口就顯露出來了。

7 哈里奇利便當 董事長 大木真

神田先生將我的名片還給我了，上頭寫著「哈里奇利便當 董事長 大木真」的名片。

我的先生因為蛛網膜下腔出血而病倒了，雖然受到了幫忙撿回了一條命，但卻仍留下後遺症，而我的婚姻生活也開始變得瘋狂。這樣的故事在電視或雜誌上可以說是屢見不鮮，其中也有許多賺人熱淚的故事。不過，誰也沒想到自己有一天也會成為其中的一員。下一場悲劇物語小劇場的主角居然是我，真沒想到啊。因為實在太意外了，所以那時候難免會覺得自己很可憐。

在丈夫因病倒下後的一個禮拜之間，我們決定要把他的命救回來，不過，丈夫的右半邊身體已經麻痺無法動彈；並且，就算對他有滿滿的愛，但如果不將耳朵靠近一點的話，他說些什麼根本就聽不懂。先前我就被告知丈夫的情況恐怕是難以痊癒了。我知道丈夫能夠救得回來，就應該要心懷感激了。不過，那時候如果就這樣死去的話，說不定對彼此來說都比較開心。當然我也知道不能夠這樣想。我覺得，那些堂而皇之地說能夠好好活著就要心存感恩的人，想必沒有經歷過被某個活著的人造成困擾的麻煩事。啊，我真為自己感到遺憾啊。

在丈夫和孝病倒的時候，我立刻就下了決定。我必須要接下他的工作繼任社長一職。當時心中奇妙的正義感油然而生，一心覺得不能讓每天都在期待吃到我們家便當的人失望。人在人生中面對一些悲傷的事情時，常會變得有正義感對吧。冒出正義感的我的大腦啊，這麼想的時候多少會覺得有點噁心吧。

當然，會接下社長工作也是因為我有自信可以把便當店經營得很好。不管怎麼說，都還有電視台的大筆訂單啊。不管是哪一家便當店，為了爭取這樣的大單，一定都會卯足全力的。

和孝在經營便當店之前，在西式的餐廳裡工作了十幾年。丈夫在辭掉西餐廳的工作，改開便當店的初期，西餐廳的老闆不但沒有生氣，反倒還向好幾個常到他店裡光顧的電視台職員，介紹丈夫的便當店。他會跟大家說：「請一定要到這傢伙的店裡去買便當喔！」

如果把這個世界的人分成好人和壞人的話，我認為比例大概是九比一，壞人是壓倒性的多數。說是壞人也好，自私也罷，總之就是凡事只考慮到自己的人。我自己在別人的眼中可能也被歸類在九成的多數裡頭，不過丈夫總是有各式各樣的緣分，經常能夠遇見那一成的好人。當我們開始投入訂製便當的生意時也是如此，固定都會有來自電視台的訂單。當紅人氣節目「全民大猜謎！祕辛搜查員出動！」也是在那時候開始跟我們叫便當的。他們每次訂都是兩百個便當，因為是一個月叫兩次，所以沒有換便當店這個選項。

啊，說到這裡我可以先談談我和丈夫的相遇過程嗎？我原本是在採購並販賣蔬果的經銷公司當行政人員。因為工作的關係認識了和孝。還記得那時候和孝剛開始經營便當店，他為了採購蔬果，每周都會來我們公司三次。當時我三十二歲，在公司內我負責的工作就是將訂單交給和孝。原本在大學參加相撲社團的他，因為頸部受傷的關係放棄了成為力士的夢想。他到現在都還是很胖，不過如果他的臉瘦下來的話，那他眼睛應該會變得更大，留有雙眼皮的臉龐應該會很可愛。

現在雖然我在談論的是丈夫的五官，但其實我對自己的長相也很有自知之明。以二分法來說，我就是屬於非美女的那一方。在學生時代，長相甜美的美女通常都會暗自估算自己的外貌在班級中是排名第幾。其實算不上美女的女孩們，也同樣會去思考這類的問題。在這個班級中，自己是排名第幾的醜女呢？我大概是從底下算上來的第十名。所以就醜女或美女的界線來說，基本上我就是以些微的差距被納非美女的那一方。

和孝卻喜歡上這樣的我。跟我們公司開始有往來之後，大約過了一個月吧，和孝先生便帶著便當來找我，說是「想要問問女性的意見」。當時我心想「不會吧……」從以前到現在，我總是持續在承受期待落空後的傷痛，因此我累積了許多練習的機會，可以把期待好好地掩蓋住。

在我們公司有一個早我兩年進公司的前輩，叫做田坂小姐。這位田坂小姐呀，身上的體脂肪大約多我百分之十；單以五官來說的話，我是認為她長得比我還難看。她的穿著打扮以及臉上的妝，都非常華麗而庸俗。而她的口頭禪就是「我跟妳不一樣，沒道理不受歡迎啊！」之前有次跟這位前輩一起去喝酒，她誇耀地說自己曾經跟超過五十個男人上過床。這位前輩啊，事實上很喜歡和孝。因為她曾說過：「如果要結婚的話，挑選像那樣認真的男人最棒了。」我對田坂小姐說：「我會全力挺妳的！」也因此一開始我根本沒有想到「和孝該不會對我有興趣」這種事。

和孝老是說自己肩頸很僵硬。我對按摩很有信心，因此每當他來的時候，我就會幫他按摩。會不會是因為這樣的關係呢？說到這個，在不久前我看了一本女性雜誌，上頭寫著「口交和按摩很厲害的女人，是絕對不會被男人拋棄的。」說不定雜誌上偶而還是會寫些正確的事情吧。

由於和孝總是拿著試吃的便當過來，而且只找我，所以田坂小姐看我的視線也就越來越嚴厲。因此，我特別拜託和孝，如果有帶便當來，請一起分給田坂小姐。從那之後和孝就會帶著我和田坂小姐的便當過來，不過當時我一打開便當就發現，只有我的便當裡面有放哈里奇利便當店的名片。在名片上有和孝先生的 mail 帳號。田坂小姐的便當看起來跟我的沒什麼兩樣，但卻沒有放名片。我已經好久不曾有過這樣的優越感了，說實在的這種優越感真的讓人打從心底覺得好爽！不管是多麼下層的世界，裡頭還是會有能夠產生優越感的人，以及無法產生優越感的人。

那一天，我發了短訊給和孝先生，一切就是從那時候開始的。我們兩人只要彼此都有時間的話，就會去約會。田坂小姐對於我和和孝在一起的事情一無所知，還特別把她自己的名片交給我，上頭有她的手機號碼以及 mail 帳號，然後她慎重地交代我：「下次那個便當店的老闆來的時候，幫我交給他。」那一天，我與和孝去了賓館。在做完愛兩人躺在床上時，我把田坂小姐的名片拿出來遞給他，結果他笑著說：「田坂小姐真的是很煩人呀。」我又再次感受到強烈的優越感。不過，田坂小姐現在應該也開心地笑著吧。

在丈夫病倒之前的三個月，他才大刀闊斧地重新整修了公司的中央廚房，而且還替換了送便當用的公務車。跟銀行借錢也是那時候才開始的。我們兩人一起買的中古公寓也是貸款買的。

我們有雇用一個來打工的幫手，那人已經待了三年左右了，說實在的有他在的話，廚房的工作就不用擔心了。所以在丈夫病倒後，我立刻就下定決心要把工作辭掉，並且自己一個人接下這間店！丈夫用自己還能動的那隻手，寫了一封信給我，內容主要都是跟我的決定有關。「對不起」、「真抱歉」、「不好意思」……信裡都是這種道歉的內容。很現實的是裡頭完全沒有半句「謝謝」。對於我做了這樣的決定，丈夫內心裡的不甘與同情，看來是遠大於感謝。

當我決定要接下董事長一職，心裡就已經在計畫著要讓哈里奇利便當店的業績向上提升。為此我還特別去「BOOK OFF」書店，買了成功的女強人之類的書回來詳加閱讀。幾乎每一本書都圍繞著一個觀點，那就是「努力絕對不會白費！」這樣的激勵話語成為在背後鞭策我前進的一股力量。

送便當到電視台的時候，我發現在現場的女性工作人員人數比我想像得還要多。為了要和別家便當店有所區隔，我不斷思考著，希望能做出讓女性也很喜歡的便當。就是因為由我這個女人來當董事長，所以才能做到這件事。不過，那時候我還沒意識到「因為我是女人，所以才能做到」只是一時的熱情，不可能持久。女性之所以能夠成功，絕非因為是身為女人的關係，而是具有比周遭的男人還要優秀的特質。

青花菜是女性喜歡的蔬菜。在家常料理店也會用青花菜來做沙拉，這可是頗受歡迎的人氣料裡呢。而且青花菜經常被選為減肥料理，因為在吃青花菜的時候，必須要多咀嚼幾下才能下嚥，所以可以刺激神經中樞產生飽足感。「全民大猜謎！祕辛搜查員出動！」的製作團隊每次都訂兩百個便當，我想他們應該也會喜歡我的安排吧，應該會覺得哈里奇利便當就連搭配的青菜也很好吃。我想像著女生們都很喜歡我們家便當的情景，期待下訂的便當數量可以從此之後越來越多。

可惜，因為製作人神田不喜歡，所以青花菜不能出現在「全民大猜謎！祕辛搜查員出動！」製作團隊的便當中，這件事只有丈夫知道而已。

在送出加了青花菜的便當之後大約過了一個禮拜，我接到「全民大猜謎！祕辛搜查員出動！」製作團隊祕書染谷小姐的電話，她說這次要把我們排除在訂便當的名單之外，因為我們在便當裡加了青花菜。染谷小姐用電話平淡地轉達。「請不要認為只是放了一次討厭的食物就被列為拒絕往來戶」、「這麼重要的資訊竟然忘記好好傳遞下去，根本一點都稱不上專業，神田先生說要剔除你們。」

節目錄製的時間再次來到時，我沒有跟神田先生事先預約就跑去找他。不論如何我都要向他致歉。神田先生朝向導播室走去，我向他遞出名片，擋下他前進的步伐。我開口說：「我是哈里奇利便當店的新任董事長大木。」不管三七二十一我立刻低下頭，並且告訴他下一次訂的便當全數免費。然而，在那個當下神田先生完全沒有給我時間好好聽我講完。我強忍著眼淚，動手抓住神田先生的手腕，那一瞬間，我的淚水徹底潰堤。神田先生對我說：

——妳造成我的困擾了。

造成困擾的應該不是我的舉動，而是我的淚水吧？現在仔細想一想，就會了解我人生中如此悲痛的哀鳴，根本不可能傳達出去。因為神田先生對於我名片上的名字，以及我的臉，根本都不放在眼裡。在我人生中非常重要的一分鐘，對神田先生來說卻只是平凡無奇的一分鐘。

隔月，我們一下子少了四百個便當的訂單。

染谷祕書因為我私自跑去找神田先生的事情而大動肝火，竟對電視台內其他製作團隊的祕書說：「最好不要訂哈里奇利的便當。」用這種惡意抹黑的負面操作手法，讓我們失去了電視台內的所有便當訂單。從此之後，我就再也沒能拉到可以填補「哈里奇利便當店」業績的新訂單了。在這種情況下也只能苦笑以對了。「哈里奇利便當店」的新任女董事長因為「太過緊張」了，所以讓營業額一落千丈。

我已經無力償還貸款，也不敢對丈夫說哈里奇利便當店業績大幅下滑的狀況。原本會覺得丈夫還能活著是應該要感謝我的，但如果我去跟他謝罪的話，那就連這種正面的想法也都會完全消失。

為了償還跟銀行借的貸款，我第一次去辦理個人信貸。我本以為一次就可以通過的，沒想到那麼不順利，一連跑了好幾家銀行。就在那時候，我接到了一通電話。那是借款公司的員工打來的。我和那個員工約在澀谷的泡沫紅茶店，而他來的時候還帶著他一個熟人一起。對於我的狀況他們完全瞭若指掌，包括哈里奇利便當店以及我個人的經濟狀況，當然他們也很清楚今後不管我多努力，恐怕也都難以逆轉情勢。這樣的情況真的讓人難以置信啊。我明明也知道再怎麼拚命也沒用了，但嘴裡卻還是說著「我會找到辦法的。」我的大腦很清楚「已經無計可施了」，但同一顆腦袋卻讓嘴巴說出了「我會找到辦法」這樣的話來。真是壞心啊。

那個員工帶來的熟人邊抽著菸邊笑著，好像是要把我所說的話折疊好似的靜靜地整理著。如果我的人生之後就照著這樣的劇本走，那不知道會惡化到什麼程度呢，我臉上掛著笑容，開朗地訴說著。面對灰暗的未來，如果還用黯淡的口吻，感覺就好像危機已經迫在眉睫，這樣的未來連自己都沒辦法接受。不過，照這樣下去，借款每個月每個月一直在增加，恐怕就會演變成我必須放下我深愛的丈夫，自己一個人逃走了。我用開朗的語氣在描述著這一切，就好像在講家裡附近新開了一家便利商店一般，態度正面而明亮。用這樣的方式去說明灰暗的未來，好像反而更能看清楚現實。畢竟沒有別的辦法，對於灰暗的未來也只能接受了。那位熟人在我說完之後，以更加開朗的語氣說道：

——妳應該沒有辦法想像自己去酒店工作的樣子吧？

在這個世界上，與自己八竿子打不著的區塊有非常多。但我發現到，原本認為跟自己完全無關的領域，其實距離日常生活所接觸到的世界實在近到不像話。

在電視或是報章雜誌上所揭露的悲慘事件，海馬迴都會自動判定那是「負面的情報」，自顧自地就把它捨棄。但其實自己的人生跟那些悲慘事件僅僅相隔一張薄薄的皮罷了。以前走在街上，看到酒店也不會有任何想法，因為自己內心非常確定那是個跟自己完全無關的世界。現在，從早上到中午，在去便當店工作之前，我到過往認為與自己完全無關的世界去討生活，每周去三次。去面試的那一天，那家酒店的廣告看板寫著「性感熟女」，我才知道三十六歲的我已經是個熟女了。

我聽在那家酒店的同事說，揭露酒店訊息的網站上，也有寫到我。上頭寫的是「顏值只有三十分，但是辦起事來很認真」。我想我的臉應該不只三十分吧，不過被寫說辦起事來很認真，自己內心倒是有一點點開心。就好比說置身爛泥中，也會有令人高興的事情會發生。

決定要去酒店上班的時候，我衡量了一下內心的罪惡感，也只能下定決心去做了。說不定我跟已經沒辦法再去工作的丈夫離婚的話，背負的壓力會大幅減輕。但是，我辦不到。為什麼？因為很愛他嗎？這麼說或許是沒錯啦。但是最重要的理由卻不是這個。

是罪惡感。光是想像自己背負著巨大的罪惡感去度過往後的人生，就覺得無法接受。因此，也只能另謀出路了。並且，我下了決定，就是要去酒店工作。比起拋棄丈夫的罪惡感，我寧願選擇承受去酒店上班的罪惡感。以罪惡感為出發點去做選擇，用消去法鋪人生的路。

我走出酒店，把帽子壓得低低的，信步走在街上。在走出酒店的瞬間，有我絕對不想撞見的人。是以前的朋友嗎？還是來便當店打工的伙伴們？其實我最不想碰到的是田坂小姐。畢竟，田坂小姐當時很喜歡我丈夫。我拿著寫有田坂小姐手機號碼以及mail帳號的名片，在床上拿出來跟丈夫一起取笑作樂。如果我從酒店走出來被田坂小姐看到的話，那她說不定會義正嚴詞地指著我取笑一番吧。就像我拿著她的名片取笑一樣。所以如果在酒店上班的事情被田坂小姐知道了，那種可怕的感覺想必會將我的不幸程度再往上推升一個層級。

我認真探究了一下自己會如此不幸的原因，結果有意外的發現。站在我的立場，你覺得我會想到什麼呢？我想到的是和孝之前工作那家西式餐廳的老闆。如果那個老闆沒有憑藉著自己豐沛的人脈，把電視台的人介紹給他認識，那我們便當店就不會接到「全民大猜謎！祕辛搜查員出動！」的便當訂單，也就是說今天我就不會發生這些事情了。

前老闆可以說是個好人吧，十個人裡頭說不定還挑不出一個這麼好的人來呢，是吧？這麼說來，我想跟好人結下緣分，卻不見得一定會帶來好運。我應該要負起的責任應該更多才是，但是對於記憶中純屬意外的那些事情，我一點都不想負責。

陌生號碼打來的電話，我這個人是絕對不接的。因為說不定有可能會是田坂小姐打來的。有一天，我自己一個人走在道玄坂時，有一通陌生號碼打來的電話。我趕緊左右張望了一下，想看看是不是周遭有人看到我從店裡出來，就試著要打電話給我。來電鈴聲停止之後，我立刻撥通答錄機，確認打來的人並不是田坂小姐。在答錄機中，那個人的聲音緩緩傳來。

——我正在找對神田達也懷恨在心的人。

結果，我就來到這裡了，穿著白色的T恤站在神田達也面前。我們五個人站成一排，我就排在左邊數來第二個。圍著圍巾的男人在與我四目相交的時候，像隻貓一樣笑了。

神田先生好不容易將我的名片還給了我，但那個男人卻完全不讓神田先生喘口氣，直接說道：

——你每個月從新的便當店那裡，可以收到不少回扣金吧？

那個男人在與我第一次碰面的時候，就已經告訴我這件事了，也就是神田先生不再訂哈里奇利便當的真正理由。有一個在藝能界工作的人開了一家新的便當店，那個人因為跟神田先生是舊識，因此向他表達希望能拿到「全民大猜謎！祕辛搜查員出動！」製作團隊的例常便當訂單。結果神田先生直接就做了決定，讓那個人輕易就獲得了入場券，而條件就是神田先生每個月都可以拿到回扣。

聽到收取回扣這件事情我真是大吃一驚。真悲哀啊，「結果居然輸在這種事情上」。不過，最讓我感到訝異的是回扣的金額。神田先生的戶頭每個月都會有五萬圓的入帳。僅僅五萬而已！為了五萬圓，不再跟我們家叫便當，讓我的人生穿過那一層薄薄的隔膜，往黑暗的深淵猛壓。

好像要替我申冤似的，脖子上披著噁心彩色圍巾正閃閃發光的男人，喔不，應該是說，正在跟神田先生玩機智問答遊戲的那個男人，對神田先生說道：

——就為了區區的五萬圓，你拋棄哈里奇利便當店，就只是為了五萬圓！

我希望能有機會和神田先生四目相接，所以一直看著他，不過他卻連一秒鐘都沒有望向我，就這樣開始解釋了起來。

——我沒有道理為了錢做這種事。

這只是藉口！不過，神田先生說的我多多少少也是有點理解，正確來說，他應該是想要表示「我並不單只是為了錢才去做這種事」。

認識的朋友新開了間便當店，當然或多或少會想要支持一下。不過，要將朋友的便當店納入例常訂購的便當店之中，就必須要剔除一家出去。至於要剔除哪一家，只要去問員工們哪一家的便當最難吃，挑一家風評最差的剔除就好了。但是，不能這麼做。因為神田先生並不是單純想要支持朋友的店，還有想要收回扣。收了回扣之後讓新的便當店加入，這多少會讓人感到內疚，為了減輕那種內疚的感覺，就找了一個理由。神田先生想必是希望能夠找到一個好理由，把不好的回憶給覆蓋過去吧。就在這個絕佳的時間點，青花菜登場了。

神田先生心裡肯定是想著：僅僅五萬圓的回扣，在青花菜的掩護下順利笑納，結果我就這樣順利拿到錢了，也多了一個「青花菜男」的封號。很好笑吧，請大聲笑出來沒關係。因為對我來說也是很開心的一件事。

幾年前我曾經在電視上看過菲律賓鷹的報導，這種生長在菲律賓的老鷹，會用喙將肉撕裂開來進食，所以它的喙呈現尖銳的鈎型。菲律賓鷹號稱世界上最大且最強的鷹種，令人驚訝的是它的主食竟然是猿猴！因此菲律賓鷹也被稱作是食猿鷹。

在那個節目裡，偶像藝人為了捕抓菲律賓鷹獵殺猿猴的畫面，連續在野外露營守候了好幾天。最後，這位偶像藝人成功拍到菲律賓鷹用利爪抓住正在樹上玩的猴子並往空中飛去的照片。節目製作團隊中有位女性藝人，就不停嚷嚷說老鷹獵殺並大啖猿猴的畫面太殘忍了！但是，對老鷹來說猿猴是它的食物，它有充分的理由去獵捕，若是不這麼做的話，那它就無法生存了。我當時看著這個節目，感受到久違的興奮。還記得那時候節目主持人提到菲律賓鷹恪遵一夫一妻制，到死為止都會和固定伴侶一起度過，這麼強的夫妻關係，在動物界來說是很少見的。所以說菲律賓鷹真是一種強壯且充滿愛的動物。在那個瞬間，菲律賓鷹就在我腦海裡留下了深刻而強烈的記憶。

能製作出「全民大猜謎！祕辛搜查員出動！」這種好節目的男人，居然為了區區五萬元的回扣，就把我的人生弄得一團亂！

神田先生把我的人生搞得亂七八糟，The Name這個遊戲就是為了要給他好看。在遊戲進行中，聽到那個人不斷逼問神田先生關於回扣的事情，我在內心也不禁祈禱著「希望可以多追問出一些真相！」因為神田先生不僅不記得我的姓名，還為了滿足自己小小的欲望，就將我折磨至此，我明明如此盡心盡力地在努力打拚啊……

心中有種快感，已經好久沒有這種感覺。我期待圍著彩紅圍巾的英雄可以使出全力，但是這位英雄卻轉過身去背對著我，並對著神田先生說：

——啊，你可千萬不要誤會喔！對於收回扣的事情，我並沒有要責怪你的意思！

這是怎麼回事？不責怪神田先生？為什麼？應該要把神田先生折磨得很慘才對啊！就是因為這樣，才要用他兒子的性命來當作遊戲的賭注逼迫他，讓他為自己不勞而獲的人生付出一點代價啊！對了，我懂了。那個人嘴裡雖然說不責怪，但我想一定只是在繞圈子，最後還是會逼神田先生認錯的。我是這麼想的，但沒想到事情發展跟我想的完全不同。

——我想應該要受到責難的人，是妳！

主持大局的那個人，轉過頭來指著我。

這是怎麼一回事？有什麼理由非得怪我不可呢？我明明是被害人吧？

他理應是我心目中的英雄的，沒想到卻對我說出這樣的話來：

——在這個世界上，可以靠著個人實力在事業上取得勝利的人，實在是少之又少。

這一番言論，將我過去一年在這裡所做的一切，不管是做人的道理也好，人生觀也好，正義感也好，全都一竿子打翻了。

——只要能生產出好的商品，就可以賣得動。的確，生產好的商品這件事情非常重要。但是光只有如此是不夠的。要在事業上、工作上取得領先，光靠實力是不夠的。那麼，到底什麼才是必要的條件呢？其實是「聰明」。可能也有人會把這樣的能力稱為「狡猾」。因為夠狡猾而得到勝利的人，遭到落敗的人責怪，也只是因為單純的忌妒罷了。贏了就是贏了。如果妳將贏得勝利的關鍵要素，都看做是罪惡的，那不就代表妳還不夠資格當一個成功者嗎？

我一直都在思考一個問題，明明我們家的便當比較美味，為什麼非得中止與我們的合作關係不可呢？不過，原本在我心中的正確答案，輕易地就被那個人給否決了。一開始我以為他的說法應該也只是單純的反對意見罷了，但隨著解釋越來越詳盡，儘管我原本堅定認為自己是對的，但如今也已經察覺到自己的想法並不正確，都只是幼稚且理想化的想法罷了。

在他說出「不夠資格當一個成功者」這句話的時候，我腦中有部分突然轟聲大作，像是壞掉了一樣。那個瞬間，成為一個分水嶺。我突然覺得解脫了。

取代我們家的那間便當店，真的太狡猾了。首先，那是從螢光幕前退下來的藝人所開的，老闆跟神田先生本來就熟識，更重要的是他們有給回扣！反觀正正當當、非常認真經營便當店的我，真的像個傻瓜一樣。

但是在那個當下，我醒悟了。我知道自己不是像個傻瓜，而是百分百確定就是個傻瓜。我想起我讀過的那些激勵人心的商業書籍，說什麼「努力絕對不會白費！」但是，重點應該在於要針對哪些事情做努力吧。對經營便當店的我來說，最努力的地方是在拚命把營業額衝高？還是努力做出美味的便當？除此之外應該還有可以努力的地方吧？

狡猾這件事情也是需要付出心血的。這是理所當然的事情。就連要當小偷也絕不輕鬆。不論做任何事情都必須要背負風險。

我認為只有自己真的用心在經營，但其實給回扣也是需要用心的，好比說決定的過程中可能得面臨各式各樣煩惱也說不定。我光只是想著因為競爭者送了回扣，所以自己家的店被迫失去合約。然而，想要狡猾地贏得這一切，中間過程所做的努力與辛苦，說不定是我的好幾倍。

我沒有辦法去做那些狡猾的事情，一直以來都沒辦法做到，所以那個人其實說得沒錯，我的確沒有成為成功者的資格。

此時此刻，我解脫了，可以做出決定了。

——把便當店關起來吧，過往的努力不會因此白費。去找出能讓自己變得幸福的方向重新衝刺吧！

我拿著神田先生還給我的名片，走出了神田先生的家。那個人對著我緩緩離去的背影說道：

——我很期待看到妳成功喔！因為妳就像菲律賓鷹一樣，用強而有力的愛，珍惜並守護著夫妻之情，就這樣活下去吧！

8 神田和也

——爸爸，你回來了。

——和也，你又爬起來了啊，媽媽呢？

——正在洗澡。

——這樣啊。那我去跟媽媽一起洗好了……

在電視台工作的人，常常忙到連回家的時間都沒有。但是我的爸爸卻不會這樣。我還小的時候睡覺時間較早，爸爸都會在我還沒睡之前就回家，而且他也會常常撥時間跟我和媽媽聊天。在工作忙碌之餘，也非常重視家庭。他真的是一個理想的模範父親。我的爸爸就是這樣。只不過，「理想的模範父親」和「能讓人感到驕傲的父親」還是有些許不同。

在我小學五年級的時候發生過一件事。

我想應該每個人在小時候都拿過卡片吧。什麼樣的卡片？就好比說「可愛」、「帥氣」、「運動神經很厲害」、「家裡很有錢」、「很會念書」等等的，也就是說那些卡片，就是用來表示自己所擁有的特質。上面我舉的這些都是正面的例子。相反的也有。像是「家裡很窮」、「長得很醜」、「身材很胖」……之類負面的卡片。另外還有與生俱來的基本能力，自己不管怎樣都無法改變的卡片。每個人都有像這樣的卡片。小學低年級的時候，我們家根本沒有注意到該怎麼使用這樣的卡片。儘管出於本能，我有意識到所謂卡片的存在，但到底該怎麼使用我就不知道了。不過，到了小學四年級時，我開始慢慢了解了。每個人在班級裡的排行定位，會根據一開始就分配下來的卡片來決定，然而卡片的使用方式也會影響到自己在班級中的地位是往上還是往下。

我和其他男孩子比起來個子算是很矮的，體型的瘦弱程度也是排在前三名。如果我可以跑得很快的話，那這樣的體型可能不至於拿到負面的卡片，但我跑得並不快。真可惜。說到成績，我算是很會念書的，但是以那個年紀來說，「會念書」絕對不是很強的卡片。

不過，別看我這樣子，我可是擁有一張超強卡片，別人都沒有的。那就是「我的爸爸在電視台工作」。這真的是很強的一張卡片喔。而且，爸爸的收入跟一般的上班族比起來豐厚許多，所以我也擁有「有錢人」這張卡。不過不管怎麼說，「父親在電視台上班」這張卡，就等於是無條件拿到觀賞電視節目首播的特權，這張卡可是閃閃發亮的啊！

——因為和也的爸爸在電視台上班嘛。

不管怎麼說，這都是一張值得驕傲的卡。電視裡的世界是掌握不到實體、虛幻而繽紛的，爸爸卻可以真正置身其中，而我就是他的兒子。光是這樣的一張卡，就非常足夠了。

在我心中，爸爸也是時常閃爍著光芒的。一到爸爸製作的節目播出的時間，媽媽就會告訴我：「這就是爸爸製作的節目喔！」在兒子的面前，媽媽也是顯得很驕傲。因為這種驕傲的精華注入了兒子的腦海中，所以兒子別無選擇也存有這樣的想法。

我現在都只會開心地看著爸爸所製作的電視節目。那個節目不管有不有趣都不要緊，我每個禮拜都在期待著爸爸的節目播出。不過，讀低年級的時候我還沒查覺，原來就像一個班級裡有好學生也有壞學生一樣，電視節目裡頭也有好節目和糟糕的節目。

人心是深信不疑的，對於到手的幸福，人們總是相信永遠都不會改變。就算是小孩子也是如此不是嗎？所以我當然完全沒想過「爸爸在電視台工作」這張卡，有一天會變成一張爛卡。

四年級的時候，我的朋友說：

——和也的爸爸所製作的節目停掉了呢。

的確，當時爸爸的節目大概播了半年後就停了，但那對我來說並不是「停掉」了，而是「改變」了。

對了，有一天我曾問過爸爸：

——那個，這禮拜爸爸製作的「虎斑海膽大恐慌」沒有播出耶。

——對啊。

——你趕快把它變成兩個小時充滿刺激元素的節目嘛。

我那時候還不知到如果收視率不好的話，節目是會被停掉的，所以完全沒有察覺這番天真過了頭的發問，召喚出生活中的罪惡。那個朋友的一句話，才讓我恍然大悟。他說，節目已經「停掉了」！對我來說，只有爸爸製作的電視節目，才有收看的價值，所以根本不用考慮什麼「有趣不有趣」的問題。然而，透過班級中的朋友，我才理解原來爸爸所主導的節目「因為缺乏趣味所以被迫下檔」的事實。

直到小學三年級為止，對於我擁有很強的卡片這件事，學校的朋友們都還會單純地讚嘆，興奮之情溢於言表。不過到了四年級，這種單純的心情就轉變成小小的忌妒心，因為自己沒辦法擁有一張好卡而忌妒。等到升上五年級，學到了智慧與邪惡，想法就會跟著改變。他們會想，自己手上沒有強而有力的卡片，那也要為對手創造負面的卡片。

就拿女同學步夢來說好了，她的媽媽原本是模特兒，所以步夢一出生就拿到了「可愛」這張最強的卡。用最單純的角度來看可愛這件事，也只有局限於低年級的學生。大約是升上四年級之後，其他的小女孩果然還是分成了兩派，一派是可以接受自己輸了，另一派卻無法接受。那些不認輸的小女孩們，會將目光緊緊鎖定在步夢身上，時時觀察是否有機會讓步夢拿到負面的卡片。

有一天在上課的時候，步夢突然打了一個大噴嚏，並用手遮住了嘴巴。然而這個噴嚏的驚人音量和步夢的形象一點都搭不起來，巨大的差異任誰都會嚇一跳。接下來的畫面，不認輸的女孩可是看得很清楚。步夢打噴嚏時，大量的鼻水、唾液和痰，都出乎意料地噴到了她自己的手掌上。這件事如果是步夢來做的話將會變成笑柄。步夢知道自己如果在課堂上把衛生紙拿出來擦手，那些想要挖出她弱點的女生們，一定會拿來當作最好的誘餌。因此，步夢只能賭一把了。她在沒有人看到的情況下，把沾在手掌上的那些噁心的液體，偷偷地擦在自己的椅子內側，但這一幕全部都被看光光了。

午休時間，以「一定要讓步夢拿到一張負面的卡片」為目標的女學生革命軍，其領袖美咲趁著步夢去上廁所的時候，把男同學們叫了過來。

——今天上課的時候，步夢打了一個大噴嚏，你們知道嗎？

美咲對著聚過來的男同學們，將步夢這個偶像人物絕對不能做的行為，巨細靡遺地說了一遍。接著當著所有男同學的面，將步夢的椅子翻到內側給大家看。從步夢口中噴出來的鼻水、唾液和痰，混在一起變成一坨骯髒的物體。證據確鑿。如此一來，就可以頒發給步夢一張「骯髒女孩」的負面卡片了。像這樣一舉將可愛的小女生變成大家欺負的對象，在學校裡可說是時有所聞。這是學生之間小小的革命。然而，一旦成功了，這樣的革命就會讓人生中重要的幾年都必須在灰暗中度過。

包括我在內的男同學們，不約而同發出「哇」的驚嘆聲。美咲想必在男同學們的反應中得到了不少快感吧。不過包含我在內的男同學們，除了覺得「骯髒」之外，還有別的感覺。那就是興奮。為了可愛的步夢所製造出來的噁心團塊而感到興奮。我想我們都勃起了。男同學們內心應該都有罪惡感油然而生，因為看到噁心的團塊而勃起的罪惡感；因為感到興奮所帶來的罪惡感。結果沒有一個男同學出來抓弄或是欺負步夢。也就是說，步夢的卡片完全沒有變弱，革命失敗了。在小學高年級的班級中，充斥著諸如此類的陰謀。

當然也有弱小的卡變成強勢卡片的例子。像男同學拓海的情況就是如此。三年級的游泳課，大家在換泳裝的時候，拓海有件事情被大家發現了。在班上身高最高的拓海，在換泳裝的時候死命的遮住雙腿之間的部位。然而，老天爺就這麼吹了一口氣，讓拓海在換衣服的時候一個轉身，毛巾就掀了起來，讓他的下體全部都被看光光了。他的祕密在那個當下揭露出來。拓海的陰莖啊，跟我們這些男同學們比起來，足足大了三倍之多。雖然都稱為陰莖，但拓海的巨物才真的是貨真價實啊，我們的根本只能叫做小鳥罷了。拓海的陰莖像海參一樣長得奇形怪狀的，而且還長了毛。如此寫實的陰莖和陰毛，對小學三年級的小男孩來說真的是巨大的衝擊。說是可怕應該也不為過。遲早我們的東西也都會變成那樣嗎？為了抗拒這樣可怕的想法，我們都把拓海當成了笨蛋。從那一天起，拓海就被掛上了「擁有奇怪陰莖」的卡片。然而過了兩年之後，這張卡片的意義就改變了。升上五年級之後，有些人也開始長毛了，陰莖開始往奇形怪狀的方向發展，紛紛都「拓海化」了。因為自己的陰莖開始變得像拓海的一樣，所以大家就不再把拓海手上的卡片當作是笨蛋拿的。更重要的是，大家都發現到拓海比自己更早進化，因此理應讓拓海變弱的卡片就此失效。

接下來談談我所拿到的卡片吧。我不是擁有「爸爸在電視台工作」這張首屈一指的卡片嗎？結果這麼強的卡還是被我的朋友成功逆轉了。有聽過大富翁這個賭博遊戲嗎？手中握有國王卡是很強沒錯，但是一旦掀起革命，卡片就會一瞬間變弱，這就是所謂的逆轉。

升上五年級之後大家開始注意到，我爸爸所製作的電視節目因為一點都不有趣，所以無可避免地走向停播一途。有一天的午休時間，班上有位同學所說的話，讓我的卡片完全變了調。

——你爸爸製作的「追蹤反社會者」節目，一點都不有趣啊。

我的心臟有種突然被自動鉛筆刺了一下的感覺。終究還是有人注意到了。我最不想被說的事情，終究被攤開來講了。

——「子彈猜拳」這個節目才真的是有趣極了呢。

那時候爸爸的敵對陣營所製作的「子彈猜拳」，剛好開始在小學生之間流行起來。我察覺到節目播出的隔天，興奮地在學校討論「子彈猜拳」節目內容的學生明顯變多了。正確來說，我對這種事情是相當敏感的。一開始大家可能只是單純地在討論「子彈猜拳」，但過了一段時間之後，我就清楚知道那些話語是故意要傳到我耳裡。

我身邊的朋友也不再對我爸爸的工作露出閃閃發亮的眼神，然後追著我問個不停了。也沒有朋友會來拜託我請藝人簽名了。我所聽到的都是「昨天的子彈猜拳真是太有趣了！」這就是讓我的卡片變弱的關鍵話語。因為爸爸的關係而得到的卡片讓我感到驕傲，那是我到學校去上課的動力。但是我沒有辦法跟爸爸說這些事情，事實上也不應該說。對任何人來說父母親的存在都是絕對的，也希望是絕對的。為人子女不會想要見到父母那些不堪的事情，一點都不想知道。但是，我卻發現了，原來爸爸在工作上是一個「沒用的傢伙」。

雖然在電視台工作，但每天晚上卻都會回家來，周末也會帶我出去玩。這是標準的好爸爸。但是，我知道爸爸之所以可以成為標準的好爸爸，是因為他在工作上變成了沒用的傢伙。

理想的爸爸是什麼樣的呢？對還是小孩子的我來說，好爸爸到底是什麼呢？每天都和孩子相處，聽孩子說話，騰出時間來和孩子一起玩，這樣就是好爸爸了嗎？還是說應該要幾乎不回家，也幾乎不跟孩子講話，但是卻從事著讓周遭的同學都會感到羨慕的工作，這樣才算是好爸爸呢？爸爸是為了什麼而存在的呢？爸爸到底是什麼？

對孩子也是如此。父母都希望孩子可以進入好的學校，但那真的是為了孩子在著想嗎？一定不僅於此。大多是為了父母親本身。因為父母親想要炫耀。結果就算長大成人了，孩子也仍舊是自己所擁有的卡片之一。

不過，爸爸真的很拚，也很堅持。我進入中學之後，應該還是很弱的卡片卻再次重返榮耀了。爸爸所製作的節目總算大紅大紫了。爸爸總算讓我感到驕傲了。

爸爸，我可以再問一次吧？到底怎樣才算得上是標準的好爸爸呢？

2nd Stage

1　圍著彩色圍巾的男子

你知道日本人跟其他國家的人比起來特別膽小嗎?可能是容易受到驚嚇的膽小基因特別多吧。我曾經看過一份報告，裡頭指稱有百分之九十七的日本人擁有膽小基因。順帶一提，在美國的白人有百分之七十七有膽小基因，其他國家的人們則平均有百分之六十，不滿百分之五十的國家也所在多有。有這麼多日本人擁有膽小基因，就可以知道日本人有多麼容易受到驚嚇了。當然，反過來說也可以說日本人比較纖細敏感。

在大腦的正中央，有的部位稱為「扁桃體」，其主要的功用就是處理恐懼感。扁桃體的位置離海馬迴很近。海馬迴是掌管記憶的部位，負責製造回憶，而扁桃體則是掌控喜歡或討厭等情緒的部位。扁桃體會根據眼前所碰到的事情來判斷那是對自己有利或是不利。很可怕吧。如果有需要巴結的部位，應該就是這裡了吧。因為扁桃體可是主掌著喜歡或討厭的大權啊。扁桃體可是城府很深的，只要感覺到有些害怕，就會發出迴避的指令來躲開危機。什麼樣的指令呢?就是讓心跳的速度變快，肌肉變得活潑。如此一來在面對「戰鬥」，或者該說是

「逃跑」的情況時，身體才能夠輕鬆做出反應。人類的構造真令人感到佩服啊！

而且，男生與女生對於害怕的事物似乎有所不同。女性通常對於無法理解的事物會感到害怕。比方說，住家附近出現了一個直徑一公尺左右的黑色大洞，一個用燈光也看不見底的黑暗洞穴。在踏進這個洞穴之前，女性的害怕成分相對來說會高一些。裡頭會不會有殺人犯啊？會不會有毒蛇啊？爬下去的話還出得來嗎？女性就是會這樣思考著黑暗洞穴裡頭有多少可怕的東西。而男性則是會在黑暗的洞穴中確認自己應付不來時，才會感到害怕。總而言之，女性在恐懼感這方面是充滿豐富想像力的。遺憾的是要讓男性感到害怕的話，就必須要提供更多具體的情報才行。

所以我啊，一開始就給達也先生的扁桃體灌輸了容易理解的情報，也就是兒子被銬在牆上、性命垂危。我刻意利用爆破蘋果的方式，讓「兒子的頭也會像那樣炸得粉碎」這種非常容易理解的訊息送至他的扁桃體。不過看來似乎有點做得太過頭了。

達也先生真不愧是機智問答遊戲節目的製作人，可以說是幹得很棒呢。在如此害怕的狀況下，還能夠漂亮地將一張名片還給正確的人選。不過，看來他好像有點大意了。因為減少了一張名片就感到安心。那一瞬間所顯露出來的鬆懈表情，讓這個期待已久的遊戲少了些許緊張感。在這樣的情況下，我當然會希望一句話就讓氣氛為之轉變。不過，畢竟是期待已久的遊戲，所以改變氣氛的方式最好不要只是單純的一句話對吧。

另外，「害怕」真的是好的嗎？據說小孩子在打針的時候，與其說「不會痛的」，倒不如說「刺一下馬上就結束囉」反而比較能降低孩子害怕的心理。畢竟針在刺入的時候不可能不痛的，就算是小孩子也明白這個道理。所以如果你對孩子說「不會痛的」，孩子心裡就會想著「你又再騙我了」，並因此增添了別的害怕元素不是嗎？也就是說有些醫生會故意講說「不會痛的」，企圖藉此來造成孩子更加恐慌。我這樣會想太多嗎？

因此，我對成功返還一張名片，所以一瞬間感到安心的達也先生說道：

——達也先生，這麼看來，接下來就輕鬆多了吧。

沒錯。根本就不可能輕鬆吧。名片可還剩下五張呢。我成功地以這樣一句話，破壞了達也先生的安心感。他立刻低頭看著右手中的五張名片，不得不回歸現實面。不過啊……

——再撐一下下，兒子的腦漿就不會被炸得四處飛散了。

儘管我知道這是達也先生最不願意想像的畫面，但我還是將情況具體地描述出來。況且才沒有什麼「再一下下」的事情。

其實這樣的訊息我主要是想傳遞給達也先生的兒子和也。

聽到我這句話，和也被銬在牆上的雙手，開始喀拉喀拉地顫抖著，被膠帶貼住的嘴巴也一直動個不停。

達也先生朝著和也靠過去，所以我就讓達也先生看看一按下按鈕就能讓和也的頭被炸飛的遙控器。扁桃體啊扁桃體，因為他是男性，所以這等於是最直接的訴求。

——那麼，已經沒有多少時間了，趕快選擇你要歸還的第二張名片吧。
達也先生手中的名片從六張減為五張。
——Q企劃　機智問答編劇　木山光。
——大山高中老師　薄井忍。
——NextChange　導播　松永累。
——DASH 公司　經紀人　山本司。
——AYUZAK 機構　CEO TAGAMI NARIKAZU。
與這五張名片相對應的，是穿著白色睡衣的名片原主人，如今也少了一人，變成四位。
一號是碳水化合物攝取過多、超過二十五歲的男性。
二號的大木真女士已經先行離開了。
三號是超過三十五歲的肌肉男，眼神凶惡的活火山。
四號是超過二十五歲的女性，擁有一頭長髮以及令人覺得惋惜的巨乳。
五號是超過二十五歲，身高一百八十公分的巨神兵。
——那麼，請從你認識的人開始吧，請把手上的名片返還回去。
達也先生反覆不斷比對五張名片，以及眼前的四個人。無法往下進行的遊戲是非常無趣的。
——現在給你一個特別的優待！接下來先還這張怎麼樣？

我抽出一張名片來，好讓遊戲可以繼續進行下去。

——請將上面的資訊念出來。

——Q企劃　機智問答編劇木山hikari？·hikaru？·不確定是哪個念法。

沒錯，下一張要返還的名片是「Q企劃　機智問答編劇　木山光」。

——我以前不知道，原來有人是專門在企劃機智問答的啊？

是的，他們幫了我們很多忙。

——別說什麼人家幫了你很多忙這種話了，是你幫了他們很多吧？

沒有這回事。

——沒關係啦，有在關照他人就一副了不起的樣子。

——我才沒有一副了不起的樣子！

——擺出了不起的模樣也沒關係喔。因為你真的很了不起，是知名節目的創造者呢。

像這樣故意在一旁淨說些諷刺的話語，真的很像峰田先生的風格呢。挑撥及諷刺。

——機智問答編劇在你的團隊中大概有多少人呢？

——我那邊大概有二十人左右。

我並不是知道得很清楚，但就我所知問答遊戲節目的機智問答編劇，跟一般節目的腳本編劇有些許不同。機智問答編劇必須以是否適合節目使用為前提去進行發想和驗證。公司會和所有的機智問答編劇簽訂合約，有把編劇們集合起來一起簽一份合約的情況，也有與優秀的機智問答編劇單獨簽訂合約的情況。
——只有在出席會議的時候才會支付費用嗎？
——如果在會議上我有提出額外的研發要求的話，就會付費。
——也就是由達也先生決定。通常金額大約會落在多少？
——追加的研發題目一題一萬圓，若經採用的話則是五萬圓，比較大型的問題則是十萬圓。
也就是說沒被採用的話就沒有辦法領錢了。電視媒體的世界遠比我想的還要嚴峻啊。不過，也是因為如此嚴格，才能催生出那麼棒的題目來。
——消失的蜜蜂這個題目最棒了！那個也是源自於機智問答編劇的想法嗎？
——是的沒錯。
那是一個非常有趣的題目。在蜜蜂的蜂巢裡，放進一隻大黃蜂的話，你覺得會發生什麼事？這隻大黃蜂啊，會因為周遭圍滿了為數眾多的蜜蜂，所以體溫向上提升。每一隻蜜蜂的體溫都上升一點點的話，蜂巢裡的溫度也會上升對吧？沒想到，蜂巢裡的溫度隨著每隻蜜蜂的體溫而上升，到達攝氏四十五度大黃蜂就會因悶熱而致死。要利用上升的體溫把侵入者殺死可是要非常努力的。因悶熱而致死耶，所以說啊……
——不能因為對方是弱勢就惹毛人家啊。
——是啊沒錯。

——弱者如果真的起了殺意，所採用的方法可是會比衝動行事的人還要殘酷的呢。

——對啊。所以你說這番話真正想要表達的是什麼？

——希望你不要變成題目中的大黃蜂啊。

我引導達也先生把自己想像成大黃蜂，然後剩下的四人是蜜蜂，用這個方式同時給予他刺激、害怕以及諷刺。讓達也先生在混雜著害怕及焦慮的心情下進行遊戲，是我的職責。

——團隊多達二十多人，想必競爭很激烈，汰換率很高吧？

——在這個時代，電視台的預算也不是那麼餘裕，所以不能用的人就會遭到辭退。

——對了，就是這樣！這位木山也是因為不能用而被炒魷魚了吧。

——或許。

——也就是說，就是被你裁掉的！

我一句話就讓他啞口無言了。達也先生對於不好用的機智問答編劇，好像會不斷不斷地進行汰換。有很多人也因此認為他太過冷酷，在背地裡指責他。節目的品質低下以及收視率下滑的話，達也先生是必須要負起全部責任的，所以我在想，真的能這麼簡單就用一句冷酷帶過去嗎？負責任所帶來的壓力與辛苦，唯有在上位者才能體會。啊，其實我也沒有待過上位的主管職。

——編劇多達二十幾個人的話，恐怕沒辦法記住每個人的臉吧。

——才沒有這種事！

——就是有這種事，你看看現在，你手上的名片還不回去吧。

此時有件麻煩的事情。站在行列當中的木山先生，一聽到達也先生說出「不能用的人就會遭到辭退！」他的眼睛一瞬間就睜得老大，全身的毛細孔都打開了，唰地一下子爆發出憤怒的能量。就好像蜜蜂讓溫度上升一樣。如果被注意到了的話，那就麻煩了。幸好在這四個人當中，散發憤怒氣息的木山先生站得最遠。接下來要進入關鍵階段，因此我希望他能夠好好平靜下來，我瞪了他一眼。

然後，我立刻轉向達也先生。

——你把機智問答編劇辭退的理由是什麼呢？

——理由是沒有辦法提出好的問題來。

——真的是這樣嗎？

——真的。

接著，我又再次說出人氣節目製作人最不想被提及的話題。

——要對創造出人氣機智問答遊戲的你說出這種話，多少也是感到有些討厭。

——到底是什麼？

——把那些因為提不出好問題而被炒魷魚的人都叫到這邊來的話，就會形成一個很有趣的機智問答題目了吧？

噗嗤一聲，正中紅心。完全命中機智問答節目製作人的自尊心。而且，可以讓他變得更加害怕。「我被辭退的理由是什麼？」恐怕是自己被懷恨在心的理由。這樣的事情一點都不想去探究吧。無法判斷前進的方向時，思考也會因此停滯，如此一來一點都不有趣。

——我有一個關於動物的問題想要問你。

——關於動物的問題？

——如果你願意教我的話，那我可以在此給你一點暗示。我人很好吧！說要給暗示呢。不過，這也是為了讓這個遊戲變得更有趣。

——你想問的問題是什麼？

——斑馬身上的條紋，是縱向的比較多呢？還是橫向的比較多？

2 神田達也

那個人手裡握著我兒子的性命，但想要問我的問題居然是斑馬身上的條紋！這是惡作劇吧？還是他本性如此？是在抓弄我吧？根本是把我當笨蛋耍吧？

——斑馬身上的條紋，是縱向的比較多呢？還是橫向的比較多？

——為什麼，現在，要談斑馬的問題呢？

——因為我想知道。請你回答我。

如果不回答他的話，恐怕沒有辦法往下繼續進行，所以還是回答吧。

——那個，是縱向的條紋比較多吧。

這是理所當然的答案。絕大部分的人應該都會認為斑馬身上的條紋縱向的比橫向的要來得多吧。

——事實上是橫向的條紋比較多。

自己確認「絕對是如此」的事情被否定的話，任誰都會生氣的吧，於是我說道：

——絕對是縱向的比較多！

那個人看起來一副就是在等著我說出這樣的話來，就好像埋伏已久的伏兵一樣。

——「全民大猜謎！祕辛搜查員出動！」的製作人，原來也有不懂的事情啊。

那傢伙把智慧型手機拿到眼前，開始用圖像搜尋功能。看了圖片資料之後，想必他就會知道自己認為理所當然的事情並不是正確答案。斑馬身上的條紋，縱向的部分事實上只有在身體的中央部位而已。前面及後面都是橫向的條紋，就連四隻腳也是橫向條紋。

——有七成是橫向條紋喔。

那傢伙為了反擊拚了全力，因此看到了正確答案後卻顯得有點進退兩難。

——斑馬在吃飼料的時候，會低頭呈水平狀，這時候身上的條紋就幾乎都變成縱向的了不是嗎？

——那僅侷限於吃飼料的時候吧。

——平時斑馬保持頭朝下的情況說不定還比較多吧，也就是條紋都會變成縱向的。我的說法絕對是贏不了的。漏洞百出的牽強說法，讓他再次笑了起來。

——不知道的事情被提及的話，不管什麼時候都會感到生氣吧。啊，我啊，真是個溫柔的人。

讓我顏面無光、自尊掉滿地，這樣叫溫柔？那傢伙是溫柔的人？到底哪裡溫柔？喔不，的確是有溫柔的一面，因為他給了我暗示。能在四個人之中把機智問答編劇木山光找出來的暗示。

為了要把木山光找出來，我只能利用一張名片可以問一個問題的規則了。那傢伙給了我可以縮小範圍的暗示，我假裝自己掉進了他所設的陷阱裡。「不知道的事情被提及的話，不管什麼時候都會感到生氣吧。」這句話被送到海馬迴時，有張臉慢慢地從我的記憶深處浮現了出來。對了！之前發生過一件事。我想起其中一個機智問答編劇被辭退的理由。

——鮭魚是白肉魚還是紅肉魚？哪一個才對？

這個題目在企劃會議上被提出來時，我覺得挺有趣的，所以決定納用。正確答案是白肉魚。鮭魚的身體是紅色的，然而卻被歸類在白肉魚的範疇，因為鮭魚原本是白肉，但在成長的過程中是以紅色的浮游生物為食，所以長大就變成了紅肉，原本似乎是白肉才對。

我以前並不知道這件事，當下也是單純覺得很有趣。我們還可以做實驗。用紅色的浮游生物以外的餌來餵食鮭魚的幼魚，是否會讓鮭魚長成白肉魚呢？諸如此類的。所有細部的計畫，都已經在我的腦海裡呈現，但此時卻有人潑了冷水，一個男人的聲音傳來。

——如果真是這樣就好了呢。

聽起來像是自言自語，但我知道話裡的矛頭是指向我的。我想著是不是聽錯了，因為在會議上沒有人會對我有任何負面的發言。

——如果是這樣，指的是怎樣？

我想要用一句話就達到威嚇的目的。在「全民大猜謎！祕辛搜查員出動！」的製作會議上，每周都會從機智問答編劇群那邊收集到一百個以上的問題，但裡頭能被我畫上圈的充其量也不過是五個左右罷了。所以，我們都還要做追加搜尋的動作，而且實際用來播出的問題，說不定還不見得是出於這一百個題目之中呢。猜謎題目的篩選是嚴格到這種程度的。因此，當畫面在我的腦海中展開時，居然有人輕輕潑了極其貴重的一滴冷水，我當然應該要嚇嚇這傢伙。所以我才會那麼問。

——很好啊，這是很基本的猜謎題目。

一個看起來很陌生的編劇這麼說道。我不知道答案的猜謎題目，居然被他說很基本。

——基本？原來這很基本啊。你們之中有人知道答案嗎？

現場完全沒有人舉手，就算原本就知道，應該也不會想要舉手吧。這我也很清楚。

——根本沒有人知道嘛。

——我想大家應該都只是裝作不知道吧。

——假設聚集在此的幾個人都知道，但一般人應該都不知道吧。

對於我所不知道的事情，我都會想要將之正當化。我是創造出這個製作團隊的佼佼者。這可是個好不容易才終於紅起來的節目。以前我是個連後進也會把我當笨蛋耍的人，現在終於建造了一座城堡。我才不想讓給任何人。不知不覺有些話語開始從我的嘴巴流洩而出。

——你的意思是，這個問題，我，不應該不知道！就算知道答案，也應該要浮現做實驗的畫面！如果說能想出有趣的實驗對節目也是很有幫助的！這些事情都不好好去了解的話，就不要輕率地使用「基本」兩字就帶過！你這個混蛋！

不能說我不知道。對於現在在舞台上的我來說，我無法認同。我希望可以消除那些我不知道答案的問題，不想要被發現，拿各式各樣的藉口來掩飾，引來辱罵。憤怒是把自己受到的恥辱縮小到最小限度，並吞下去的唯一方法。因此我趁著這股氣勢走出了會議室，並將那位機智問答編劇給炒魷魚了。

不過，結果變得如何呢？這件事情全然變成是我的不對了吧？我是站在雇主這一方的，在團隊之中我是一個領袖。我下面的人應該沒有把爭取成為一個領袖當作是工作內容之一。所以這應該稱之為赤裸的國王嗎？是這樣沒錯吧？用三言兩語就把事情處理掉真的是好事嗎？不好的事情不敢對上司說不好，這樣的公司遲早會完蛋，但真的是這樣嗎？一間公司裡頭全都充滿了會把不好的事物向上反應的員工，公司就真的能夠順利運作嗎？我認為是不可能會順利的。在這個世界上萬事萬物都有個均衡。大家其實都誤會了。我在節目翻紅的時候就注意到了，一般人往往認為均衡就是對於保持平衡很有一套，但在職場上，成功者反而都是偏離均衡的。

所以說，假設就算我有不懂的地方，周遭的人都不再演戲只為了讓我不要感到不好意思。讓上頭的人感到羞恥感覺會很爽嗎？或許確實感覺會挺爽的。不過，像這樣當場讓人出糗的傢伙，也只是為了自我滿足罷了不是嗎？他從中能夠獲得什麼呢？上司不就是在上頭做管理掌控，所以才能稱為上司嗎？身為下屬的就應該更聽話一點啊！

不知不覺熱了起來。讓我渾身發燙的就是那個傢伙。但是，那張臉我記不清了，當時我一點都不想要看到他的臉，逕自走出了會議室，從那之後也不曾再遇過他。

然而，「Q企劃　機智問答編劇　木山光」這張名片我還不回去。如果說辭退機智問答編劇這種事我只有做過一次的話，那應該就會記得，可惜並非如此。

站在我眼前的有三個是男性，胖子、目光凶惡的光頭佬，以及一個高個子。看來對我怒氣最盛的是那個眼神惡狠狠的男人，但我沒有辦法確定。眼下唯一的辦法就是問他們一個問題，於是我問了。

——我有問題，一張名片可以問一個問題對吧？

——什麼問題？

——鮭魚是白肉魚還是紅肉魚?哪一個才對?

這個問題可以將答案鎖定在一人身上。當我想著可以藉此找出正確答案來時,那傢伙正慢慢地觀察著我。

——這樣真的可以吧?

主持人峰田在答題者說出錯誤答案時,總是習慣會將回應放得很慢。難道是我這個問題問得不好嗎?我看著自己右手中的名片。

Q企劃 機智問答編劇 木山光。

大山高中老師 薄井忍。

NextChange 導播 松永累。

DASH 公司 經紀人 山本司。

AYUZAK 機構 CEO TAGAMI NARIKAZU。

看來靠這個問題還是不行。這個問題有可能沒有辦法讓答案鎖定在一人身上。

——剛剛的問題請先忽略。

——取消了是吧?

——是的,取消了。

「NextChange」的節目製作團隊,也有可能出現在那次的會議上。如果是這樣的話,那麼就有很高的可能性會知道鮭魚是白肉魚。

——我順道問一下，剛剛的那個題目的答案是什麼呢？該不會是白肉魚吧？

——沒錯。

——嘿，原來如此。那麼，你為什麼會想要問鮭魚的問題呢？

——這不重要吧。

——該不會是因為鮭魚的事情曾經傷了你的自尊心吧？

——我並沒有被傷到自尊。

——那為什麼要炒人家魷魚？就是因為你很生氣不是嗎？

——的確我在那個當下是很生氣，也是因為生氣所以才辭退對方的。

因為我承認了內心不想承認的事情，所以那傢伙露出了心情愉悅的表情。如此一來他就會給我暗示讓遊戲可以繼續進行下去，他有這樣的習慣。

——你這個人挺不賴的。

——為什麼這麼說？

——因為你剛剛不是取消了那個問題嗎？

——是啊，我是這麼做了。

——假設這個問題可以讓你鎖定在一個人身上並且答對的話，那就太無趣了。

——無趣？

——因為這是我期待已久的遊戲啊，所以並不希望你用辭退的理由就找出正確答案。

不希望用辭退的理由就讓我找出正確答案，所以還有其他原因嗎？木山光先生會來到這裡的原因。他一定有什麼話想要對我說。除了辭退的理由之外，還有別的事情。

——和機智問答的編劇開會是怎麼進行的呢？

——我、機智問答編劇，以及所有工作人員都集合起來，一起審視編劇們所提出來的問題。

——全部的人都能看嗎？

——所有編劇所提出的問題集合起來，只有我才看得到。

——只有你？

——這樣影印的費用才不會爆增，也可以省下影印的時間，減少助理導播的工作量。

——也就是說只有你可以確認到全部的問題。

只有我可以確認全部內容。與其讓所有人都看著資料來做決定，倒不如一開始就由我圈選，這樣可以進展得比較快。我非常了解浪費時間的會議就是因為聽了太多與會人員的意見，就像以前的我在開會時一樣。

——所以，編劇們的想法，全部都進到你的腦袋裡了。

——沒錯，就是這樣。

——每個禮拜都有那麼多的題目湧入，你的腦袋難道不會亂成一團嗎？

——並不會啊。

——哪個題目是由哪個人所提出的，這些細節你全部都記得？真是優秀啊！太佩服了。

大腦中扁桃體，其功能是產生情緒，那傢伙藉著這個問題企圖讓我的扁桃體產生罪惡感。日常生活中常會有讓人產生罪惡感的事情。例如在廁所小便完之後沒有洗手就走了出來，心中就會有罪惡感油然而生。但是這種罪惡感很快就會消除了。每天都會產生的罪惡感，有些會被大腦處理掉，有些則會隨著記憶保留下來。

我對編劇懷抱著感謝之情，但卻連對方的臉都記不起來，這種小小的罪惡感，被保存在大腦裡頭。幸虧那傢伙所提的問題，才讓我的記憶從大腦深處甦醒。我知道就是這個了！就是因為那件事！

——我要提問，可以嗎？

——這次可不能再取消了喔。

——不會的。我想問的是，你從我手上奪走的是哪一種花？什麼顏色的？

——確定是這個問題了？

——是的。

如果木山光先生對我懷恨在心的理由是那個的話，那答案只有一個。

——請大家回答在聽到這個題目之後，最先浮現於腦海的花種和顏色，老老實實說出來就好了。

有的人直視著我的雙眼，也有人目光飄移不定。站在最左邊、直直看著我的雙眼的胖子率先回答：

——粉紅色的櫻花。

接下來第二個是瞪著我的肌肉男，像要把話語丟出來似的說道：

——大紅色的玫瑰。

第三個女性頭低低地回答：

——白色的百合。

第四個巨神兵眼神從我的雙眼移開，看著雙手被銬在牆上的和也邊回答道：

藍色的玫瑰。

四個人回答的都不一樣。三號的女性首先剔除在選項之外。我已經有答案了。就是三個男人其中一個。如此一來就可以把第二張名片還回去了。我舉步向前打算走到正確答案的那個男人面前，那傢伙卻伸出右手擋在我面前讓我停了下來。

——可以問你，木山光先生為什麼會來到這裡嗎？

——為什麼來到這裡嗎？

那傢伙在我發表正確答案之前，有訊息想要傳達給我。

——木山先生在成為機智問答編劇之前的職業是什麼？A：老師，B：醫生。

——不能不回答嗎？

——畢竟是期待已久的遊戲啊。

——我想是老師。

——為什麼？

要企劃猜謎題目並不是件容易的事。特別是二選一的題目，問題與答案的平衡非常重要。聽到正確答案之後，如果出現「什麼嘛，居然是這個答案！」之類的失望反應，那就表示這個問題是失敗的。為了不知道要選哪一個答案而困擾萬分，不論哪個選項是正確答案都會讓人發出「哇！」的佩服驚嘆，好的題目就必須要做到這種地步。

——如果正確答案是醫生的話，那二選一之中的老師這個虛構選項也未免太過普通了。

沒錯，如果正確答案是醫生的話，選項就應該要多一點冒險成分在裡頭，例如說可以用律師，或是僧侶也不錯。如此一來題目和答案才會交相激盪，讓趣味性不斷湧出。

——真不愧是猜謎遊戲節目的製作人，正確答案就是老師！

原來木山光本來在當老師，他把老師工作辭掉之後來當機智問答的編劇。

——從以前開始他就很想要進入電視圈，當一個機智問答題目的出題者。這個想法一直沒辦法放棄。

——為此特別辭掉老師的工作來當機智問答的編劇？

——他說辭職之後要離開學校的那一天，所有的學生都哭了呢。

在自己眼前的有「現實的人生」以及「夢想中的人生」。人生就是有這兩種軌道。而夢想這條路啊，在放開現實的人生，踏上夢想的軌道之前，不管經過多久，夢想的軌道看起來都是如此閃閃發亮。現實的人生儘管過得還算快樂，也挺充實的，但想要踏上夢想之路的想法還是無法徹底壓抑。那是因為大部分的人都沒有注意到，追求夢想其實是朝著懸崖前進。對於夢想充滿憧憬的人，是沒辦法注意到的。

——但是，木山先生啊，在「Q企劃」公司的錄用測驗中，一百個問題答對了九十九題呢。

——答錯的那一題，題目是什麼？

——一九五〇年代，美國為了治療癲癇而動手術將患者大腦的哪個部分切除？

——這個問題怎麼會答錯呢？

——他回答了扁桃體，但事實上答案是海馬迴。他應該知道正確答案的，真是可惜了。

在一九五〇年代，美國人認為海馬迴是大腦不需要的部位，而癲癇正是海馬迴暴走失控所造成的。所以才會有為了治療癲癇而把海馬迴切除這種匪夷所思的手術。經過手術之後，癲癇患者的發病機率的確明顯降低了，然而只有一個副作用，那就是患者開始出現記憶障礙。過去的回憶都還可以想得起來，但新的記憶卻經過幾分鐘就忘掉了。為了治療癲癇所做的手術，反倒讓人們了解到原來海馬迴在大腦的記憶行為中掌控了極為重要的部分。

木山只有這個問題答錯了而已。自己的海馬迴，選擇消除與海馬迴相關的知識，真是諷刺啊。木山答錯的扁桃體，是掌控著情緒的部分。木山的扁桃體功能看來並不怎麼優秀啊。居然在會議中對我說出不得體的話來。唯一答錯的那一題寫了扁桃體，在自己身上也不怎麼靈光，惹得我暴怒生氣，這也是一種諷刺？

——在Q企劃首屈一指，身為備受期待的明日之星，但是你卻一個月就把人家辭退了。

——這也是沒辦法的事情啊。

——那個人為了實現夢想終於從鄉下到這裡來奮鬥，你就這樣把美夢徹底擊潰啊？

——這難道都是我的錯嗎？

——夢想破滅之後他犯了罪，雖然是微不足道的小罪。

說著說著，那傢伙終於舉起右手，用食指指向我，給我信號。

——請你公布正確答案，被奪走的花是哪一種花？

我把名片還給站在最右邊的高個兒巨神兵。一瞬間，他的眼睛像達摩一樣睜得大大的，怒瞪著我。我一動也不能動。這並不像蛇瞪著青蛙，反而是像青蛙拚命怒視著蛇。

——我看了喔，「全民大猜謎！祕辛搜查員出動！」是很棒的節目呢。藍色玫瑰啊。

關於「藍色玫瑰」，曾在「全民大猜謎！祕辛搜查員出動！」節目中介紹過，並且實際做了實驗，是個觀眾反應非常不錯的題目。在自然界中，玫瑰有紅色、黃色、紫色等等各式各樣的顏色，但藍色的玫瑰並不存在。有非常多專家及研究員想要創造出藍色的玫瑰，然而不管跟哪一種藍色的花朵結合混種，都無法順利產出藍色的玫瑰。

有一個研究團隊轉而利用操控基因的方式來進行實驗。說到藍色的花，最先想到的就是露草。首先，將露草的色素取出來，置入玫瑰的基因中。然而這麼做卻沒有辦法讓玫瑰變成藍色。原因是將玫瑰染紅的酵素妨礙了實驗的成果。因此接下來他們將把玫瑰染成紅色的基因去除，並且從露草中取出藍色色素，以及讓色素穩定的基因，一併置入玫瑰中。結果，藍色的玫瑰就此盛開綻放。不過，這朵藍色玫瑰的外型卻和露草非常接近。就是這樣的一個故事。為了得到這樣的成果，歷經了長久的實驗，得到的卻是一朵哀傷的玫瑰。

——我真的非常喜歡。不染色的東西就不染色，這世界上的每一件事物都是獨一無二的。

這個題目在公司內部也深獲讚賞，連社長也很喜歡。甚至還得到在電視圈內值得驕傲的銀河賞。然而，這個問題卻讓人感受到小小的罪惡感。不過這種罪惡感過了幾天之後就徹底消失了。

又回到所謂的均衡。自己心中的罪惡感，並不等同於對方所感受到的。對我來說幾天內就會徹底消失的罪惡感，對對方來說卻可能是一輩子難以忘懷的傷痛。

——在會議中討論這個問題時，你曾說過「是我自己找到的。」沒錯吧？

答案是：是的。但是我沒辦法說出口。

——但事實上，這是從木山先生在被辭退之前的最後一次提案中抽出來的，對吧？

在本人面前，我只能低著頭看著下方，用以代替「是的」這個答案。

——你把被炒魷魚的木山先生想出來的提案占為己有了，對吧？

木山的臉、鮭魚的問題、藍色的玫瑰。記憶細胞一個一個相互串連起來，那一天所發生的事件概要，我也想起來了。連名字都想不起來的編劇所提的問題集，我找出了其中一個。那是個關於萵苣的問題。如果以有趣或無趣來區分的話，那算是個有趣的問題。我很感興趣。

但是，這個問題絕對沒有辦法在我們節目上播放，這是有理由的，儘管沒有明說，但我希望提案者自己能夠注意到，然而他卻在這個問題上花了非常多的時間，仔細地蒐集相關的資料並齊全地附了上來。真教人生氣，對這個人的笨拙也感到生氣。所以我想我應該會用難聽的話來否定他。

在蒿苣問題上打了個叉之後，結果在同一張紙上我看到了上面所寫的最後一道題目。那就是藍色玫瑰的問題。這個題目吸引了我的注意。我本想在這個題目上畫圈的，但因為已經將他全盤否定了，所以也沒有理由再畫圈。我非常了解在會議上有多少人期待著、關注著我手上的筆尖。我也清楚感受到每個人的視線都集中過來，盯著看我會在誰的提案上畫圈。我是在這種充滿緊張感的會議上演出的。

聽到獨裁者這個字眼時，大家的印象想必都不太好，然而這個製作團隊卻是在獨裁者誕生的時候才開始紅起來的。最重要的就是那種緊張感。會議中位高權重的人如果輕慢放鬆的話，那所有的人也都會隨隨便便。人都會挑軟柿子吃，軟柿子只有被吃的命。因此想要把節目做起來，有沒有人能大膽地站出來扮演獨裁者，就成了最關鍵的重點。我花了很長的時間才了解到這一點。因為我了解扮演獨裁者是會被討厭的，但又不能不去做。

扮演獨裁者角色的我，對於被我否定的傢伙所提出的提案，絕對不能說聲「不錯喔」就這樣畫圈。

所有人提出的問題提案只有我能看到。藍色玫瑰這個問題實在太有趣了。將木山辭退之後，這個提案仍舊深深吸引著我。交給助理導播去做資料蒐集與審核之後，想要製作這個題目的衝動就不斷驅使著我。但我可不能對著一個被我炒魷魚的編劇說：「你所提的那個問題我無論如何還是想採用。」因為我的身分實在不適合認輸。

因此，我便將這個題目占為己有了。其實坊間也有出版一本與藍色玫瑰有關的書。我想我就說自己是因為看到那本書。在會議上發表這個提案時，內心其實是充滿罪惡感的。看著底下的同仁紛紛點頭稱是，我胸口隱約地痛了起來。但是，這個事件我用了另外一種方式存在記憶中。「藍色玫瑰的提案只是剛巧那個編劇也知道罷了，往後絕對會有其他編劇提出來的。我有可能會從網路上得知，看到書而認識藍色玫瑰的機率也很大。因此不可能會被發現的。」我是這麼想的。這是很差勁的潛意識訓練。用非常多的「假如」就可以將罪惡感徹底消除。人都會這樣便宜行事。在藍色玫瑰這道題目的一片讚賞聲中，我的罪惡感也就此被掩埋了。

被炒魷魚了但提案卻獲得採用，這件事木山應該是看到電視的播出才發現的吧。

——你偷了木山先生的提案對吧？

照那傢伙所說的，我現在能做的，也只有請求木山的原諒了。

——真的非常抱歉。

我把頭低了下來。這樣做就能滿足木山了嗎？還是說他想要看到我更淒慘的模樣呢？然而那傢伙卻用手指指向木山。

——你啊，請你趕快跟神田先生道謝吧，我教過你的啊。

箭頭突然指向自己讓木山措手不及，臉上的驚慌藏都藏不住。

——聽好了，你認為屬於你的東西，事實上根本就不是你的。

那傢伙站起來持續面向木山，尖銳的言語像是箭頭的尖端般不斷刺出。

——就算是一個國家，打輸戰爭也得拱手讓人。沒有任何東西是屬於你的。什麼都不做，光只是想著那個東西是我的、是屬於我的，這樣的想法根本就錯得離譜。想要將東西占為己有，唯有讓自己變得更強，別無他法。就像那個人一樣。

那傢伙再次轉過來面對我，笑著說道：

——不過啊，這個人說起來對於機智問答的題目企劃還是很有一套，在他當老師的時候就玩過這個了。

——什麼意思？

——他讓小學生玩互相記住名字的遊戲。

——互相記住名字的遊戲？

——The Name這個遊戲，就是他想出來的啊！

3 Q企劃 機智問答編劇 木山光

神田先生將我的名片還給我了。「Q企劃 機智問答編劇 木山光」。終於。關於我這個人，他終究還是想不起來。

我是在栃木縣的那須當老師的，那是一個學年只有一個班級，一班裡也只有二十多個學生的小學校，我就在裡頭當老師。我的父親和母親也都是老師。在懂事之後，我就毫無疑問地認為自己未來會當一個老師，所以關於未來的選項，除此之外不做他想。我啊，雖然長得很高，但對於運動卻一點都不在行。綽號？毫無例外地每個人都叫我巨神兵。我書念得還不錯。話雖如此，但也不過就是鄉下常見的，算得上會念書的傢伙罷了。根本一點都不有趣。

唯一稱得上和一般人不同的地方，只有非常喜歡機智問答遊戲這一點。我最喜歡看知識類的書籍了。開始喜歡的契機嗎？在小學五年級的時候，父親送給我的生日禮物，就是一本知識類的書。還真不愧是老師啊。那時候我可是耍了一番脾氣呢。「為什麼不是電動玩具呢？」我這樣吵著。不過耍脾氣歸耍脾氣，我還是翻開了書頁，把書裡的知識都吸收了起來。

——安地斯香瓜的命名由來，其實跟安地斯山脈一點關係都沒有，而是「讓人安心的香瓜」的簡稱。

隔天我到學校之後就開始出題考大家了。我的題目讓大家驚訝的機率高達百分之百。儘管朋友們平常對我這個人完全沒有任何興趣可言，但那時候我說的話卻讓大家都感到佩服。之所以會喜歡研究各種知識，我想也是因為自己想要帶給人們驚喜吧。我想要大家能夠注意到我，除此之外沒有別的理由了。

為了上大學，我隻身前往東京，不過一畢業我就馬上返回那須了。因為父親有先跟教育委員會的人打過招呼，所以我錄取的機率也高出許多，就這樣我成為那間小學校的老師。我像一幅畫好的畫作一般成為高人氣的老師，在上課的時候，我會巧妙地將許多知識參雜進去，對此我感到非常開心。有時候我也會假裝自己是「全民大猜謎！祕辛搜查員出動！」的主持人峰田先生，出題給大家猜。在我的課堂上，最先拿出來吸引大家注意的就是「安心香瓜」這個題目。每每總是一出題就把大家逗得非常開心。

為了要有別於其他老師，我想了非常非常多。有個連校長都讚賞不已的好主意，就是名片遊戲。每當學校有轉學生來的時候，全校的學生就會自己製作名片，然後每個人都將做好的名片交給轉學生，由轉學生把名片一張一張還給本人。每個轉學生都相當緊張，很快就把大家的名字給記起來了，而且最棒的是大家在歡笑聲中達到良好的溝通。但我萬萬沒想到，我所發想的這個遊戲，竟會被那個人看上，直說「就是這個了，我們行動吧！」我真的沒想到結果會讓神田先生落入這個窘境。

我在大學時期加入了機智問答研究會，在那個團體裡頭有個叫做北島的傢伙是跟我同期進入的。他長得像蘆筍一樣瘦瘦高高的，帶著副眼鏡，如果有人要以「虛弱」為題來作畫的話，畫出來的作品大概就是像北島這樣的男人吧，不過，他和我一樣，喔不，他比我還要更著迷於各種知識的鑽研。

在加入圈子的第一天，北島出了個題目給大家猜。

——鮭魚是白肉魚還是紅肉魚?哪一個才對?

我不知道答案是哪一個。

——連這個也不知道嗎?這是基本中的基本了吧。

他當時這麼咂嘴碎念著，但結果我和他卻成了最好的朋友。北島的願望是進入電視台工作，和我一樣他的父親也是老師。他希望能瞞著雙親到電視台去工作，加入機智問答遊戲節目的劇組，這是他的夢想。為此北島到電視台去應徵，結果真的錄取了。能在電視台製作機智問答遊戲節目的話，那該有多好啊，我心中也有這樣的夢想漸漸萌芽，但我卻沒有勇氣違背父母親的想法。北島是蘆筍，看起來像細線一樣，中間的心卻非常堅強。我則是豆芽菜，白費力氣長得那麼高，卻一點味道也沒有。

當上了老師之後，我初嘗受人擁戴的感覺，所以完全沒有考慮自己的人生要往別的方向去發展。然而這條路卻在我不注意的時候直線延伸，並且掩沒到雜草堆裡去了。

與機智問答研究會的成員相隔三年後再次聚會，在會中我看到了神采飛揚的北島。他說自己現在是綜藝節目團隊裡的助理導播，每天都又忙又累，但他驕傲又熱血地宣稱總有一天會實現自己製作機智問答遊戲節目的夢想。大學畢業之後還能如此熱情地談論著夢想的人真的很少了。

——總有一天，我絕對會製作出一個當紅的猜謎遊戲節目！

毫不扭捏地說著自己未來夢想的北島，感覺上已經從我所認識的北島進化到人生的另一個層次了。不知怎麼，我的胸口，喔不，是我的腦中突然響起轟隆隆的聲音。

北島喝了一杯酒之後對我說道：

——你不是也很想從事機智問答的創作嗎？一輩子當老師真的能滿足你自己的心嗎？

在我對未來的想像中，可沒有「一輩子當老師」這個選項啊。我從北島那裡得知，有些公司裡頭就有專門為機智問答節目創作題目的編劇。他說，如果可以成為機智問答編劇的話，就有機會變成節目編劇，同時還可以進入自己喜歡的機智問答節目。回到家之後我打開電腦在網路搜尋資料。找到一間機智問答創作公司——Q企劃。

我將雜草除盡，踏上隱藏起來的軌道。在我辭去教職的那一天，所有學生都哭了，但是，我仍毅然決然辭去了老師的工作。

直到最後，周遭的人們還是不斷地阻止我。說什麼「你就真的那麼想要去創作機智問答的題目嗎？」我的確是很喜歡機智問答。但我想更重要的是出於忌妒，對原本應該要在同一個舞台的朋友，如今已經登上其他舞台的忌妒。那樣的忌妒，讓我焦躁不已，以致於完全沒注意到夢想的軌道前方其實是懸崖。

在Q企劃的就職測驗中拿到最高成績時，我想著，人生就是這麼一回事吧。沒有朝著夢想前進的人生，真的是很大的損失。如果將來我的學生們想要放棄自己的夢想，我一定會對他們大喊著「夢想一定會實現的！」直到他們真的追求到自己的夢想為止。

我在第一個參與的機智問答遊戲節目中，學習到當一個機智問答編劇的基本功夫。機智問答編劇在提出提案時，除了要考量趣味性之外，更要深入研究取得相關證據。要創作一個有趣的問答題目，不僅問題本身要引人入勝，公布答案的時候最好也要能引起「哇」之類的驚呼，這樣的平衡性是最為重要的。

在成為機智問答編劇之後，我每天每天二十四小時都在尋找問題。對於世界上各式各樣的事物，我都抱持著疑問。走路時、生活中，都不斷問著「為什麼？」「這是什麼？」

電車上的垂吊廣告，就是「為什麼？」「這是什麼？」的寶庫，某次我看到了「公司中最勤奮的螞蟻，反而會帶來損失。」這句廣告用詞。「勤奮的螞蟻」這個字眼讓我產生了疑問。為什麼要叫做勤奮的螞蟻呢？不是勤奮的蜘蛛、不是勤奮的麻雀，為什麼用螞蟻？我的意思是，勤奮的螞蟻真的很勤奮嗎？針對這個問題我做了點調查，發現「勤奮的螞蟻之中其實有百分之二十沒有在工作」。我在會議中提出這個提案的時候，受到了眾人的讚賞。

當我以機智問答編劇的身分進入「全民大猜謎！祕辛搜查員出動！」的製作團隊時，緊張感頓時增加不少。Q企劃的老闆也說了，「這是一個很重要的節目，你可要拿出戰鬥力好好幹啊！」在這個節目中被認定為機智問答編劇之後，我的腦海中浮現了許多「如果……」讓腎上腺素都被激發了。如果可以在這邊做得順利的話，那說不定可以稍微追近北島一點。

「全民大猜謎！祕辛搜查員出動！」的團隊中大約有二十個機智問答編劇，開會的時候所有編劇都會提出自己想的問題提案，有的人提出了十個，也有人絞盡腦汁交出了五個。我則是每次都交出二十個左右。

在第一次參與會議的時候，我緊張到非常誇張的地步。我自己抱持著相當高的期待，把這裡當成了通往未來的大門。節目中最重要的神田製作人，坐在會議室最前面的位置。神田製作人一臉嚴肅，他一手拿著所有編劇所寫的提案，全場只有他有，另外一隻手則拿著紅筆，一個一個地審視著提案。能引起他興趣的題目，會打上○或△，代表通過初審，可以去進行後續的深入探討。「全民大猜謎！祕辛搜查員出動！」的會議從頭到尾都被緊張的氣氛包圍，輪到自己的提案被審核的時候，每個人全都會不自覺屏住呼吸。因為大家都很希望可以被選入啊。搞什麼啊這種莫名的緊張感，簡直就像去海外旅遊時，到了語言不通的國家，要通過海關檢查一樣緊張。好想成功入境啊，好想取得神田製作人的認可啊。

終於輪到我了，我總共提出了二十個提案。結果沒有一個拿到○或△，審核的時間大概只花了三分鐘吧。我花了一整個禮拜調查並製作的題目，僅僅三分鐘就被刷掉了。

接在我後面的，是足達先生的提案，他是在「全民大猜謎！祕辛搜查員出動！」團隊中待得最久的機智問答編劇。他所提出的提案只有五個而已。不過，很明顯地神田先生的情緒起了變化，和審核我的題目時完全不同。五個提案中有一個是絕對不可能被採納的問題。

——在阿拉伯狒狒的世界裡，如果母狒狒出軌的話，會被用私刑折磨到死。

就是這樣的提案。看到這個題目，神田先生說：「這真是有趣啊。」這個提案是絕對不可能成行的。然而神田先生卻笑著說：「不過就算拍攝到畫面了，也絕對不能播啊。」那是在海關順利辦妥入境時才會有的笑容。只有足達才能獲此恩寵。

而且緊接著還發生了更讓我無法接受的事情。足達報上去的提案中有一個是和我一樣的。那是關於「無尾熊的斷奶食物是媽媽的大便」這個冷知識的題目。我所寫的提案是：「母無尾熊會給自己的小孩吃什麼來當作斷奶的食物？正確答案是大便。」足達則是用歪七扭八的字寫著：「令人驚訝的真相！無尾熊會餵自己的小孩吃大便！」看到這個提案，神田先生又笑了。

——這題真不錯啊！列入調查名單！

到底為什麼？明明就是同樣的一個題目，為什麼我提出的完全沒有引起興趣，但足達提出的就獲得好評呢！太奸詐了！太齷齪了！到底為什麼啊！在節目製作會議結束之後，我多少有點了解其中的原故了。

——足達，下個月我想要去做身體檢查，可以嗎？

足達的雙親開了一家醫院。因為雙親在市區開了家醫院，所以對神田先生來說有利用價值，才會對足達那麼好。儘管我和他提出了同樣的問題，但仍舊只對雙親在當醫生的足達先生所提出的問題有興趣。在那個當下，我的想法就是「怎麼樣都不能輸」。我可是為了要成為機智問答編劇毅然辭去教職的人，意志非常堅定，所以絕對不想輸給因為父母在當醫生就能夠得到優待的傢伙。沒有理由會輸啊！

隔週，我鼓起勁用心投入。有些時候，某些人的認真對於對手來說只是一種麻煩事罷了。我燃燒靈魂所提出來的機智問答提案，僅有十分之三會通過考驗，但是對於足達那種用手寫得亂七八糟的提案，卻贏得了滿滿的笑容。這就是所謂殘酷的現實。不過，只要時間一久，這種現實面想必也會像學生時代的笑談一樣，我如此堅信並將堅持到底。

但是，每當一周一次的會議登場，我的傷口就會變得更深。神田製作人並不認同我，只認同足達。在人前不會表現出焦躁煩悶的我，被稱為沉穩巨神兵的我，突然察覺到自己變得跟以往不一樣了。

然後，那一天，是我來到「全民大猜謎！祕辛搜查員出動！」成為機智問答編劇所參加的第五次會議。在我所提出的五個提案中，有我的自信代表作。那就是藍色玫瑰的題目。另外還有一個是關於美生菜的題目。我在電車中看到一個減肥補助食品的廣告，上頭寫著「膳食纖維含量等於三十個美生菜」。含有多少個蔬菜的膳食纖維這類的廣告用法，說起來還滿常見的。大多也都是以高麗菜或是美生菜來當作比較的例子。為什麼呢？怎麼會這樣呢？

於是我開始展開調查。結果，我發現到出乎意料之外的真相。高麗菜的膳食纖維含量在所有蔬菜裡頭算是很多的。但是，美生菜的膳食纖維含量，跟其他蔬菜比起來則是非常低。居然拿纖維含量少得可憐的美生菜來當作比較的基準。雖然「膳食纖維含量等於三十個美生菜」這句話並非造假，但那卻不是多了不起的含量。「全民大猜謎！祕辛搜查員出動！」的出題記錄中沒有這一題。這是很有趣的題目，我想一定可以的！從不發給我入境許可的神田製作人，也一定會欣然接受的。我在信心滿滿的狀態下把提案交了出去。

會議開始了。神田製作人拿著我所提出的機智問答題目，手停了下來。我心想：「來了！」那時，神田製作人第一次望向我。

——這個關於美生菜的題目，說的是真的嗎？

我以比一般時候要來得宏亮的音量大聲回答：是的。然而，這個題目卻沒有得到追蹤調查的批示。

——這個廣告中的商品，你應該知道是哪一家公司生產的吧？

表情變得非常嚴厲。感覺整個會議室的空氣都凝結了。

——這家公司，是我們公司的贊助廠商吧，怎麼可能去做這樣的題目，你也多考慮一下吧。

原來如此。「膳食纖維含量等於三十個美生菜」的減肥補助食品，生產的公司正是「全民大猜謎！祕辛搜查員出動！」的主要贊助廠商。這樣的資訊看電視就可以輕鬆掌握，但我卻不知道。神田製作人喃喃碎念的細語像是故意要讓我聽到似的傳到了我耳邊。

——能力太差了吧。

神田先生並不知道，在我的人生道路上，我是如何費盡心力才讓自己在這間會議室占有一席之地。那一天，有多少的學生為了我而哭泣。

接著，神田先生開始翻閱足達所提出的機智問答提案，臉上隨即掛上笑容，極度凝結的空氣也跟著緩和了下來。然後，傳出了笑聲。在足達的提案中，有一個令人大感意外的提案。

——鮭魚是白肉魚還是紅肉魚？

問題本身令人感到意外，而神田先生竟然會認同這個題目，更是教人摸不著頭緒。是吞不下這口氣嗎？是因為太丟臉了嗎？到底為什麼？為什麼我會說出那樣的話來呢？是有意識地說出來的嗎？還是腦袋自己運作的呢？

——如果真是這樣就好了呢。

我小小聲喃喃地說，但這句話並沒有逃過神田先生的耳朵。

——如果是這樣，指的是怎樣？

我完全沒有要讓步的意思。應該是說，我並不知道該如何讓步。

——喔，因為這是很基本的猜謎題目。

就是這句話，打開了開關。神田先生把手裡的資料全部都丟到地上，接下來所說的話我沒有全部記下來，眼前的一切好像是夢中的場景，映入我眼簾的事物全都反過來了。那個當下，在那個場合裡，神田先生所說的話，說不定全部都被海馬迴快速地處理掉了。再這樣下去，我認為身而為人的煞車器，應該就要超載了。

我的腦海中清楚保留著的，是神田先生走出會議室時的身影，以及幾分鐘之後，公司的後進把我拉到別的房間，跟我說的一句話。他說：

——他們說要炒你魷魚。

讓神田先生如此震怒，恐怕往後至少這個電視台我是沒辦法再踏進來了。但沒想到公司的社長害怕若是把我派到別的節目去工作，消息傳到神田先生耳裡的話會惹惱他，因此跟我解除了契約關係。本來我就是一個約聘的員工，一切都非常乾脆俐落。

我辭掉了教職，懷抱著夢想從鄉下跑了出來，結果就這樣一夕間成了無業遊民。因此我終於了解到，有些夢想是不管再怎麼努力、再怎麼下定決心，也無法實現。

「看起來好可憐」這件事情其實挺厲害的。事實上被Q企劃解雇之後，就有人邀請我去上班。Q企劃利用追蹤研究的龐大工作量，開了另一家公司，名為興信所，由Q企劃社長的弟弟擔任負責人。在興信所工作其實很容易會被捲入麻煩事之中，所以Q企劃社長認為在興信所工作的人最好不要跟電視台有所瓜葛，所以才會讓興信所從Q企劃獨立出去。

原本在Q企劃一起工作的前輩，把我撿了回去，因為他覺得我「好可憐」。我從沒想過自己有天會對自己被覺得可憐這件事情心懷感恩。就這樣我開始在興信所工作，不過我並非約聘人員，而是以打工的身分加入的。在鄉下找到自己的夢想，硬是辭去了老師的工作，如今卻來到興信所。若是把這樣的結果告訴剛踏上夢想之路的我，恐怕會覺得難以置信吧。

我現在的工作，是當委託人有想要請我們調查的對象時，我就會從網路開始蒐集目標對象的個人情報。在做機智問答題目的深入研究時，會因為自己所做的事情是通往未來的大門而感到興奮不已，但現在的工作卻完全沒有給我這樣的感受。把我所調查到的資料交給委託人時，一定會讓某個人難過不已。了解事實之後，一定會有人變得不幸，這就是我這份工作的本質。

自從我被製作組炒魷魚之後，一直無法撫平內心所受到的刺激。我在推特註冊了一個新帳號，然後寫出神田達也的真實姓名，並且不斷丟出低級的話。

——「全民大猜謎！祕辛搜查員出動！」的神田達也做人真失敗，節目快倒一倒吧！

如果我不這麼做的話，就沒辦法再當木山光了。在網路上咒罵的瞬間，會覺得通體舒暢。但是，有多少人能看到這些話呢？有多少人會跟我有同感呢？一想到這裡，內心就只剩下無限的空虛感。在推特上，想必不會有人對於上班族的抱怨有興趣。

然而，真的有人有興趣。有人回覆了我的留言。

——我想跟你聯絡。

我在咖啡廳和那個人碰面了。

然後，今天我就到這裡來，成為名片遊戲，The Name這個機智問答遊戲中的出場人物。

在我被公司炒魷魚之後的第二個月，偶然地公司的電視正好在播放「全民大猜謎！祕辛搜查員出動！」我很想要轉台看別的，可惜的是在場有人看得津津有味，所以就沒辦法轉台。那天的節目中，出了一個讓我無法置信的題目。

那就是「藍色玫瑰」的題目以及實驗。很明顯那就是我所提出的提案啊。被辭退的那一天，我所提出的提案中最後一個最有把握的梗。竟然炒我魷魚，還把我的梗偷去用！神田達也在把人解雇之後，把人家的機智問答提案當作是自己發想出來的，就這樣公開發表了。這就好像把人殺掉然後還盜取內臟賣給醫生一樣。

神田先生讓我踏上原本不該走的路，所以當他站在我們面前，看著我們的名片以及我們的臉，死命回想的樣子，心情真的很爽。我開心到拍起手來。

神田先生將第二張名片還給我的時候，那個人的聲音傳來。

——答對了。

神田先生看了兒子和也一眼，然後或許是因為安心點了吧，整個人癱軟坐了下來。現在還不到可以鬆懈的時候呢。不讓他再痛苦一點怎麼可以！再痛苦一點！再痛苦一點！再痛苦一點！就像他讓我的夢想毀於一旦一樣，我也想要看到這傢伙的希望徹底粉碎！

但是，那個人卻轉向我，對我說道：

——如果自己的東西不再屬於自己了，唯一的辦法就是讓自己變得更強！就像這個人一樣。

為什麼呢？該罵的應該是神田先生不是嗎？我沒有辦法接受這樣的發展，我想那個人也看穿我的情緒了吧。

——木山先生，我想問問你。

那個人化身電視劇中常見的高手律師，面向我問道：

——如果你是節目的製作人，有兩位女性的機智問答編劇用一模一樣的內容向你提出提案，一個是醜女，一個是美女，兩個人對你的態度都很不錯，那麼，你會選哪一個人的提案呢？

我的答案，很遺憾我還是會選美女吧。沒錯，我會選美女。我還沒把答案說出口，那個人就已經接著說道：

——為什麼會選美女呢？是因為對你來說美女擁有更多的可能性嗎？可能性？可以一起去吃飯的可能性嗎？可以跟美女約會的可能性嗎？可以上床的可能性嗎？可以結婚的可能性嗎？的確，有許多可能性暗藏其中。

——美女啊，可是擁有充分的附加價值啊。你的附加價值是什麼呢？附加價值？我的附加價值？原本的職業是老師這一點呢？這想必不算吧。

——身為機智問答編劇，足達先生就有非常多的附加價值。因為他的父母親是醫生。上司在選擇下屬的時候，肯定也是會選擇有附加價值的那一個。沒有送東西的甜點，和有送東西的甜點，就算是你也會選擇有送的那個吧？

在剛進入這間公司的時候，有次我曾經感到很驚訝，就是在機智問答編劇的前輩中，有一個人身上背有前科。原本隸屬黑幫成員的他，聽說加入了竊盜集團。該集團盜取的總金額高達五百萬圓以上。集團首領現在還在獄中服刑，不過這個前輩在牢裡蹲了兩年就出來了。原本是人人喊打的罪犯，現在卻成了機智問答編劇及資料蒐集達人。一般來說，在其他公司任職的話這樣的經歷肯定是需要好好隱瞞的，但是在電視圈卻會引來「這傢伙以前是竊盜集團的成員呢，好酷喔！」的驚呼，變得極具附加價值。對此我真的感到相當驚訝。

假設，這個前輩和我一起提出機智問答的提案，前竊盜集團成員對上前教師。在審閱前輩的提案之前，如果先得知前輩過去的豐功偉業，應該就會變成一種附加價值，因而更加期待前輩的提案內容。

原來是這樣。我單純地認為把工作做好就會得到相對應的評價，但一直以來我都忽略了，想要在工作中獲得好評，就必須要自我提升。而自我提升，如果沒有什麼附加價值的話，上頭不會對你有興趣。

辭去教職來當機智問答編劇，我為自己的人生豪賭了一把。然而我沒有意識到的是，在這個世界上有更多的人比我賭得還要大。夢想麻痺了我的思路。

——啊，還有一件事。就像每個人都有適合的衣服尺寸，夢想也是有尺寸的喔。

夢想的尺寸？就像身上穿的衣服那樣，有S、M、L等等的尺寸嗎？

——努力就能讓夢想實現嗎？是的，會實現的。但是，在夢想甫成形的時候，必須要考量那個夢想的尺寸是否適合自己。可以找到尺寸適合自己的夢想，說起來也是一種才能。你的夢想，尺寸適合你嗎？

長得不好看的孩子，如果立志「將來要當個性派的女演員」，這個夢想的尺寸適合她，但若說想要「成為偶像歌手」，恐怕就不太適合了。沒錯，原來是這麼一回事啊。從客觀的角度來看，在追尋夢想的過程中，如果自己沒有才能也是白搭。

那麼，我呢？成為機智問答編劇，進入製作電視節目的世界，將來希望能夠製作機智問答遊戲類型的節目，這樣的夢想，適合我嗎？

那麼，適合我的夢想尺寸是多大呢？在小學校成為人氣教師，並獲得成功。接著成為副校長、成為校長、在教育委員會裡頭謀得一個好職位。如果要讓夢想再大一點，那就去當在地的市議員吧。現在回想起來，如果想要好好發揮我自己的才能，說不定應該選擇這條路。這個夢想的尺寸才是適合我的。然而，我卻去追求自己不適合的尺寸。沒錯，在這個世界上，成就非凡的人與庸庸碌碌的人最大的差別，就是非常清楚自己的夢想尺寸。

可以早一點發現的話就好了。我就搞錯了。太勉強自己了。不存在的藍色玫瑰也是一樣的道理，因為想要硬把藍色玫瑰創造出來，結果卻得到露草。那個人對這樣的我說道：

——辛苦你了。

在The Name這個遊戲中，我的戲份已經結束了。接下來我會回到公司去，繼續做資料搜查的工作，繼續做著會把人變得不幸的搜查工作。

資料搜查工作，主要是把某人的人生大小事都挖出來。還有就是和各式各樣的人產生連結。我在進行調查工作的過程中，也曾經查到讓我感到意外的一些人頭上去。

就像今天會來到這邊，也是透過這樣的連結而來的。起因是來自一位女性所委託的工作，委託人是田坂小姐，她想要請我們調查的，是以前曾經在某家公司一起任職過的一位女同事目前的生活近況。那個調查對象，就是剛剛還站在我身旁的大木真。我認識她，但她並不認識我。就連她現在在澀谷的酒店當小姐的事情，我也都查到了。把這些資訊全都統整起來，下周我就要交給田坂小姐，因為田坂小姐想要知道，現在大木真的人生，跟她自己比起來是高還是低。

這個報告一旦提出，大木真會對田坂小姐的人生起什麼樣的作用呢？說不定又會因此少了一個人生的選項。

大木真和我一樣，都是被神田達也攪亂人生的人。在這裡偶然相會，心情說沒有被影響是騙人的。有那麼一瞬間我的想法的確動搖了。我想，這份應該會讓大木真變得不幸的報告書，應該不要提交給委託人才是。

不過，說起來大木真的夢想尺寸，也是錯的吧。

我把搜查報告交出去，或許會讓大木真變得更加可憐，但是說不定她可以藉此找到尺寸真正適合自己的夢想呢。

沒錯吧。我一邊這麼想著，一邊往屋外走去，在踏出門口前，那個人對我說道：

——你辭去了教職，當機智問答編劇又被解雇，所以現在到了興信所工作。對興信所來說，你有很高的附加價值喔。
我對自己產生了自信，已經很久沒有這樣了。

4 神田和也

在中國，父母會對孩子的DNA進行分析，如果孩子的基因中有繪畫的才能，就會以成為畫家為目標對孩子進行訓練；有體操基因的孩子，就會送去學體操。經過遺傳基因的判定之後，針對有才能的部分加以鍛鍊。但是，把心力集中在某一個點上，換個角度來說也就是得要犧牲其他的部分對吧。因此我改變了自己的想法，我想人類不管再怎麼努力，還是有絕對辦不到的事情。

升上國中之後，我認為該放棄的事情還是早點放棄比較好。首先第一件事就是放棄進入運動社團的念頭。雖然我很喜歡足球，但是喜歡和實際去做是兩回事。儘管多多少少有踢足球的才能，但絕對沒有成為頂尖選手的能力。

接下來要說的事情是發生在我國中的時候。

我在就讀小學時，拜爸爸的工作所賜，學習到人類狡猾及可怕之處。升上國中時，學校也換了，我認為這對我自己來說是一個重新設定的好機會。為了要重新設定，不再被人當笨蛋耍，有必要拿到一張強而有力的卡。那麼，我自己擁有什麼呢？有什麼強而有力的卡片可以透過我自己努力而得到呢？

可以透過自己的努力做到的，就是學校的成績。有些事情是不管多麼努力也勉強不來的，但是成績則是屬於自己可以努力爭取的卡片。

升上國中之後，我拜託爸爸和媽媽讓我報名參加補習班的課程。也因此我順利在班上拿到第一名，整個學年也都保持在前五名以內的成績。在班上保持最會讀書的地位，最起碼不會被霸凌。爸爸在電視台工作這件事情，依舊讓周遭的人對我抱持著偏見，不過不管是怎麼樣的學生，在成績方面輸我多多少少都會覺得自己比我劣等，這會形成一個防護罩，就算他們想要欺負我，也會選擇放棄。自己的身體還是要靠自己來守護。

我為了做好自我保護，所以集中心力在讀書上，不過爸爸和媽媽並不知道詳情，只有對我認真的態度和拿到的成績給予鼓勵而已。尤其是媽媽，對我拿到好成績非常開心，也很驕傲。不知道怎麼搞的，我喜歡讓爸爸開心，但讓媽媽開心我卻會覺得有點怪怪的。或許是因為我成績很好這件事情，對媽媽來說是一張很強的卡吧。

在此我先稍微講一點我爸爸和媽媽的事情吧。關於兩個人是怎麼認識進而結婚的。

擔任空姐的媽媽，受到同為空姐的朋友邀請，和電視台的員工一起聯誼。她就是在那時候認識爸爸的。其他電視台的人感覺都很傲慢，一副很了不起的樣子，只有爸爸個性溫和好親近。在那個當下，媽媽動心了。那次的聯誼之後，兩人好像就陷入了熱戀，並且順利地結婚了。這些都是從媽媽那邊聽來的。

不過，根據爸爸和媽媽兩人的個性，以及他們各自說過的話之中所透露出來的部分，加以統合之後，我有了以下的推論。

一聽到有機會可以和電視台的人聯誼，身為迷妹的媽媽就變得緊張不已。在所有的空姐裡頭，媽媽並不是特別漂亮的，在一起參加聯誼的五個空姐中，媽媽的長相應該稱得上是中上程度（不好意思了，媽媽）。不過，她們之中只有媽媽是約聘人員，而且年紀是最大的。自卑感簡直就像是穿在身上的衣服一樣如影隨形啊。

媽媽應該是想著，透過參加和電視台員工的聯誼，讓自己的人生隨之改變，原本昨天打算挑選戰鬥。就是在那時候，媽媽認識了爸爸。說起來在電視台的員工之中，爸爸算是罕見的。他並沒有穿著體面的衣服，全身上下看來土裡土氣的，很明顯就是來湊人數的。

但是，媽媽就是有一套，她清楚知道自己的層級在哪裡。她不會野心勃勃地想要高攀帥哥，而是努力尋找著可以讓自己變得幸福的平衡點。空姐這張卡的效用很快會過期，時間所剩無幾。如果決定和電視台的員工結婚的話，媽媽就能進入人生勝利組。爸爸雖然看來樸素，但個性卻很好。因為對方是電視台的人，所以個性溫和就成了最重要的妥協點，她把自己的電話號碼給爸爸，主動邀他去約會。恐怕連接吻也是媽媽這方面採取主動的吧。爸爸對積極進攻的女性一點辦法都沒有，只能走上媽媽為他設定好的人生方向。在懷了我之後，爸爸和媽媽就確定要結婚了。終於如願以償的婚姻。

媽媽當然很明白爸爸在電視台的工作還得要加把勁才行，雖然希望爸爸能夠很成功，但媽媽還是果斷地下了決定。只要別遇到那些老公在電視台工作的人妻團，那麼就算丈夫沒有才能，「我老公在電視台工作」這張卡片還是閃閃發光，況且薪水很不錯。

在「全民大猜謎！祕辛搜查員出動！」紅起來之前，爸爸在周末時只要有時間，就會帶我出去玩。他以玩遊戲為誘因，把一向深居簡出的我約到外面去，兩人一起逛了許多主題公園。

在爸爸教我的所有遊戲中，我最喜歡的莫過於釣魚了。在我小學五年級左右，爸爸將自己的空閒時間最大化，並拿來和我一起釣魚。

對媽媽來說，我們去釣魚她再開心不過了，因為釣魚是男人的遊戲，所以她可以不用跟著一起去。從那時候開始，比起跟我和爸爸一起出去玩，媽媽更加珍惜時間做自己的事情。去料理教室、健身房，和同為家庭主婦的朋友一起去喝下午茶，我想媽媽所挑選的朋友，應該都是對她手上的卡感到羨慕的人吧。畢竟這樣相處起來會比較開心。

在我升上國中之後，有一天帶著一身疲憊回到家裡來的爸爸，癱坐在沙發上，媽媽立刻帶上滿是笑容的假面具靠了過去。

——注射胎盤素對肌膚的美容有大的效果，所以我可以每個禮拜去打嗎？

我上網查了一下，知道所謂的胎盤素，是從胎盤而來的。懷孕婦女生產時，跟在小孩後面出來的胎盤，擁有豐富的營養以及超強的再生能力。聽說胎盤素在進入人體之後，就會變成司令部，對所有細胞下達「製作新細胞」的命令。所以注射胎盤素進入人體，可以維持健康及年輕。胎盤素的主要來源是豬隻，但也會使用人類的胎盤。在醫院，醫生會拿當天剛產下孩子的胎盤來研磨加工，之後就可以注入人體。胎盤素可以增強免疫力，還能預防各種疾病。一針要價十萬圓以上，但就連政治人物也有施打的紀錄。為了要變強啊，人類真的是什麼都做得出來。

在不久之前，韓國的人肉藥丸不是引發熱烈討論嗎？新聞裡提到有人把死掉的嬰孩屍體乾燥之後，作為最強的滋養強身藥劑用來販賣。看到那則新聞，大家都說「好噁心喔」、「太可怕了」、「這麼做是不道德的」……但在我眼中其實那跟胎盤素沒什麼兩樣。只要是為了讓自己可以好好地生存下去，人類會將他人的東西占為己有。

媽媽說她想要去打人類的胎盤素。在網路上查到胎盤素的真實面貌之後，突然覺得媽媽看起來好可怕。我覺得她和那些吞下人肉藥丸的人都是一樣的。

這並不是因為我正處於叛逆期，而是發自內心對媽媽的厭惡。不過，不能讓媽媽發現我對她的厭惡感，所以我向媽媽借了笑容的假面具，在媽媽的面前一直戴著。

只有在爸爸面前，我才能夠不用戴面具，發自內心露出真實的笑容。然而爸爸在開始製作「全民大猜謎！祕辛搜查員出動！」之後，陪在我身邊的時間就變得越來越少。對爸爸來說，這個節目讓他的人生徹底翻轉，但對我來說，這個節目卻帶來巨大的困擾。

在學校裡，就連休息時間也在念書的我，可以放鬆隨意聊天的同學只有一個人，那就是坐在我前面的沙耶。當上課時有聽不懂的地方，沙耶就會來問我，然後認真地把重點記下來。且因為她和我一樣對運動不是很在行，所以一起加入了合唱團。當同學、朋友們圍在一起聊天時，我們都不會想要主動加入，反而是獨自一人抱著書閱讀的時間比較多。沙耶對我來說，就像同屬一個團體的夥伴一樣，並且不只於此，我想我很喜歡她。一開始我沒有察覺自己的想法。然而有一天，我注意到沙耶有穿胸罩。一旦發現了，就無法克制自己了。每天，胸罩的肩帶從制服襯衫中透色出來，讓我在讀書方面的專注力大為削減。就是這麼單純的理由。對國中一年級的男生來說，要陷入戀愛的話，這樣的理由已經很充分了不是嗎？

國中一年級那一年的秋天，許多人的人生一個個開始扭曲變形。爸爸最初製作的「全民大猜謎！祕辛搜查員出動！」特別篇，是在深夜時段播放的。以往爸爸自己製作的節目錄製完成後，就會告訴我播放的日期和時間，但是卻沒有告訴我這個節目何時會播放。

那天深夜，媽媽在房間先睡了，爸爸則還沒回家。我隨意地轉著電視，剛好看到「全民大猜謎！祕辛搜查員出動！」正在播出。節目中，一個偶像明星正在做外景拍攝。那一集的內容主要是說明除了人類之外，唯一會用正常體位性交的動物，就是侏儒黑猩猩。節目中播出了侏儒黑猩猩性交的畫面。我邊看邊覺得罪惡感油然而生，但是，卻也感到有些興奮。畫面中，公侏儒黑猩猩正面對著母侏儒黑猩猩，牠們做愛的畫面不停播放著。製作組不斷用「交尾」這個字眼，但這不管怎麼看都是在做愛啊！在現場的偶像明星，用受到驚嚇的淚眼看著眼前的一切。

在許多罪惡感交織之下，我勃起了。躺在沙發上看著電視的我，一開始只是帶著開玩笑的心態學侏儒黑猩猩的動作，直接穿著睡褲磨擦自己的兩腿之間。隨著我衝撞沙發的力量增強，我也感到越來越熱，本來只是打算要模仿侏儒黑猩猩罷了，沒想到身體裡某個部份卻湧出了從來不曾有過的感覺。那一瞬間，我的大腦無可自拔地判定這是快樂的感覺。這是我的初體驗。這種感覺繼續下去的話，後面會有什麼等著我呢，我想要知道，所以壓抑著害怕的感覺，持續衝擊沙發。沙耶的胸罩穿透制服清晰可見的畫面，一直浮現在我腦海，我一邊想像著那個畫面，一邊持續撞著沙發，體力一口氣用盡。結果，我第一次射精了。

看到睡褲在兩腿間的地方濕了一片，爽快感被膨脹的害怕和罪惡感淹沒。就在這時，電視播放著「全民大猜謎！祕辛搜查員出動！」的收播畫面，我看到爸爸的名字出現在其中。我這才知道，爸爸所製作的節目，造成了我人生的初次射精。這到底是幸運還是不幸呢？無論如何，我的身體顫抖不已。

隔天，沙耶在跟我說話的時候，我都當作沒聽見。都是侏儒黑猩猩害的。都是因為我射精了的關係。

下課休息時間，智也走了過來。他從小學就開始在社團活動中非常活躍，國中一年級也固定會去足球社。智也可以說是整個班上最酷的人了。他笑笑地走過來，對我說道：

——你的爸爸，真是製作了超棒的電視節目啊。

他模仿侏儒黑猩猩的動作，腰動來動去的。班上的男生們開始流行起模仿侏儒黑猩猩的動作。又是爸爸害的。因為爸爸的關係，我努力構築的牆就此崩壞了。

——所以，怎麼樣呢？

我用這句話總結話題，假裝莫不關心的樣子繼續讀我的書。但其實心中非常焦急。我不再變回那時候軟弱的自己，另一方面，我更不想讓沙耶看到我糟糕的樣子。我拚了命希望那道防護牆不要崩壞。

我沒有把話說出口，但是卻用眼神傳達著「你們這些人就是因為書讀得不好才在那邊鬧！」這就是我的防禦策略。在那之後，在教室裡模仿侏儒黑猩猩的動作這樣的遊戲維持了一段時間，後來幾個對著女生模仿侏儒黑猩猩的男同學，被老師召見並嚴格地訓斥了一頓，這個事件才終於畫下了句點。

「全民大猜謎！祕辛搜查員出動！」的特別篇在深夜時段播出之後，沒多久就躍升到黃金時段了。第一年節目的收視率並沒有猛然創高，但是卻在小孩子，也就是國、高中生之間開始流行了起來。節目播出的隔天，同學們在學校都會討論這樣的話題：

——「全民大猜謎！祕辛搜查員出動！」的節目製作人，是和也的爸爸對吧？

因為這個八卦的關係，我的朋友逐漸增加，真是太開心了。讀小學的時候，爸爸製作的節目內容是什麼並不重要，重要的是爸爸在電視台工作這件事本身。不過，這次不一樣。節目的內容受到高度讚賞，爸爸自己也是第一次得到好的評價，真的是太高興了。但是，隨著節目的評價越來越好，爸爸在家的時間也變得越來越少。身為電視台的一員，爸爸終於成功了，但與我相處的時間卻大量地減少了。

升上國中二年級，我發現了一件事。那就是沙耶轉學了。因為她懷了七個月的身孕。讓她懷孕的人是智也。這件事情好像是智也跟老師說的。他說他和沙耶在體育館的倉庫裡，模仿電視節目所做的事情，結果就這樣了。

沒錯，就是侏儒黑猩猩，他們就是模仿了侏儒黑猩猩所做的事情。爸爸所製作的節目，不僅讓我的初戀畫上句點，也讓沙耶的人生產生巨變。我的爸爸，說不定就是生來改變許多人的命運的。

3rd Stage

1 神田達也

可以進來電視台工作的傢伙，大部分在學生時代都是屬於人生勝利組。靠關係進來的人很多，在運動方面相當活躍的人也不少。在年輕的時候受到高度讚賞，也談了非常多戀愛的人，結果都順利進來公司了。我在學生時代沒辦法和最喜歡的女孩交往，只能跟現實妥協，與名單上排名第七位的女孩談戀愛，像我這樣的人在電視台裡反而很少見。如果用陽光或陰暗來區分的話，我的大學生活確實是陰暗的。畢業後我把履歷投向每一家電視台和廣播電台，奇蹟似的竟然被現在的電視台錄取了。大學時代保留下來的運氣，感覺似乎一口氣全用上了。

稍微分析一下自己為什麼可以錄取，我想說不定是因為我加入了機智問答研究社，並且在以大學生參賽為主的機智問答節目中，看得到我活躍其中吧。最後一個搶答題，「蚊子最喜歡吸的人類血型是?」我帥氣地說出了正確答案。

上了電視之後我覺得自己應該多多少少會變得有名一些，但可能反而是讓人覺得我就是個熱愛機智問答遊戲的宅男吧，總之變得有名的理由完全不成立。但是，在找工作的過程中，這些經驗似乎成了履歷上的亮點。所以我的想法改變了，我想在這個世界上，任何事情都不會徒勞無功。

進入電視台之後不久，我就和同期進公司的同事一起去參加聚餐。在大學時代，絕對不會跟我有交情的陽光組，在公司內部的勢力真的很龐大。所有人都在勸酒，可能在大學時期他們就如此瘋狂了吧，叫上來的酒一口氣就全部被喝光了。接著到第二家店續攤，遇上了帶來麻煩的龍舌蘭。起因是佐佐木對我出了一道機智問答題目。佐佐木是個會到日光沙龍去把自己的肌膚晒黑的男人，晒黑的肌膚讓他純白的牙齒顯得更加突出。他要我猜猜現場的每位女性跟多少個男人上過床。在聚餐的場合裡，這類的遊戲可是比任何一道菜都要來得有人氣。那是性騷擾這個詞都還沒有被提出來的年代。可能是大家都有醉意了，跟我同期進入的一個女生還嬌嗔地笑著說：「要猜這個啊，真討厭……」真不愧是被電視台錄取的女人，心臟很強啊。

佐佐木把遊戲規則訂得很完整，首先，他給我三分鐘的時間去向女生們提問。我問了「喜歡什麼樣的男生」、「平常都去哪裡約會」等等之類的問題。接著，由我先猜女同事跟幾個男人上過床，然後再由女同事公布正確答案。我的答案和正確人數相差多少，我就得要一口氣喝下多少杯的龍舌蘭。另外，如果我的答案比正確人數還要多的話，那就太沒禮貌了，所以要再多罰一杯。

第一位女同事，我的答案是兩個人，正確解答也是兩個人。我答對了。第二位女同事我的答案是三個人，正確解答也是三個人。我在心裡想著，說不定我有這方面的天分呢。我自己到目前為止有做到最後一步的有兩個人，所以可以用單純的眼光來看女性。說不定這是我可以猜對的主因。連續答對兩題讓整家店都開始為之沸騰。第三位女同事，外表看起來並不是很亮眼，是屬於木訥老實那一型的，再加上又是畢業自文學科系，所以面對這個同期的女同事，我給出兩個人的答案。到底能不能連續三題都答對呢？女同事所說出來的人數是：

——二十五個人。

我想，她應該是在開玩笑吧，但結果並不是。這個極力爭取想要當製作人的女同事，貪心地希望透過自己的才能吸引更多人注意，她當著大家面說明自己之所以會跟這麼多男人上過床，多少也是因為喝酒的關係。大學一年級的時候，她把處子之身獻給了當時的男朋友，沒想到那個男朋友一次劈腿了五個女人，她在自己的住處親眼目睹了男朋友和她自己的朋友正在上床。她的男朋友，在屬於兩人的床上，用她從沒有體驗過的姿勢做愛，還發出像野獸般的叫聲。結果，對性愛需求強烈的男朋友來說，她就像金槍魚一樣，這似乎就是兩人分手的理由。真是最讓人感到生氣的理由。但是，事實上也不得不接受。她真的非常生氣，一心想要報復。為了要洩憤，那個時期所有來跟她搭訕的男人，她一概都不拒絕，上床的經驗好像就是那時候增加的。「我一定要變成性愛高手，報復那個人對我做的事！」她這麼說。這就是為什麼她的答案是二十五個人。

誤差達二十三個人，總共二十四杯。佐佐木完全沒有要幫我減量的意思，我就這樣一口氣喝光了所有的龍舌蘭。喝到超過十五杯之後，我的意識變得越來越模糊，感覺自己就快要昏倒在店家的廁所裡了，在越飄越遠的意識中，我想著：

——復仇的心真的好強啊。能夠讓人成長最多的，說不定是復仇的力量。我什麼時候也可以擁有這麼強的報復心態，讓自己變成成熟的大人呢。

從那之後過了二十年，有五個對我懷抱著強烈報復心態的男女來到我面前，成為要讓我挑戰的機智問答題目。賭上的，是我兒子的性命。

我已經成功將名片還給兩個人，那兩個人也離開了。現在還剩下兩個男人和一個女人站在我面前。面對我最左邊的是個胖子，看起來年紀應該超過二十五歲吧。站在正中間的是超過三十五歲的肌肉男，眼神看來非常凶惡。緊接著站在肌肉男旁邊的，是個長髮的女性。要還給這三個人的名片，現在就握在我的右手中，總共有四張。

大山高中老師　薄井忍。

NextChange　導播　松永累。

DASH 公司　經紀人　山本司。

AYUZAK 機構　CEO TAGAMI NARIKAZU。

圍著彩色圍巾的男人說道：

——在這之中有連公司名也都完全想不起來的嗎?應該有吧?

我老老實實地回答，並且抽出其中一張名片給他看。

——是 AYUZAK 機構吧。

圍著彩色圍巾的男人轉頭看著開始癱軟的和也。

——不趕快把名片還回去的話，看來和也的體力也差不多快要到極限了吧?不過，反正你一旦答錯了，他的頭就會被炸飛。

目前成功返還名片的大木真和木山光，兩個人的共通點就是對我恨之入骨。也就是說，留在現場的這三個人，也一定有什麼樣的理由對我懷抱著恨意。

至少我有成功把名片還回去過，如果可以的話我希望後面也能順利進行。若是能夠順利化解這次的危機，我想自己今後在和也面前應該完全都不會想再提起這個傢伙了。

我自己挑選了下一張必須要還回去的名片。

——我要挑戰這張名片，NextChange 松永累先生。

我這次要返還的名片上面寫著「NextChange　導播　松永累。」

——不選 DASH 公司那一張嗎?

那傢伙對所有事情都了然於胸，還針對我討厭的部分進行攻擊。就像他所預測的一樣，我開始變得心浮氣躁。

——我不是說了要挑戰 NextChange 這張嗎?

——你受到 NextChange 這家公司很多照顧吧？
——是啊。
——但你連 NextChange 公司的社長大名都說不出來啊。
——我知道是誰啊！
——誰？
——是片山章二先生。

NextChange 的社長片山章二先生，是大我兩歲的前輩。他並不是電視台的員工，而是節目製作公司的明星導播。在電視台，總是會給社員許多機會。畢竟是公司，有相關規定也無可厚非。從製作公司轉來的首席廣告助理導播，不管投入多少心力，還是有可能會由比較晚進公司的年輕社員，先從助理導播升任導播，這樣的例子挺常見的。

電視台總是希望，擁有超強主持人的節目製作團隊，與其讓製作公司或自由接案的導播來製作，不如由公司裡的同仁來擔任導播重責，大家一起攜手完成，這才是首選。因此，製作公司的導播靠著自己的力量創造人氣，並且順利打響名號的機率，說起來真的很低。然而，片山先生就是在這樣的環境下創造成功案例的稀有人種。

片山先生所製作的節目真的很有趣。他製作了一個在藝人的身上掛上攝影鏡頭的節目，沒有任何一個同仁能夠與之披敵。片山先生也不會將自己侷限在製作有趣的節目這個範疇中。我成為助理導播之後第一個參與的節目，就是片山先生負責的「挑戰・耐力王！」這個節目真的是最棒的，內容就是從參加的藝人中選出耐力最強的第一名。這是我一輩子都不會忘記的美好回憶。

在節目中，我們讓藝人只穿著尿布並進到一個房間裡，在那裡讓藝人喝下強力的瀉藥，看他光靠意志力可以忍耐多久？類似這樣的實境秀節目。這種內容根本不可能出現在如今的電視頻道中。這是在電視圈最美好的年代所誕生的節目，片山先生也是靠這節目而將自己的耐力給磨練出來的吧。

當時製作人對他說：「不管怎麼說，用瀉藥總是不太好吧。」但片山先生反駁道：「有趣嗎？還是無聊呢？請做出決定。我想你應該覺得很有趣吧？那就請放手讓我去進行吧。」製作人對所有的團隊成員說：「因為是要讓藝人去挑戰的，所以你們自己先體驗一下吧！如此一來我就不再多說什麼了。」結果，每一個企劃的橋段片山先生都親自去體驗了。穿著尿布喝下瀉藥到底會有多痛苦，他自己率先嘗試。這麼一來誰都沒有辦法反對了。

——想要製作有趣的節目，最重要的必要條件，就是黏性。

徹底教會我這個觀念的就是片山先生。我在製作「全民大猜謎！祕辛搜查員出動！」時不會輕易妥協，可能也是因為注入了片山魂吧。

後來我聽聞如此能幹的片山先生，在五年前獨自創立了「NextChange」製作公司，電視台有許多同事都前往支援。我在推出「全民大猜謎！祕辛搜查員出動！」這個節目時，心裡也想著如果沒有片山先生的幫助，這個企劃是不可能成功的，所以就去找他幫忙。片山先生在看了企劃書之後說道：

——這是你從以前到現在所有的企劃案之中，最有趣的一個。

侏儒黑猩猩的實境秀能夠成功，也是有賴片山先生的協助。如此困難的拍攝工作，對「全民大猜謎！祕辛搜查員出動！」節目來說難以達成，也是拜託片山先生之後才得以順利完工。

名叫松永累的男人，就是來自片山先生所成立的NextChange公司。NextChange現在的規模變得相當大，總共包含了五個製作團隊，導播、助理導播等等，合起來超過五十個員工。可以說是現在電視圈中規模最大的製作公司。我跟NextChange的淵源非常深，但是看了眼前兩個男人的臉，卻完全不認得。

圍著彩色圍巾的男人說道：

——你每個禮拜都確實地在製作有趣的節目呢。

——被你誇獎我一點都開心不起來。

——我可不是在誇獎你。我在誇獎的是負責拍攝節目內容的製作公司。

的確，機智問答遊戲節目的母帶後製，是靠製作公司的導播才得以完成的。但是在剪輯畫面的過程中，負責最後編輯並定案的人，除了我之外沒有別人了。不過現在去說明這件事情恐怕一點幫助也沒有。

——對了，說到這個，皇帝企鵝那一集的畫面也非常經典。

關於皇帝企鵝的題目。日本的電視台可以拍攝到皇帝企鵝的畫面，真的可以說是奇蹟。這個工作也是NextChange負責的。由片山先生直接指揮，讓拍攝工作順利完成。為了驗證關於皇帝企鵝的一個傳言，片山先生勇敢地帶著專業的人才一同前往南極進行實地拍攝，這是節目可以吸引龐大人氣最重要的一集。

大家應該都看過皇帝企鵝成群結隊地在海邊的懸崖，接二連三往下跳的畫面吧。看起來非常可愛，但所有的畫面都不是很清晰。事實上，有人說皇帝企鵝並不是自己跳下海去的，而是被同伴推下去的。為了看看海裡有沒有天敵殺人鯨在附近，所以需要先讓一隻皇帝企鵝下海去做確認。如果附近有天敵的話，那就一定會展開攻擊。看起來非常可愛的畫面，但其實反映著皇帝企鵝令人毛骨悚然的習性。

NextChange成功地拍攝到完整的畫面，也因此「全民大猜謎！祕辛搜查員出動！」在後續掀起了相當大的討論熱潮。

——那個節目超酷的！不過，生物真的是很殘忍呀。

——就是說啊。

——我以為只有人類會讓人去做出自我犧牲，但沒想到企鵝也會如此。

他看著我微微地笑了笑。我知道他想要對我表達的是什麼。現在站在我面前的人，全都對我懷著恨意，全都被我奪走了某些東西。若是如此的話……

對於NextChange有件事情我相當掛心，現場的人大概就是跟那個事件有關吧？在錄製節目的過程中，我曾經請NextChange團隊做了件不該做的事情。那就是造假。

2　圍著彩色圍巾的男人

——難道說，神田先生的節目，有造假過？

此時此刻，有人儘管知道節目有造假之嫌，還假裝不知道，一直顧左右而言他，這種狀況真是充分讓人感受到人類的可怕之處。

——不過啊，我認為電視節目造假並不是一件壞事。

神田先生用探詢的眼神看著我，想要分辨我說這句話是出自真心還是假意。

——為什麼你會這麼想呢？

——因為，電視節目的主要目的就是讓我們這些視聽大眾看得開心不是嗎？我有說錯嗎？

——或許是吧。

——所以說，我認為那不是造假，而是所謂的演出。

以上這番話，是我發自內心的想法。最近不是有些視聽大眾追究很多支微末節的細節處，想藉以判定節目是否有造假的嫌疑嗎？那個，我認為太誇張了。

因為啊，在戲劇節目中，不管發生些什麼劇情，也不會有人質疑節目的真實性。但如果是綜藝節目就立刻會被揪出來。在紀錄片或是非小說類型的作品中說謊的話，我認為恐怕不太好，但是，綜藝節目，就是為了讓人們開心而存在的；是為了讓人們覺得幸福而存在的。所以我認為在節目中的橋段應該都算是演出吧。

在職場上經常有類似的狀況。接下來的人事升遷公告跳過上司傳了開來，不可思議的是，這類的八卦總是不會傳到事件本人的耳裡。在那樣的情況下，大家一定都會想說「他應該是假裝不知道吧」。而且，當本人聽到職務異動的通知，對下屬說：「我要被調到別的地方去了。」下屬們還會用百分之一百二十的演技說什麼「真的嗎？」「為什麼會這樣？」「我沒有辦法接受這樣的事情！」為什麼會需要用到演技呢？因為不會有人想要老實地說出「是啊，我有聽到八卦傳言。」其實很單純，大家只是不想要讓異動的上司內心感覺到受傷而已。所以說這位被瞞在鼓裡的上司，說起來某些程度來說是處於幸福的狀態中吧。難道大家會認為這就是在造假嗎？這不算吧？這是一種演出吧。我認為綜藝節目也是如此。

我啊，是為了確認神田先生對於造假這件事情所抱持的態度，所以才會提出問題。

——神田先生，你對於節目造假有什麼看法？

——什麼意思？

——我現在對你所做的事情，你覺得是造假，還是在表演呢？請告訴我你的評判。

——可以不回答嗎？

——在這三個人之中有一位是松永累先生，他想要知道你的想法。

我在說了這句話之後，神田先生的眼神就飄向那兩個男人了。超過三十五歲的肌肉男活火山，以及超過二十五歲的碳水化合物。

——在以戀愛為主題的節目中，男生向女生告白，女生接收到來自場邊製作組的指示，給了男生ＯＫ的答覆。這算是造假？還是演戲呢？

——我知道神田先生的眼神一瞬間凝結了。他問道：

——在下了節目之後，這兩個人真的有展開交往嗎？

——沒有交往。

看來神田先生是在腦海裡評判這樣的狀況算是造假還是演戲。

——是造假。

——如果他們倆人真的有交往，那就不是假的了，是嗎？

——我是這麼想的沒錯。

這就是神田先生的想法。我想知道更多一點。

——在總獎金高達一百萬圓的機智問答節目中，參賽者在事前就先由製作組的工作人員提供正確答案，這算是造假？還是演戲呢？

——我認為這是造假。

——但是這麼一來會讓節目大紅大紫喔？為什麼還會認為這是在造假呢？

——總覺得對很多人來說，這樣會有被背叛的感覺。

我似乎已經了解到神田先生判斷造假和演戲的關鍵線索了。

——那麼，偷拍類型的節目，被選定的藝人事前就知道自己會被偷拍，在藝人知道的情況下所進行的偷拍，這算是造假還是演戲呢？

——這要看效果，整體來說有趣嗎？

——挺有趣的。

——若是如此那就是演戲。

神田先生首次用到演戲這個評語。

——為什麼會這麼想呢？

——因為如果不跟對方說，拍攝成功的機率也相當高。

——那麼，夫妻吵架的節目。其實他們有事先寫好有趣的吵架劇本，這算是造假嗎？還是演戲呢？

——如果是真正的夫妻上場的話，那就算是演戲。

——如果是由不是夫妻的兩個人演出來的呢？

——那我覺得他們已經超出演戲的範圍了。

這裡出現了重要的關鍵字：「超出演戲的範圍。」在他的心目中，超出演戲的範圍，就會變成造假。

這種事情也是所在多有，「超過」的那一瞬間，會影響到其他的事情，讓其他的事情跟著改變。學校裡也常發生這種事，我就曾經見識過。例如在上體育課的時候，做不到上槓前翻繞圈這個動作的學生，每次都在造假。關於這個你是怎麼想的呢？我覺得做不到的學生就是做不到，但是，這些做不到的學生如果每次都造假的話，不就等於是把其他學生當笨蛋耍嗎？這時候就要看學校教育單位所扮演的角色了。說不定這種事情還會延伸出霸凌事件呢。這樣的話就會演變成所謂的「超出教育的範圍」了。或許這是老師單方面的想法。但是，真的很難，因為是否超出範圍都要靠自己來做判斷。

神田先生對於造假或演戲中間的界線，線條可以說是相當清晰明確。

——神田先生認為，扭曲了原本的結果，就是超過演戲的範圍對嗎？

——應該吧。

是的，因為我清楚地聽到神田先生的回應，所以我接下來要說的話就像利刃一般穿透出我的喉嚨。我說道：

——若是如此的話，那為什麼蚊子的實驗那一集，都已經完成了卻不播出來呢？

我知道神田先生現在的心跳數肯定向上飆升了。腦袋沒辦法擠出答案來。

——如果你覺得沒有改變原始結果的話，那就堂堂正正地播出比較好吧。

沒錯，神田先生啊，為「全民大猜謎！祕辛搜查員出動！」做了蚊子飛繞不去的實驗，畫面都拍攝好了但卻決定不播出來。

——是因為被助理導播洩露出去了嗎？還是因為周刊先爆料了？

沒錯，離職的助理導播把消息賣給八卦周刊，說製作團隊的實驗是造假的。

——堂堂正正地出來說清楚講明白不就好了嗎？說你們並沒有扭曲事實啊。

大家應該都想知道那是什麼樣的實驗吧。說起來是個挺有意思的實驗呢，真不愧是「全民大猜謎！祕辛搜查員出動！」的製作團隊。一九七二年，在歐美曾經做過一個調查，主要是針對某個種類的蚊子腸子裡的血液做分析，在A型、B型、O型、AB型之中，有個特定的血型被檢出的次數高出許多。日本也曾經做過同樣的實驗，得到的結果是一樣的，當時的資料也都有完整保留下來。蚊子啊，其實很喜歡花蜜，很驚訝吧？不只蜜蜂和蝴蝶，其實蚊子也很喜歡花蜜。所以當我聽到這個事實時，自己也是有點訝異。為什麼呢？有個說法是，因為A型、B型、O型、AB型之中，有個血型的細胞表面具有糖鎖化合物，其分子構造與花蜜相近，因此蚊子特別喜歡吸這個血型的人的血。

總之「全民大猜謎！祕辛搜查員出動！」所做的實驗，就是要證實蚊子是不是真的特別喜歡某個特定的血型。有四個血型各不相同的藝人加入了實驗，他們一起進入放滿蚊子的箱子中，究竟哪一個血型的藝人會被蚊子叮最多包呢？

——這個蚊子的實驗，雖然真的實際去進行了，但卻沒有順利得到結果，是這樣吧？

儘管製作公司在挑戰這個實驗的過程中並不是那麼順利，不過也不能就這麼輕易說放棄就放棄，所以大家努力思考著該怎麼讓實驗的成果順利呈現才好。

有一種說法是蚊子會繞著人類所呼出的二氧化碳飛，然後像是喝了酒之後體溫明顯上升的人啦；身體的新陳代謝速度較快的年輕人和小孩，比年紀大的人更容易招惹蚊子啦……等等。根據這些資訊，讓那個特定血型的代表藝人喝點酒，只喝一點，從臉看不出來有喝酒的程度。然而這樣做卻還是沒有明顯的效果出來。製作團隊希望拍到的畫面，是特定血型的藝人手上停滿了蚊子，但其他三位藝人的手上沒有蚊子。該怎麼做才能拍攝到清楚又具體的畫面呢？

有個非常簡單的方法。就是噴防蚊液。在其他三個人的手上噴上防蚊液，結果好像就拍到令人滿意的畫面了。特定血型的藝人手上停了數量適中的蚊子。數量適中是最好的結果，因為其他血型的藝人手上一隻蚊子都沒有。這樣就算成功了。製作團隊拍到了非常有趣的畫面。

——一開始所拍攝的實驗畫面，一點都不順利，你還氣得大吼大叫呢。

——我並沒有氣得大吼大叫。

——不管你們用什麼方法，總之就是去把我要的畫面拍來！你是這麼說的對吧。

——那又如何？

——是你逼迫他們不得不這麼做的啊。

——但是，我可沒有叫他們要造假啊！

——那不是造假，而是演戲不是嗎？偶而也會有實驗無法順利進行的時候對吧。

團隊中的助理導播將實驗造假的事情賣給八卦雜誌，引起了軒然大波，當期的周刊封面用斗大的標題寫著知名人氣節目造假！電視台的回應是：

——我們並沒有造假，只是我們也承認做了多餘的演出。節目內容會讓視聽大眾產生疑惑，所以我們決定不予播出。

其實這樣做就等於是承認造假了，不過幸虧決定不要播出，才不至於讓事件繼續向上延燒。然而，這個事件倒也沒有因此就平息下來。在這樣的狀況下，總是必須要有人出來扛起責任，現實的社會就是如此。要找誰來負責呢？

——下次，我有個主題想要請你們節目幫忙製作一下。

——現在不是說這種事的時候吧。

——據說把蟑螂的頭砍掉之後，蟑螂還可以再活十天，這不知道是不是真的。

——你到底想說什麼？

——蟑螂的生命力真的很強，唯有強者才能留到最後，就像你一樣。

沒錯。結果，還是由蟑螂以外的人去扛責任了。

——雖然事情是照著你的想法去做的，但是卻由製作公司出面負責，也就是NextChange。

神田先生看到下一張該返還的名片了，NextChange 的名片。

——而且，對你照顧有加的片山先生，當時還在現場擔綱指揮呢，你卻還是這麼做了。

接下來的來龍去脈不說應該也都很清楚了。在這次事件中被解雇的是剛接手負責「全民大猜謎！祕辛搜查員出動！」節目的NextChange 導播，好像就是決定由他負起責任，製作團隊以及公司都將他解雇了。沒錯，那就是松永累先生。

神田先生，我們總算走到這一步了。在你面前排排站的兩男一女，請你對他們提出問題並藉此將松永累找出來吧。神田先生的眼睛沒有看著眼前的三人，他說道：

——蚊子最喜歡的血型是什麼？

超過二十五歲的碳水化合物回答道：

——O型。

超過三十五歲、眼神凶惡的肌肉男回答道：

——A型。

沒用的巨乳回答道：

——O型。

神田先生聽到答案之後，慢慢地走了過去，並將松永累的名片還了回去。他把名片還給了超過二十五歲的碳水化合物。因此，我揚聲喊道：

——第三張名片，成功！

3 NextChange 導播 松永累

神田先生將我的名片還給我了，上面寫著「NextChange 導播　松永累」的名片。他終究不記得我。

我第一次以「全民大猜謎！祕辛搜查員出動！」工作人員的身分參加會議的那一天，情況可以說是最糟糕的。就在那一天，其中一名機智問答編劇木山光先生，惹得神田先生氣到冒煙。但是，如果連招呼都不打一聲的話，恐怕會吃不完兜著走，所以我去到神田先生的辦公桌前，把自己的名片遞了出去，他用單手接下名片，並且不經意地抬頭看了我一眼。

——你啊，知道鮭魚是白肉魚嗎？

什麼跟什麼啊。進入這個世界之後，我第一次有想要轉頭落跑的衝動。

是我讓自己進入這個世界的，如果沒有遇見片山先生的話，我絕對不會進入這個世界。

大學三年級的時候，我開始展開求職面試，不過全都落空了。然而我想，反正也是可以暫時用打工的方式過日子，所以我覺得無所謂。因為我聽過有些人找到工作但卻在公司被霸凌，只能陰鬱地辭掉工作；也看過一些學長因為就職的公司破產了，所以頓時失去了人生的方向，因此我真的覺得不工作也沒有差。如果對自己的人生太過認真的話，遭到背叛時會格外感到悲傷難過。沒錯，不論是誰，在人生的道路上一定都會遭到背叛。

大四那年的夏天，校友會的學長來拜託我接一個打工的工作。若誰說對電視的世界完全沒有興趣的話，恐怕是騙人的吧。學長是「WORK SHOP」這間大型製作公司的員工，就是他來拜託我的。一開始我想說就利用暑假期間去當助理導播打打雜，如果能藉此機會碰到藝人或是偶像明星的話，那就太幸運了。

但是，那時候我遇見了一個重要的人。我遇見的，就是片山先生。當然那時候我連片山先生的名字都不知道，而且片山先生也還是「WORK SHOP」的員工而已。

我打工當助理導播的節目，是在深夜時段播出的「生或死」節目。在節目中會有藝人來用自己的身體去做各式各樣的挑戰，而片山先生就是那個節目的總負責人。我第一次去所錄製的企劃主題是「高麗菜・美生菜猜一猜」。格鬥家從高麗菜或美生菜中擇一放到參賽藝人的眼前，藝人必須要一瞬間立刻回答那是高麗菜或是美生菜，就是這樣愚蠢的機智問答節目。不過，要在一瞬間辨別出高麗菜及美生菜，其實並不容易。這好像就是片山先生想出來的題目。在藝人答錯的瞬間，格鬥家就會拿著高麗菜或是美生菜，二話不說直接毆打藝人的頭。如果是美生菜的話那還算好，但如果是在端出高麗菜時答錯的話，那可是會受傷的。

正式錄製前的彩排。那天對我來說是第一天上班。扮演格鬥家的那個人不安地對片山先生說道：「誰都料想得到，用高麗菜認真地攻擊的話，是很危險的啊。」結果片山先生湊近格鬥家並說道：

——你在打對方的時候如果心裡想著危險，那才真的會造成危險。所以說不假思索直接開打是必要的。

片山先生說完後把高麗菜遞給格鬥家，「你用這顆高麗菜認真地毆打我的頭。」說完探出頭等著被打。格鬥家真的打了，但是大概只用了百分之五十的力量。

——你這麼做的話根本沒有人會笑的。

結果又再毆打了一次，這次用了百分之六十的力量。

——這樣還是不會有人笑的！再放開一點，什麼都不要想！

我第一次到現場，真的是嚇到了。格鬥家拿著高麗菜往片山先生的頭上猛打，一直打一直打。片山先生在被高麗菜打頭的時候，還不斷生氣地喊著「什麼都不要想，再用力一點！」被用高麗菜打頭的人怒瞪著打他的格鬥家。大概打了十次有吧。高麗菜的芯相當硬，格鬥家就是用芯打在片山先生的額頭上。額頭受傷了，血噴得到處都是。是真的高麗菜啊，一個成熟的大人就這樣被用高麗菜打得頭破血流。片山先生用手壓著傷口，並且大聲指示現場的工作人員說：「把芯過硬的高麗菜全部撤走！」

就是在那個當下。雖然我對電視的世界興趣缺缺，但卻覺得好酷。這些大人真的會為了毫無用處的事情全力以赴。這是我到目前為止從沒有體驗過的帥氣。

在電視台裡頭，還是以製作人或導播等等的內部員工為中心，進而組成製作團隊的狀況比較多，但是片山先生並不是如此。總之製作公司儘管是接案維生，但還是製作出許多頂級的節目，因此有很多人對進入製作公司充滿憧憬。九〇年代前半就已經成為專職導播的片山先生，身上背著好幾個精彩的傳說。在我聽過的幾個傳說之中，我最喜歡的關於「山本頭之真實謊言」這個機智問答遊戲節目。

節目中讓一個藝人獨自站在新宿歌舞伎町，並安排許多頂著山本頭的流氓在藝人的身旁來來去去。那些流氓大哥都是臨時演員。不過，畢竟是歌舞伎町，除了臨時演員之外還是人來人往的。這位藝人的任務，就是當他發現「這個流氓是臨時演員裝的！」就要趕快跑到那個人面前大喊「你這個假流氓！」這是在電視節目受到正面肯定的時代所做的企劃，不過，拍攝過程怎麼想也不可能完全平安落幕。那位藝人徹徹底底地失敗了。沒錯，那位藝人跑到真正的流氓面前，大聲喊道：「你這個假流氓！」

結果那位藝人、節目助理導播、片山先生等一行人，全都被帶到那個正牌流氓的事務所去，好像受到了脅迫。當然，大家都下跪求饒了，但唯獨片山先生沒有這麼做。

——對於我們所做的冒犯到你，我跟你道歉，但是這個節目企劃，你也覺得很有趣對吧？

他提出了這樣的問題。那位正牌流氓當然不可能說「嗯，很有趣啊。」結果好像反而讓正牌流氓更生氣了，儘管如此，片山先生還是繼續說道：

——我可是賭上性命在製作這個節目，今天所拍攝到的畫面我也會用命去認真剪輯，所以請你看一遍吧。看了之後如果覺得一點都不有趣，那我就隨你處置。

看到片山先生不顧一切的樣子，站在一旁的那個正牌流氓的兄弟說道：「這傢伙還真有趣。」一個禮拜之後，片山先生帶著剪輯好的節目檔案，讓正牌流氓和那些兄弟們看，結果聽說每個人都看到笑了。也因此這個企劃就可以如期播出了。從這個傳說的情節中可以看得出來片山先生人性化的一面。為了要製作出有趣的節目，把命都賭上去，少活個幾年都在所不辭。創造有趣的事物時，片山先生會變得非常認真，在片山先生旗下打工的時候，我對他充滿了景仰，對一個帥氣的男人產生仰慕之情，這可是我人生的初體驗。

我下定決心要在這個世界裡工作的關鍵點，是片山先生真的動怒的時候。有一個來參加節目錄製的年輕藝人，所用的梗全部都沒有被留用，然而那個年輕藝人卻在節目中說「將來我一定會成為在黃金時段當主持人的成功藝人！」錄製工作結束之後，我一邊整理工作室，一邊輕聲對其他助理導播說道：

——那個人能夠成功嗎？絕對不可能吧。他永遠都不可能成為主持人的吧。

我說這些話好像把那個藝人當成傻瓜了。結果，一起留在工作室的片山先生，從身邊拿起一個膠帶，想也沒想就往我這邊丟了過來。膠帶打在我的額頭上，接著他用手揪住我衣服領口。是霸凌嗎？職場暴力？我心中有些許抱怨。但是浮上腦海的這些字眼，在聽了片山先生的話之後，全都煙消雲散了。他說：

——一棵好幾年都沒有冒芽的盆栽，有可能會突然就冒出新芽。

一開始我聽不懂他想要表達什麼。不過片山先生打開了話匣子就停不下來了。

——有可能會冒芽的盆栽，遇到像你這樣的傢伙，一定會選擇丟棄吧。

他放開揪住我領口的手，我順勢跌坐在地板上，他就這樣瞪視著我的眼睛。

——連夢想是什麼都還不知道的傢伙，沒有資格取笑別人的夢想！

我在國中的時候，曾經取笑過一個傢伙，他說要靠踢足球完成到海外發展的夢想。雖然我取笑了他，但其實內心是有點忌妒的。可以果斷地說出這種話來的傢伙，幾乎都沒有辦法實現自己的夢想。因此，很多人都具有安全裝置，讓自己在找到夢想之後開始追尋，但在夢想破滅時不致於太過傷心。我想，很多人在生命中幾乎都會削減自己未來的可能性，不過另一方面，在這個世界上還是有很多人完成了夢想。尋找夢想的傢伙是很可怕的。因此我總是站在不要受傷的安全道路上，吹毛求疵地看穿了追求夢想的那些人心中的想法。

——我真是個很糟糕的人啊。

我察覺到確定的密封蓋被緊密壓牢了，用在我身上的催眠術似乎也解開了。

——我想跟在片山先生底下做事！

經過了那一天的觸發，我開始一股作氣栽培起自己心中的嫩芽。剛好那時候，片山先生正要獨立出來開設一間製作公司。於是，我向片山先生提出請託。

——公司成立之後，我希望可以跟在您身邊工作。

我想和這個人一起工作，片山先生伸出右手和我握手。

——過了四十歲之後，我才找到自己的夢想。我想要創立一間專門製作有趣事物的公司。

片山先生應該也教了神田先生許多東西。「全民大猜謎！祕辛搜查員出動！」這個節目能夠成功，也是有賴片山先生的能力。神田先生最敬重的人，我想應該也是片山先生吧。片山先生在上，神田先生在下，這是絕對不會改變的上下關係。然而，權力的平衡改變了。權力的平衡一旦改變，個性好的人也會變得不好，沒有辦法，非變不可。

在這個業界裡頭，打著片山入門弟子名號的人相當多，甚至還形成了片山派，當片山先生成立了 NextChange 之後，接手製作的節目數量也隨之增加。以製作公司來講，一切都太過順利了，發展的速度非常快。然而，負責製作的節目增加，人手勢必也得要擴編才行，對製作公司來說，最危險的地方就是這裡了。當製作公司的節目紅了起來，公司規模會隨之變大，人手開始增加，但是幾年後節目收起來了，公司便沒有能力付薪水給那些增加出來的人手，就這樣應聲倒閉的公司所在多有。

片山先生的能力很強，在擔任導播的時候電視台的人都奉他為「可以提供幫助的人」。但是獨立出來自己當老闆之後，他就變成要去拜託別人幫忙了。過往為了要製作出有趣的節目，不管跟誰都可以爭得面紅耳赤，但現在卻成了守護公司的人。成為守護公司的人，也就意味著會變得軟弱。想要做好守護公司的工作，個性上就不能那麼酷了。

神田先生開始對片山先生頤指氣使。因為 NextChange 有非常多員工都到「全民大猜謎！祕辛搜查員出動！」節目幫忙，為 NextChange 創造了可觀的營業額。神田先生從以前被片山先生呵護有加的後進，搖身一變成為對片山先生的公司營運有巨大影響力的製作人。片山先生以前會直接稱神田先生為「神田」，但是在接手「全民大猜謎！祕辛搜查員出動！」之後，不知不覺間就開始用「小神」來稱呼了。彼此的稱呼方式最能顯示出權力平衡的改變了。

年輕的導播在進入 NextChange 之後，如果影片有拍得不好的地方，神田先生看了只要露出一點點不開心的樣子，並對片山先生說「這個要麻煩你了」，片山先生就會立刻回答「不好意思。」不是對不起，也不是抱歉。那是對高居上位的神田先生最大限度的歉意。神田先生這麼努力就是為了要清楚宣示「雖然過去受到你的照顧，但我現在的地位可是比你高啊」。

在「全民大猜謎！祕辛搜查員出動！」節目中工作的時候，我終於等到了晉升導播的機會。片山先生親自下令，要我幫忙兼任首席助理導播。我想這次絕對會有很好的成果。

「全民大猜謎！祕辛搜查員出動！」這個節目總共有五間製作公司進來一起製作，雖然沒有誰先誰後的順序關係，但是神田先生最信賴的還是NextChange。也因此NextChange的工作量一向都很大。神田先生手上若有棘手的素材，往往都會請NextChange接手。儘管很棘手，但那也就表示如果成功了，一定會是很有趣的內容。然而這種困難的題目，需要大量的時間和人手。其實只要片山先生跟神田先生說一聲「希望你把這份工作分給其他公司」，就可以減輕工作量了，但是現在NextChange在整個製作團隊中是最受到信賴的，這個位置可不想要拱手讓人。片山先生與神田先生的權力平衡已經轉移，至少會想要好好守住製作夥伴這層關係吧。這些我們都明白，雖然明白，但是片山先生接下工作之後，我們這些員工的休息時間就大量地減少，體力也漸漸來到極限。在這些工作之中，最應該要拒絕的就是蚊子的實驗。

蚊子喜歡的血型這個實驗是由遠藤先生負責的。遠藤是和片山先生從年輕時就一起打拚過來的夥伴。我對這個人其實沒有什麼好感。跟他聊天的時候，他有七成以上都在批評抱怨片山先生有多愚蠢。「那個人變得世故了」、「就是個笨蛋」、「想法非常老派」之類的，或是「如果我不在了，這間公司就準備收起來吧」等等。這個人就是自己的方式，對著年輕的新手說一些抱怨的話，藉以在自己心裡保住權力的平衡吧。當然，他完全沒有對本人提起那些抱怨的勇氣。

蚊子的實驗片山先生並沒有直接參與，因為片山先生要減少前往拍攝現場的次數。神田先生把這個實驗交給我們公司負責，一開始進行實驗時，並沒有得到預期的成果，A型、B型、O型、AB型四種血型並沒有看出差別。遠藤先生將實驗的成果剪輯起來給神田先生和片山先生看。在此之前也曾經有過將實驗失敗的結果合在節目中一起播放的例子，有些也非常有趣。但是神田先生卻嚴厲地說：

——這樣一點都不有趣。請務必讓這個實驗成功！

確實片山先生在「全民大猜謎！祕辛搜查員出動！」完成了許多任務。像是侏儒黑猩猩，還有皇帝企鵝，都是他靠著無比的粘性和過人的能力才能夠辦到的。但是，無法順利進行的事情就是沒有辦法，或許是察覺到片山先生有這樣的想法，神田先生緊迫盯人地說道：

——如果片山先生的公司做不到的話，那我就請其他的公司負責。

收視率，也稱為每分鐘收視率，是以一分鐘為單位，將所有收視率的數字收集起來，畫成折線圖的圖表。如果其他製作公司接手這個任務，並且靠著實驗的播出畫面讓收視率折線圖急速上升的話，神田先生對那間公司的信賴度也會像圖表一樣直線上升。電視圈的現實面就是這麼一回事，簡單明瞭。

於是片山先生回答道：「小神，我知道了，我會想辦法的。」並就此決定要進行第二次的實驗。遠藤先生不敢在神田先生面前多說什麼，但回到公司之後就完全爆發出來了。

——讓其他公司去做不就好了嗎？根本做不到嘛！

片山先生擺出社長的表情，但那已經不是讓我們每個人憧憬的表情了。

——一切都是為了公司好，遠藤，拜託你了，無論如何一定要成功！無論如何……

眼前的兩人，已經不是為了追求有趣的畫面什麼都願意做的知名導播，以及旗下的後進導播，而是想要守住公司的社長，以及他的下屬。

——用什麼方法都可以嗎？

針對遠藤先生的問題，片山先生回答道：

——沒問題的，拜託你了！

為了要讓實驗成功，為了要守住這間公司，遠藤先生放手去做了，一切都為了要拍到神田先生想要的畫面。只有O型血的偶像藝人手上停了蚊子，其他血型的偶像藝人手上一隻蚊子也沒有，就是這樣的畫面。

劇組讓O型血的偶像藝人喝了點酒，不過遠藤先生想了些更單純的好方法。那就是在代表其他三種血型的藝人手上，塗上防蚊液。大膽又單純的謊言，而且不會被拆穿。

實驗最後成功了。不，應該是說拍到實驗成功的畫面了。把實驗的畫面剪輯出來給片山先生和神田先生過目之後，神田先生非常興奮，開心地說著「果然還是辦得到嘛」。是怎麼做到的？為什麼有辦法成功呢？這些問題神田先生完全沒有過問。看到神田先生開心的表情，片山先生想必也安心許多了吧。但是，片山先生心裡一定明白，用普通的拍攝方式根本不可能辦到。絕對用了什麼特別的方法。不過，他並沒有特意詢問。

最大的敵人往往藏在自己的夥伴之中。有個叫做大野的傢伙，來公司大概當了半年的助理導播。他去電視台面試時被刷下來，在我們公司工作也一直鬱鬱不得志，是個自尊心很高的傢伙。對於自己的錯誤，他從不會老實認錯，而是用高傲的態度巧言辯解。這傢伙的個性不好，所以遠藤先生還曾在工作現場揍過他。在公司裡他是不安的因子，看到他惶惶終日的樣子，與其說有點令人感到害怕，倒不如說是對於不定時炸彈不知何時會爆炸的不安。

蚊子的實驗結束之後，大野立刻就對公司提出辭呈。聽到這個消息，我的胸口就感到有些焦躁，腦袋裡也有各種想法騷動不已。結果，果然出事了。大野將實驗的事情洩漏給八卦雜誌。

——我發現了知名人氣節目「全民大猜謎！祕辛搜查員出動！」節目內容驚爆造假！

報導出來之後，原本預定在隔周播出的蚊子實驗整個喊停。如果照常播放的話，這次事件恐怕會繼續延燒擴大。電視台也處理得相當快速，在演變成社會事件之前就讓它畫上句點。那個節目內容若是播放出去，一定會遭受到視聽大眾的砲轟，說不定還會延伸出審查節目的話題。最糟糕的部分已經挺過去了，然而在電視台內部卻還不算是獲得圓滿解決。這起造假事件到底為什麼會發生，又是因為誰的關係才發生的呢？這些問題都還沒查個水落石出。

電視台的部長提出對神田先生的糾舉，當然神田先生似乎就以一句「我什麼都不知道」輕輕帶過。但事實上，他想必是知情的。因為是他施加壓力的關係，才會導致這起事件的發生。

為此，節目相關工作人員全體集合召開了一次緊急會議，由神田先生概略地說明整起事件的來龍去脈，然後像是要給我們一個教訓似的，把我們公司的人叫到所有人的面前，並且開始責難我們。

——遠藤先生，你打算怎麼辦呢？是你對吧？下令說要造假的就是你吧？

遠藤先生什麼話也答不上來。

——快說明一下吧，你為什麼這麼做？

公開的聽證會。特意在所有人面前做這些事情，就是要申明神田先生並不是共犯，而是受害者，真是高明的手段啊。如果遠藤先生全部認罪、簽下自白書，肯定得要負起責任走上解雇一途。從這個節目中退出恐怕還不夠，連公司那邊也不得不提出辭呈。神田先生已經取得電視台長官的首肯，這一點程度的犧牲是必要的。

遠藤先生結婚了，最近也才剛迎接新生命的到來。需要守護的人事物都變多了。看著什麼都答不上來的遠藤先生，片山先生站了起來。

——這次的事件並不是遠藤主導的，遠藤並沒有直接指示任何人做事。

神田先生成功創造了全場一致的氛圍，讓所有人都認為遠藤先生是主要犯人，但片山先生站起來面對著他。如果是片山先生的話，一定可以幫上大忙的，我在心裡這麼想著。

——那不然是誰？誰下的指示？是誰下令說要造假的？

——我不能說。

——怎麼會不能說呢。到底是誰？

——我不能說。

守住了。片山先生盡其所能地保護了一切。然而片山先生的心意，卻反而讓神田先生抓到小辮子似的，他說道：

——那麼，應該要由公司負起責任。

最後的王牌。意思就是要把 NextChange 的所有人都革職。這並不是單純的恐嚇而已。雖然這個節目從開播以來，有非常多困難的主題是由我們公司完成拍攝的，但是其他公司的導播成長的速度也非常快，所以這不是恐嚇。片山先生，我以前的頂頭上司，令我憧憬、令我敬佩的男人，此刻深深地低下了頭。

——不好意思，真的很不好意思。

片山先生道歉了，深深地低下了頭，然而此時此刻，片山先生還是想要靠著這一句「不好意思」，勉強地維持住那種上下關係的自尊心。不過，這句話卻也觸動了神田先生敏感的神經。

——不可能說一句不好意思就沒事了吧。你說不好意思，並不是真的想道歉吧。

片山先生是我進入這個世界的關鍵，他用實際的作為讓我了解「很酷地活著是怎麼一回事」，在我心中他是真正的英雄。這個英雄，在所有人面前低下了頭，然後大聲地說道：

——對不起。真的很對不起。

豆大的眼淚不停湧出。片山先生，他教會了這個後進這一行的所有訣竅，在後進的節目剛推出的時候，也算不清幫了多少次的忙，結果現在他低下頭、流著淚，對這個後進鞠躬道歉。英雄失敗的身影，誰都不忍卒睹。我用手遮住耳朵，並把眼睛閉了起來。就算如此，片山先生的話語還是清楚傳了過來。為了創造出有趣的事物，連命都可以賭上去的片山先生，現在竟然用敬語對著過往的下屬道歉。真的是太慘了。這是最糟糕、無可比擬的慘狀。我沒有辦法繼續留在現場，所以三步併兩步跑出會議室，到廁所去哭個痛快。我還忍不住哭出了聲音。不過說起來，這是我自己自作多情，對我來說片山先生是英雄，看到英雄落難了，我的內心難免會感到不甘與哀傷。但是，最難過的會是誰呢？不只是難過，而是痛苦，應該很痛吧。

在我高中的時候，有一個非常有趣的生物老師，教了我們大腦的運作機制。比方說，我們的臉被揍了一拳，但是實際感覺到痛的是大腦。不管是臉被揍了還是肚子被踢了，都是因為大腦感受疼痛的部位有所反應，所以我們才感覺到痛。精神方面受到霸凌，像是被冷漠對待、被欺負、被用言語辱罵等等之類的狀況，事實上就像被毆打時一樣，大腦的同一個部位似乎也會產生反應。被忽略無視、被用言語欺凌，大腦接收的部位是一樣的，等同於暴力。教生物的老師，讓我們了解到，原來精神上的霸凌，得到的結果和暴力是一樣的。真的很容易理解。從那時候我就知道了霸凌的嚴重性。

因此我想起了這件事，那個時候，片山先生當著所有人的面把頭低下來道歉，想必他一定覺得自己就像是被神田先生揍了一拳一樣，大腦應該感覺到疼痛了。這就好像被後進狠狠揍了一頓。結果，那次的會議就在片山先生低頭流淚之後宣告結束。不過我知道，事情是不可能就這樣化解的，不把「犯人」交出來，我的英雄就必須要一直不斷地承受痛苦。因此我下了一個決定，回到公司之後，我就對片山先生說：

——這件事情就當作是我做的吧，我會向公司提出辭呈，並且離開這個業界。

片山先生聽了之後當然回答說：「我不可能去做這種事的。」但是……

——我不希望我的英雄再變得更糟。

聽到我說的話，片山先生的眼裡唰唰地湧出了眼淚。接著我的眼淚也一樣不聽使喚地一直流下。

——是片山先生造就了今天的我，我也只能這麼做來回報你的恩情了。

片山先生邊哭邊對著我低下頭請託。

——真的很抱歉。

我沒有和神田先生碰面，直接辭去了工作，並且徹底離開這個業界。拯救了NextChange的小小英雄，現在正在便利商店的收銀台打發票。或許，這才是我真正的面貌吧。大學畢業之後，本來我就應該走這條路的。只是稍微繞了遠路罷了。不管繞了多遠，一定都還是會回到便利商店的收銀台前面吧。

神田先生把名片還給我了，NextChange 的名片。其實應該不只是NextChange，在某個程度上來講，我應該算是在危急存亡之際拯救了整個節目製作團隊。然而，我這個小小英雄的臉，他完全都不記得。

——答對了！

圍著圍巾的男人喊出這句話之後便接著對我說道：

——夢想的顏色，你覺得是什麼顏色呢？

夢想的顏色。是什麼顏色呢？水藍色？金色？七彩？

——你不覺得夢想應該是黑色的嗎？

夢想是黑色的？我完全沒有這樣想過。

——為了要實現夢想，必須要作出許許多多的犧牲，所以開花結果的夢想，是黑色的。

片山先生的夢想是「創立一間打造有趣事物的公司」，這種再單純不過的夢想實現的時候，說不定真的會變成全黑的吧。

夢想是黑色的，這個想法真有趣。這個人，還是不斷在教我有趣的事情啊。在高中時候讓我學會「霸凌等於暴力」的生物老師，薄井老師。

自從高中畢業之後有好長一段時間沒有碰到薄井老師，而現在他就圍著彩色圍巾站在我面前，和以前一樣正教會我有趣的事情。

——請你讓這個人，讓神田先生更痛苦一點。

我在心中拜託薄井老師，然後就這樣走出了房子。

4 神田和也

圍著彩色圍巾的男人，也就是薄井老師，喊著「答對了」，松永累就走出我們家了，他是爸爸所返還的第三張名片的主人。我的手腕被銬在牆上的手銬，現在已經腫到極限了。看到我這個樣子，薄井老師便將封住我嘴巴的膠帶撕掉。沒有吞下去的口水全部都溢了出來。我用盡全身的力氣，像是忘記該怎麼發出聲音似的大聲喊道：

——爸爸、爸爸、爸爸、爸爸……

我的脖子上掛著可以一瞬間就把我的頭炸飛的炸彈，而薄井老師將炸彈的遙控器拿給爸爸看，並且在我叫了好幾聲再次在我的嘴巴貼上膠帶，藉以關掉嘴巴的開關。見到這情形，爸爸看著我的眼睛大聲喊道：

——和也，我一定會救你的，我會卯足全力救你的。

勇氣超越了恐懼，此時此刻的爸爸真的好帥。爸爸是從什麼時候開始認真地思考我的狀況呢？他現在要開始還第四張名片了。不過爸爸可能還沒注意到。在他右手中剩下的三張名片，其中一張寫著「大山高中老師　薄井忍」，就是屬於眼前這個控制遊戲進行的主持人，圍著彩色圍巾的男人，他就是薄井老師。但爸爸還沒察覺到。

——剩下三張名片了，怎麼樣？要休息嗎？還是要繼續呢？應該要繼續吧？畢竟時間所剩無幾了。

薄井老師用平淡的語氣反覆說著這些話，就好像催眠師的話一般融入了身體裡。從一開始上他的課就是如此。

他是我的生物老師，之後我才知道原來他和爸爸同年。身材有點微胖，隨時隨地都在脖子上圍著彩色圍巾。好的部分只有到此為止。那個圍巾的顏色，與其說很潮，倒不如說讓人感到相當怪異。

薄井老師在生物教室的水槽裡養了青蛙。正確地來說應該是蝌蚪。他養著蝌蚪直到蝌蚪變成青蛙，接著青蛙就會產卵。然後他會將產了卵的青蛙放到河川裡去，等到水槽裡的卵孵化成蝌蚪，再把蝌蚪養成青蛙，就這樣一直循環下去。蝌蚪在進化成青蛙的過程中，會先從長出腳開始變化，大多數的女生都覺得這時候的蝌蚪就是四不像，但薄井老師卻認為這是最美的時刻。他說，生物在成長過程中，如此簡單易懂、一目了然的，也只有青蛙了。這種平淡且不斷重複的行為，更增添了他的怪異。

在他的臉上很少看到笑容，也不曾見過他跟其他老師開心聊天的情景。老師一向都都待在生物教室，坐在自己的椅子上，要不就是看看書，要不就是上網找找資料，不太會出現在教職員辦公室。從來不對誰阿諛奉承，沒有想過要成為學校裡的人氣教師，對其他老師也不曾有過任何壞心眼。

像他這樣的大人我從來沒有碰過，大家對他的評論都不是很好，但我卻很喜歡他。

升上高中之後，跟其他的同學比起來，我可以看見更多不同層面的事物，也是因為爸爸的關係。爸爸在電視台工作，託他的福我從小學的時候開始就有很多人羨慕我、忌妒我，也有很多人陷害我。人類可怕的地方我真的看了不少。然後在我升上高中時，爸爸製作的節目「全民大猜謎！祕辛搜查員出動！」變得大紅大紫。

——和也的爸爸是「全民大猜謎！祕辛搜查員出動！」的製作人對吧？

大家對此都讚譽有加。但是，那些稱讚的話語背後，都隱藏著自己的私欲。好比說想要得到參加錄影的通告藝人所給的親筆簽名，或是想要到錄影現場觀摩之類的。因此我就變成了就算聽到讚美也高興不起來的體質。再高的人氣總有一天還是會散去的，「全民大猜謎！祕辛搜查員出動！」也是如此。

爸爸的人生對我的人生造成了莫大影響，對此我真是覺得受夠了。雖然說是父子，但並不是一體的，所以爸爸所做的事情受到肯定，基本上跟我一點關係都沒有。我不會為了那樣的事情感到開心。切斷和爸爸的關係是我保護自己最好的方法。和班上的同學保持一定距離的我，說不定看來也是個怪咖，就像薄井老師一樣。

有人在傳說薄井老師是個蘿莉控，還有說體育課的時候他會在旁看著看到勃起，這種八卦也是讓他更惹人討厭的原因之一。

薄井老師在上課的時候經常會說和大腦有關的話題。

——大腦真的非常有趣，所以生物也都很有趣。

我漸漸地被老師吸引了。最初的課堂上我記得老師說了海馬迴的知識。他說大腦的海馬迴主要的功能是整裡必要的資訊以及不需要的資訊。

——我上課的內容請不要讓海馬迴歸屬到捨棄的那部分去喔。

因為薄井老師是用非常冷淡的語氣說的，所以沒有一個同學笑得出來，只有我微微地笑了。那個時候，我和薄井老師四目相交了。

薄井老師在課堂上所說的話，我都牢牢記住了。特別是有一天的早上，附近的一所高中有學生用了興奮劑遭到逮捕，因此我們學校也緊急召開了全校的集會，花了三十分鐘以上的時間，跟我們說明興奮劑對人體的作用及影響等等之類的無聊內容。海馬迴立刻就將那些內容分到可以捨棄的那一邊直接篩掉了。不過，那一天的生物課……

——大家一起來想一想好嗎？

薄井老師在正式上課之前，丟了一個問題讓我們思考。

——有一個音樂家創作了一首經典名曲，那是一首會讓人充滿希望的好曲子，在日本掀起了熱潮。因為這首曲子的關係，有很多人打消了自殺的念頭，是一首能夠讓人決定要好好活下去的曲子。但是……

說到這裡，老師像青蛙一樣慢慢地轉頭看看每個人，然後繼續說道：

——如果說，這首曲子是音樂家在使用了興奮劑之後才創作出來的，大家會怎麼想呢？

這是怎麼一回事呢，我感覺到大腦有某個從以前到現在完全沒有使用過的部分受到了刺激。老師問「大家怎麼想呢？」但每個人都說不出話來。應該是無話可說。薄井老師指名班長佐野克也，佐野站了起來，大概是因為想說身為班長如果沒有班長的樣子恐怕會被看扁，所以他非常努力地回答道：

——儘管是很好的曲子，但如果是使用了興奮劑才創作出來的話，我認為是不行的。

——為什麼？

這一句「為什麼」實在非常沉重，讓人沒辦法說出「因為法律禁止」之類的回應。薄井老師溫柔地拍拍佐野的肩膀讓他坐下來。接著說道：

——為什麼不行呢？請認真地思考一下理由，用一生的時間好好認真地思考。

比起不能使用興奮劑這種再明顯不過的資訊，薄井老師知道關於興奮劑有其他發人省思的思考方向，可以讓人認真地思考。

薄井老師所說的話讓我感到非常興奮，思緒整個甦醒過來。他教了我許多不懂的事情，掀開我從沒使用過的情緒蓋子，就像以前爸爸對我做的一樣。

有一天，我不假思索地前往生物教室找薄井老師，不過那時老師的表情看來似乎不是很歡迎我。我假裝自己在生物課上有聽漏的課程內容，所以找老師問個清楚。但老師只有回答我的問題，眼睛完全沒有望向我。就這樣持續一問一答，進行一場有氣無力的耐力賽。老師的態度讓我感覺到他只想要快點繼續閱讀他的書。

——有辦法將記憶從大腦中完全消除嗎？

我問了一個和授課內容完全無關的問題。一個跟大腦相關的問題，一個我想要弄清楚的問題。薄井老師第一次與我眼神交會。

——為什麼會問這樣的問題呢？你有想要消除的記憶嗎？

是的，我有想要消除的記憶。就是沙耶那時候所發生的事情。懷了智也的孩子之後，沙耶就轉學了。有時候我會在家裡，想像著沙耶和智也在體育館的倉庫中做愛的畫面。智也像侏儒黑猩猩一樣進入沙耶體內，將我的身體也同樣會製造的白色精液，射入沙耶體內。一想至此我就感到非常難過，心好痛。但是，我卻常常想像著那樣的畫面，然後自然而然地用右手在褲子上摩擦直到射精。每次這麼作之後，我都會非常討厭自己。如果可以讓沙耶從我的記憶裡消失的話就好了，我一直這麼希望著。

——我有想要消除的記憶，所以有消除的方法嗎？

——強力打擊頭部直到造成記憶損壞，幸運的話就可以把該處的記憶細胞消除。

——也就是說，要刻意去做是不可能的了？

——是什麼記憶讓你這麼想要消除掉？

——有很多。

——是因為有喜歡的人之類的嗎?想要把那個人忘記嗎?

像青蛙一般的眼睛緊緊盯著我看，好像要把我的心都看透了似的。「你怎麼會知道?」這句話到了嘴邊但我卻說不出口。老師對著無法動彈的我繼續說道：

——好好記住那些吧。在戀愛的時候，大腦的腹側被蓋區會被啟動。

人在談戀愛的時候，大腦的腹側被蓋區會受到刺激而開始運作。那跟施打海洛因時所刺激的部位相同。也就是說，腹側被蓋區就是掌管快樂的中樞。陷在熱戀中，人會變得無法專注在其他事情上，主要就是因為腹側被蓋區在運作的關係。老師拿出大腦的解剖圖邊看邊教我這些知識。

——所以啊，當你想起你喜歡的那個人時，心平氣和與腹側被蓋區對話就好了。

想起喜歡的人時，心跳會怦怦怦地加速，那就是腹側被蓋區在運作的證據。因為緊張而心跳加速的時候，心裡想著「冷靜下來」就真的平靜許多，但那並不是心臟控制的，而是由大腦加以控制。因此，只要向腹側被蓋區提出要求，應該就能夠平靜下來。老師就像醫生在跟病人講解病情一般教導著我。

回到家之後我就試著做做看。當作一種訓練。或許沒有辦法馬上收到成果，但只要持續一段時間，我有信心可以讓自己平靜下來。

就這樣，我開始每天都往薄井老師那邊跑。因為我對大腦保持著高度的興趣，所以薄井老師也會用似非笑的表情來面對我。

──之前你曾經問過我有沒有可以消除記憶的方法對吧？

某一天放學後，老師教了我一個方法。

──基本上沒有方法可以將記憶消除，但卻有覆蓋重寫的方法。我所指的方法，就是抓住大腦的習性。

說起來其實原理很單純。該算是記憶影像訓練呢，還是欺騙大腦呢。討厭的記憶，絕大部分在腦中重現的時候，都是以全彩的狀態，想要把討厭的畫面覆蓋掉，首先要把這個畫面變成黑白的。只要想著要把畫面變黑白，就可以辦得到。接著，集中意識讓畫面變得模糊，然後再把音樂加進來，要選擇和討厭的記憶搭不上的快樂音樂。就當作要把大腦教會一般，反覆不斷重複這個流程，每當想起悲傷的畫面時，腦中就會響起快樂的音樂旋律，畫面也會變成黑白的模糊影像。

──如果這真的辦得到，那表示反過來做也是可以的囉？

──反過來？你的意思是把快樂的記憶變成悲傷的記憶？

──沒錯。

──嗯，你果然是個很有趣的人啊。嗯，真有趣。

那一天晚上，媽媽邊講電話邊把從百貨公司買回來的便當拿到我房裡來。感覺就像飼育員來放飼料似的。爸爸什麼時候才回家她好像完全都不在意。正在講電話的媽媽，表情看來非常開心，大概是因為腹側被蓋區處於運作中的狀態吧。

我一個人在房間裡看書，但不免感到有些心煩。人都是這樣的吧，都有類似第六感的直覺。在好奇心與罪惡感之間，好奇心取得勝利，於是我走出了房間。到客廳一看，發現爸爸還沒有回來。

接著，我走到爸爸和媽媽的臥室，輕輕慢慢地走過去，把臥室門推開一點點，然後，再次陷入好奇心與罪惡感之間的掙扎。結果好奇心獲勝了，我偷偷往臥室裡面看。

那天，爸爸到了天快亮了才回來。我決定要跟爸爸說我剛剛看到媽媽在做的事情。爸爸看到我嚇了一跳，因為他已經很久沒有看到我在玄關笑著跟他說「歡迎回來」了。

——你又爬起來了呀？和也，不早點睡可不行喔。

爸爸一副很擔心我的樣子，用煩惱的態度來遮掩自己清早才回來的事實。為了不讓孩子聯想到自己和其他女人在一起，因此說出來的話都聽得出來是在說謊，感覺非常煩躁不安。

——媽媽呢？已經在睡覺了吧？

首先，我把從媽媽那裡聽來的事情說出來，一直假裝不知道讓我覺得好累。

——你打算和媽媽離婚對吧？

媽媽曾經交代我，「如果你爸跟你問起些什麼，你都要假裝不知道喔」，但是不好意思了，媽媽。大人經常會「假裝自己不知道」，但是我做不到，因為我是小孩子。

——你從媽媽那邊聽來的嗎？

——嗯。爸爸你一直都不肯跟我說，所以就由我來把這件事情講開。

——不好意思。我心裡也想著必須要跟你說，但一直都遇不到你。

——是這樣嗎？不是故意要避開我的嗎？

爸爸的臉上露出了微妙的表情。接著在那一天，我把我心中非說給爸爸聽不可的事情之中排名高居第一的事情說了出來。

——我在網路上學到了有趣的動物習性，在「全民大猜謎！祕辛搜查員出動！」裡頭也出現過的題目。

我擠了一個假笑出來。爸爸真可憐，因為他看不出來我的笑容是假裝的。

——是嗎？怎麼樣的習性？你教我。

接著我不再假笑了，直接說道：

——就是黑猩猩也會自慰喔，不管是公的還是母的。而且母的黑猩猩還會用雜草的莖來自慰呢。

看到爸爸停止呼吸的樣子，我笑了出來。看我笑得那麼開心，爸爸便斥責我：

——和也，你到底在說什麼啊！

從我口中說出來的話，和爸爸印象中的我完全不一樣，所以感到很困惑。不過，我真正想跟爸爸說的事情才正要開始說而已，也就是我大概在三個小時前所看到的情景。

——剛剛，我去你們臥室偷看的時候，看到媽媽正在自慰。

我偷看臥室時所看到的情景，就是媽媽一邊和戀愛中的對象通電話，右手一邊伸進內褲中激烈地動著。媽媽發出的呻吟聲，我只有在看情色動畫的時候聽過。就是這樣的情景。

——媽媽一定很寂寞吧，真可憐。

在跟爸爸說這些事情的時候，我的臉上依舊掛著滿滿的笑容。

為什麼可以這樣呢？因為我已經把媽媽在自慰的畫面變成黑白，並且加以模糊，然後搭配上森巴的動感旋律，因此那個畫面對我來說就只是滑稽的場景罷了。

我成功覆蓋記憶了。如果不是薄井老師教會我覆蓋記憶的方法，那這一天的我不曉得會變得怎麼樣呢。

從那時候開始，我就陸續將許多記憶重新覆蓋過去。光是看著客廳，我就會想起和父親的幸福回憶。每次回想我都覺得好難受。我注意到這幾年來過往的幸福情景，自己增加了不少，這些幸福的回憶讓我好難受。

因此我持續覆蓋，與爸爸一起創造的快樂回憶，全數都變成黑白畫面，然後模糊化，並且配上指甲刮玻璃的聲音，將其置換成最糟糕的回憶。這麼一來，就算想起那些回憶，安全機制也會隨之啟動，把快樂的回憶變成痛苦的，討厭的感覺就會讓回憶止步。

幸福的回憶慢慢地被我置換取代。我將想起爸爸的感覺，和那些一起創造的回憶變得一樣。可以把對爸爸的感情切割開來，那麼下次就可以開始在心的別處挖一個更大的慾望的洞了。

——我想多了解一些薄井老師的事情。

我知道他沒有老婆，過去也沒有結婚的紀錄，除此之外我對他幾乎一無所知，完全不了解，對於個人隱私方面的問題他都不願回答。

——你沒有必要了解我太多，不知道比較好。

這句話讓非必要的欲望之洞變得更大了。我好想要，把那個洞填滿。

放學之後，我尾隨在準備回家的老師後頭。搭上地下鐵，過了三十分鐘後到站下車。去逛了書店、在便當店買了便當，最後回到磚造公寓。那是棟看起來大約有四十年歷史的老公寓。這樣的行程每天重複著，非常規律。在這種規律之中，我感覺得到些許異樣，我期待著。像這樣規律的每一天，黑暗面一定會有顯露出來的瞬間。

尾隨了二十二天之後，終於讓我看到了，這就是出膿的日子了吧。

那天晚上，老師回到家之後，大約過了十分鐘，換了套衣服後又走了出來。他很罕見地穿了牛仔褲，搭配著樸素的灰色連帽T恤，並把衣服上的帽子戴了起來。一身的打扮就好像是想要在街道中降低存在感似的。

薄井老師降低了自己的存在感後，前往的地方就是新宿的歌舞伎町。在歌舞伎町閃爍不已的霓虹燈下，我穿著制服站著。因此我與老師保持著近到不能再近的距離。

絢爛的燈光下，薄井老師信步走著，走進歌舞伎町的一條巷子裡，爬上位在一棟公寓三樓的錄影帶DVD專賣店。那家店的螢光色看板聳立著，一看就覺得不是小孩子可以踏進去的店。薄井老師在裡頭待了大約三分鐘後走了出來，接著走到位在路底霓虹燈照耀不到的地方，爬上有點髒亂的五樓公寓，進去最上面的酒店。

過了十分鐘，薄井老師走下來，並逕自往外走。在薄井老師的身後，有個穿著紫色運動夾克、臉看起來像是老伯伯的一個老婦人走了出來。她與薄井老師保持著大約五公尺的距離。

老婦人難道也在跟蹤薄井老師？

又過了三分鐘，薄井老師停下腳步，在他面前的是百貨公司內部的投幣式儲物櫃。我以前常常會想，投幣式儲物櫃不是設置在車站裡，而是設在大馬路旁，到底有誰會來使用，又會放些什麼樣的東西進去呢？薄井老師的舉動喚醒了我這方面的好奇心，只見他開了其中一個儲物櫃，裡頭有一個筆記本大小的紙袋，他刷地將紙帶從裡頭拿出來，放進了自己的包包裡。整個過程中薄井老師都好像有老婆婆在旁邊偷看似的，不停環顧四周、惴惴不安。離開投幣式儲物櫃之後，薄井老師再次往霓虹燈閃爍的方向走去，途中一直保護著背在身後的包包。

薄井老師從儲物櫃中拿出來的東西到底是什麼呢？到底是什麼？

回到家之後我上網搜尋一開始的那家錄影帶出租店，結果情報的黑洞逐步被填滿變小，焦點也越來越集中。我將蒐集而來的資訊整合起來，用我自己的方式試著串連看看。

老師最先進去的那間錄影帶DVD出租店，其實是販賣A片的入口，不過A片並不是在那邊買賣的，而是教人家怎麼前往酒店。到了酒店之後可以看到A片的目錄，但也不是在這邊買，而是會給你一把儲物櫃的鑰匙。拿著那把鑰匙，到附近的儲物櫃中拿出包在紙袋裡頭的A片，如此曲折離奇才終於能將A片拿到手。在後面跟蹤的那個老婆婆，其實是警衛，觀察警察有沒有追到這邊來。

看來薄井老師似乎是為了買A片，所以特地出遠門到新宿去。但是，這是為什麼呢？如果不是特別要買無碼的A片，那在網路上看就可以了。然而他卻非得如此大費周章地去購買，表示他所買的一定是網路上並未流傳的影片。

最後我的想法是這樣的。薄井先生所買的A片，居然是必須要用這種煞費苦心的方式才能夠販賣，難不成，那是未成年少女的淫亂影片！是國中生？還是國小生呢？看來傳說薄井老師是蘿莉控這件事情是真的！

這個答案浮現在我腦海時，我其實非常開心。因為老師一定也很寂寞。老師也有沒辦法跟別人說的黑暗面。我想，老師的傷口，一定積存了許多膿了。

傷口……讀國中的時候，沙耶有一次上體育課時跌倒了，膝蓋擦傷表皮剝裂漏出了鮮紅的肉來。班上的同學紛紛喊著「哎呀，看起來好噁心喔。」但我卻覺得很興奮。那是一種喜歡的人身上的傷口，只有我自己能看出特別之處的感覺。

薄井老師也是如此。我覺得老師的傷口也是只有我才能看得見。

隔天放學後，薄井老師在生物教室上課外教學。

我自認為自己和老師的距離拉近了。喜悅之情溢於言表，我想我的表情一定都洩漏出來了。但是，薄井老師完全沒有直視我的雙眼。回復到之前的狀態了，就這樣維持著不曾好好看我一眼的狀態，並且就在我坐在椅子上的瞬間，他開口問道：

——為什麼你每天都要跟蹤我呢？

原來我跟蹤他的事情，他早就知道了。

——昨天你也有跟到新宿去，所以應該都看到了吧。

老師所在意的事情並非「跟蹤」這件事情。

——那個袋子裡頭裝的是什麼，我想你一定很好奇吧。

我覺得好害怕。我怕的原因並不是來自於老師所說的話和他的態度，而是這件事情被老師發現了，等於這陣子每天的例行公事要宣告結束了，這讓我感到害怕，也感到分外寂寞。然而老師說：

——我並沒有生你的氣，要生氣的話在發現你跟蹤我的時候早就發火了。

的確是如此。但是，為什麼老師不生我的氣呢？

——我今天有帶著喔，就是昨天所買的ＤＶＤ。

老師從包包裡抽出昨天在儲物櫃裡拿到的紙袋。

——我想，在這個學校第一次試著相信一個學生試試看吧。

相信我？這句話讓我感到非常開心。只有我，老師說只有相信我。

——不過這樣的信任也是一種賭博啊，我的人生就此變得亂七八糟的機率也是存在的。

我不想失去老師對我的信任。因此只有把自己所發現的事情都說出來了。

——請相信我，因為我都知道。

——你知道些什麼？

現在也只能把我所想到的答案照實說出來了。

——我知道老師你所買的DVD，是少女淫亂不堪的影片。

薄井老師完全沒有焦急的樣子，更有甚者，我看到他的右邊眉毛還像是笑了一般往上挑了挑。

——你不覺得我很噁心嗎？

——我很高興。因為我知道我發現了老師的傷口。

——傷口嗎？真有趣啊。嗯，你真的是一個有趣的人。

薄井老師將DVD拿出來，然後慢慢地放進電腦。看來老師似乎是想要把我也帶進影片中的世界。

影片開始播放了，呈現出來的並不是少女猥褻的畫面。傷口變得更加深刻了。老師真的很寂寞，超乎我的想像。

我想，老師寂寞的程度說不定可以把我活埋。就定下契約吧，我和老師的契約……

然而，我和老師的契約關係還持續著的時候，隔年櫻花再次綻放的季節，老師發生了重大意外。在回家的路上，要橫越斑馬線的時候，他被一台煞車不靈的摩托車撞上。那是一次非常嚴重的車禍，沒有死可說是奇蹟的那種程度。從發生意外的那天開始，薄井老師就沒有來過學校，最後直接被學校辭退。

因此……爸爸站在雙手被銬在牆上的我面前，手裡拿著的「大山高中老師　薄井忍」這張名片，其實已經走入歷史。

圍著彩色圍巾的男人是薄井忍，不是老師，他已經不是老師了。

4th Stage

DASH 公司　經紀人　山本司

第三張名片的主人松永累，在拿到自己的名片之後走出了房子，圍著彩色圍巾的男人接著問神田先生說：

——在日本每個人都喜歡的經典名曲，甚至還有人因為這首曲子而從死亡邊緣被救了回來。這樣的曲子如果是音樂家在注射了興奮劑之後才創作出來的，妳會怎麼想呢？

真的是一個突如其來的問題。那個時候我沒有注意到，原來這個問題是丟給我回答的。

神田先生手裡剩下三張名片。

——大山高中老師　薄井忍。

——AYUZAK 機構　CEO TAGAMI NARIKAZU。

最後，就是我的名片了。

——DASH 公司　經紀人　山本司。

神田先生面前剩下的除了我之外還有一個人，一個雙眼中透露著復仇之火的男人。圍著彩色圍巾的男人看到神田先生盯著名片卻一動也不動，所以開口說道：

——請不要假裝你很困擾了。裡頭的其中一張名片是你確實認識的人對吧。

在進到屋子裡來之後，神田先生應該就只有認出我而已。只有我的臉和名片是能夠連得起來的。

——DASH 公司經紀人山本司，這個人你認識吧？

儘管認得出來，但神田先生卻不把名片還給我，因為他並不想還。

——是因為有難以歸還的理由吧？尤其是在孩子面前……

——沒有這種事。

——那就趕快把名片還回去不就好了，順便說明一下你們之間的關係。

神田先生一定不希望雙手被銬在牆上的兒子和也聽到，不想讓兒子知道。因此直到現在還不把名片還給我。

——DASH 公司是藝人經紀公司對吧？

DASH 公司的社長和我的父親在大學時代是死黨，所以我才有機會到這間公司任職。我曾經很希望可以在演藝圈工作當明星，簡直就像哈星族一樣。父親曾對我說，如果覺得在社會上學習太過辛苦的話，辭掉工作也沒關係。要說我是靠爸族倒也沒說錯，一開始我就是抱持著這樣的心態去工作的。到 DASH 公司就職的時候，社長問我希望到哪個部門去工作，我說我想當經紀人。

——當經紀人比妳想像得還要操喔。

話雖如此，但進入DASH公司卻不去當經紀人的話，那跟電視台或是外界就完全無法連結上了。

結果一切照著我的期待走。第一個接獲的工作，就是當蘇菲小姐的經紀人，她是DASH公司最紅的女明星。原本她是以半藝人的身分出道的，渾然天成的角色設定讓她大紅大紫，現在例常的節目有八個，廣告也拍了六支。她是DASH公司最重要的台柱。原本擔此大任的主管去負責別的工作了，所以我就成了接班的學徒。蘇菲小姐本人的個性和電視上所呈現出來的沒什麼兩樣，為人也很謙遜，一旦她發現我一直沒有時間吃飯，就會把樂屋的便當讓給我吃。

然而，公司對待蘇菲小姐的方式則更讓人驚嘆，我們必須要做到讓蘇菲小姐在工作上毫無壓力才行。上一位負責帶蘇菲小姐的經紀人所交接給我的工作筆記，就已經密密麻麻寫滿了注意事項，每日工作細項的詳細程度當然不在話下，包括搭計程車時喜歡坐在前面的位置、搭新幹線的話則喜歡最前面的位置，還有Moning Call要叫幾次、習慣閱讀什麼樣的雜誌、喜歡的食物以及討厭的食物、可以接受黃色辣椒粉但紅色辣椒粉就沒辦法了……諸如此類的細節。就連生理期的周期也要牢記起來，行動準則都在工作筆記中。同時，身為經紀人，也必須要理解蘇菲小姐有交男朋友以及單身一人時之間的差異。以上這些都是經紀人的工作。

我像是一個服務生一般，當了蘇菲小姐的經紀人大約一年左右的時間，結果突然就被免職了。據說，有個電視台的人稱讚我：「好可愛喔！」結果這句話傳到蘇菲小姐的耳裡，讓她不是很開心……因此我知道了，蘇菲小姐有絕對不會在我面前顯露的另外一面，任何事情都能讓人獲得學習。

在那之後我接手的藝人是大原舞華小姐。她和我同年紀，是以寫真女星的身分出道的。在我接手之前，老闆跟我說：

——說實在的，那個女的，已經過氣了。

才二十四歲而已竟然就被說是過氣明星了。蘇菲小姐是公司的搖錢樹，但舞華小姐並不是。對於接不到工作的藝人就有很明顯的差別待遇，由此可知這個世界是非常嚴酷現實的。

在出道之前，舞華小姐和當護士的媽媽，以及一個妹妹，三個人一起住在佐賀縣。十五歲的時候，她來參加我們公司所舉辦的比賽，獲得了特別獎。這就是她進入這個世界的鑰匙。國中畢業之後，她自己一個人從佐賀來到東京，直到二十四歲都一直住在DASH公司的宿舍中。

——那孩子真的是時運不濟啊。

有次公司的社長曾經這麼說過。我們公司成立之後第一個砸下重金打造的偶像團體，就是「FOR DASH」。他們的專輯是由人氣音樂製作人西田大壽親自操刀製作，業界內部一致認定專輯一定會大賣，評價非常高。舞華小姐在十六歲的時候被選入了這個團體，當時是團員中最年輕的一個。

結果沒想到，就在專輯發行前的一個禮拜，西田大壽老師卻因為巨額的逃漏稅被逮捕了。這件事情演變成重大新聞，引發了莫大的騷動，「FOR DASH」的出道計畫也被迫取消。因為團名和西田老師的名字已經牽扯在一起，所以就連整個團體都遭到波及、就此走入歷史。

隔年，「FOR DASH」的團員，除了舞華小姐之外的三個人，連同其他兩個新人，一起組成了新團體「Five Workers」，並正式出道。舞華小姐的歌藝和舞技都普普通通，當時西田老師會讓她入團，主要的原因好像就是喜歡她樸實的素人感，然而新的製作人並不這麼認為。

那個時候，公司方面仍舊認為舞華小姐一定能接到工作。但是她固定在綜藝節目中露臉的通告因為她的表現收視率都很低，因此也被迫退出了；讓她去連續劇劇組參與演出，卻也因為演技很差不斷惹火導播。「Five Workers」的星途發展和舞華小姐完全相反，她們的人氣直線攀升。後來聽說連社長也不再主動幫舞華小姐談工作了。

舞華小姐在那個時候好像有考慮要放棄一切回家鄉去，但是母親的鼓勵與支持讓她下定決心「不成功絕不回家！」舞華小姐在國中的時候是學校的風雲人物，然而，演藝圈集合了全國所有學校最可愛的學生，可愛在演藝圈來說只能說是最基本的標準裝備。在學校舞華小姐應該或多或少都有被阿諛奉承捧得高高的，但在這個現實的世界裡，可愛是理所當然的事情。年僅十七歲就必須要面對這種嚴峻的事實，真的是太殘酷了。

為了家鄉的老母親，舞華小姐決定要堅持努力到底！不過，公司並沒有這樣的打算。舞華小姐在電視節目中露臉的次數，以及刊登上雜誌頁面的次數，都逐漸在減少。最後終於在她二十四歲的時候，被公司認定為過氣明星。而我，則是遭到公司最重要的明星蘇菲小姐的背叛而丟了工作，公司方面也不可能再讓我帶正當紅的明星，因此，就演變成儼然已是公司累贅的大原舞華，和我配成一組了。

——我什麼工作都願意接，所以一切拜託了！

在我擔任經紀人的時候，舞華小姐的薪水大約是每個月七到八萬圓，因此她幾乎是足不出戶，我也知道她儘管身為偶像，但卻連替換的衣服都沒有。之後我才得知，原來她每個月都會從已經少得可憐的薪水中，拿出一部分寄給故鄉的母親，這麼做就是為了不讓母親擔心。

我接手擔任舞華小姐的經紀人之後，回到公司繞了一圈，那時候我注意到通告藝人在電視節目中也有所謂的排名。

簡單來說，就是看藝人能不能在綜藝節目中穿著泳衣出場。對通告藝人來說，能夠穿著泳衣錄影就等於是最好的商品。因此，應該要盡量讓藝人少在電視上穿泳裝。如果電視上就看得到藝人穿泳裝了，消費者便會認為沒買寫真集也沒差，這麼一來就徹底完蛋了。因此如果藝人開始紅起來是因為穿泳裝的話，真的紅起來之後，賣點和泳裝就不會因為露出的次數而遞減。

老闆同意舞華小姐可以穿泳裝上節目，我就接了幾個錄影的工作，不過，每個節目都是在深夜時段，像是偶像明星穿著泳衣參加各種運動比賽之類的。然而，對於我所接洽的所有工作，舞華小姐連一句抱怨的話都不曾說過。

——光是可以上節目，讓我的收入增加，就已經萬分感激了。

她這麼跟我說的。DVD的情況也是如此。有些通告藝人會推出性感的DVD產品，這是我在當了舞華小姐的經紀人之後才知道的。是通告藝人還是艷星，這中間還有非常細膩的分類。超越尺度、讓人有淫亂遐想的性感，或是會作出充滿色情暗示的動作，那就是豔星了。

我並不希望舞華小姐變成所謂的艷星，因為舞華小姐的媽媽若是看到這種類型的DVD，一定會非常難過，我不想要這樣的事情發生。所以我和A片廠商爭執了好久。對於對方所提出來的要求，我在心中做出了判斷。他們希望用五百圓硬幣大小的布料，當作泳衣讓舞華小姐穿上，當被告知這件事情時，我就開始煩惱不已，因為雖然廠商稱之為泳衣，但根本就已經不算是泳衣了。

——如果拒絕的話，那麼大原舞華小姐恐怕到哪裡都沒辦法推出DVD了喔。

我找舞華小姐討論，並跟她說明目前嚴峻的狀況，她說穿泳衣沒問題，其他的則遭到拒絕，好比說T恤裡面什麼都不穿，並用水淋濕，這麼一來乳頭就會顯得若隱若現了。另外，還要穿著勉強遮住屁股的比基尼泳褲，然後重覆做翻跟斗的動作。這些她都不想做。

——舞華小姐可不是A片女優喔，她是通告藝人。

聽到我說這話，A片廠商嗤之以鼻。

——妳啊，知道男人為什麼要買A片嗎？還不就是為了打手槍。

那個人說完話之後就頭也不回地離開了，真希望可以讓他刮目相看啊！實在太汙辱人了。

不論如何，我都覺得舞華小姐的ＤＶＤ一定可以賣得動。然而，ＤＶＤ的上市握手會，預約報名的卻只有五個人而已。

——現在這種世道，只辦握手會的話是聚集不到人潮的。

就連當紅的偶像明星，都必須要拚命地舉辦握手會，ＤＶＤ和寫真集才能賣得出去，沒有賣點的藝人要費的功夫真的是超乎我的想像。不只要握手，還有好比說可以擁抱、現場在寫真集上留下唇印、穿著領口寬鬆到可以看見乳溝的衣服去握手會等等的招數，甚至還有邀請來參加的朋友帶一顆蘋果，有帶的話藝人就會現場咬一口再返還。因為廠商說照這種狀況來看的話舞華小姐的商品真的賣不出去，所以我向她提出建議：

——單純的握手會我想是吸引不到什麼人來參加的，不如換成側踢會妳覺得如何？

側踢會。到現場來參加的人都可以被溫柔地踢一下。並且，是舞華小姐穿著超短迷你裙的狀態下踢的。也就是說，每個人都有機會可以看到裙子掀起來的光景。要拍照當然也很歡迎。

——怎麼可能做這樣的事情。

特地來舞華小姐面前提案的廠商，聽到這樣的回應後非常不滿，當我正想要拒絕這個提案的時候，舞華小姐說道：

——我，願意做，只要能讓一個人掏錢買單，我就做。

那天的晚上，我收到了舞華小姐的簡訊。

——謝謝妳一直以來都如此用心守護著我。但是，從今以後我真的什麼都願意做。

接著，她寫出了不能和以前一樣，必須要任何工作來者不拒的理由。

——我的媽媽罹患大腸癌了。

舞華小姐的媽媽是一位護士，她自己一個人一邊工作一邊將舞華小姐帶大，一個月前，舞華小姐說她的媽媽身體出了些狀況。經過詳細精密的檢查之後，確認是大腸癌，必須要將大腸整個切除，並且就算完全治好了，恐怕也不能像以前那樣辛苦地工作了。舞華小姐的妹妹目前就讀高二，她本人很希望可以去讀大學。然而，如果母親不能再像過往那樣去工作賺錢的話，那妹妹要繼續升學恐怕就很困難了。但是，舞華小姐不想放棄，同時也不希望媽媽太勉強自己。所以，舞華小姐變成什麼樣的工作都必須接下來，並且將賺到的錢都給媽媽。

——像是拍攝性感寫真之類的工作也可以。不管什麼工作都沒問題。我必須要賺到錢。

我將舞華小姐的話轉達給老闆，同時也幫著拜託看看。

——公司這方面不能多多少少在金錢方面設法幫幫忙嗎？

我所得到的答覆是全面否定的。說老實話，我能理解把錢借給現在幾乎完全沒有收入的舞華小姐，照她目前這樣的狀況根本無力償還。假如因為心軟為了一個人開了先例，日後若有同樣的情況再次發生時，就沒辦法拒絕了。以公司的角度來看，真的是非常合情合理的答案。

——我一定會靠自己的力量，為舞華小姐爭取到大工作的！

這聽起來說不定只是單純在抗議公司的決定，老闆對我說：

——那個女孩，在我們公司想要紅起來是不可能的了。唯一的辦法只有離開公司，去當AV女優。

聽到這一席話，我在心裡就暗自下了決定，我一定要讓舞華小姐接到工作，並且要讓老闆為了他所說過的話道歉。

為了籌措媽媽的手術費用，以及妹妹的大學學費，最重要的事情莫過於一件一件地解決掉眼前的工作。首先就是舞華小姐最新版DVD發售紀念的側踢會。然而，當天到場的粉絲只有六十五人，本來預估會有兩百人左右呢。

在側踢會開始之前，我建議讓舞華小姐穿上短到可以看見內褲的短裙上場，但廠商卻大潑冷水說道：「這麼做的話，那些粉絲們馬上就會發現你們的意圖的。」儘管舞華小姐說她什麼都願意做，但想必仍希望可以守住最後的底線。或許是聽出我話裡的反對意見吧，舞華小姐說道：

——沒關係的。反正被看到內褲也沒有什麼損失嘛。

說完之後，她連裙子也沒穿，滿臉笑容地直接就走進了活動會場。

側踢會就這樣開始了。粉絲一個一個上前來，舞華小姐帶著笑容抬起腳踢出去。有一個粉絲把臉靠近舞華小姐說道：

——把內褲都露出來了，也才來了六十五個人呀。

他說這番話想必是很期待舞華小姐的反應吧。看來只是一個穿著T恤的路人，心機卻這麼重。

——有六十五個人來舞華就好高興了唷！

舞華小姐的笑容依舊燦爛，但看到她出言回應的樣子，不知為何我的眼底不斷有淚水湧上來。然而，我不可以哭。舞華小姐的心裡一定比我還難受。為什麼會覺得這麼悲哀呢？在那個當下我不想承認，但我的想法是：

——或許命運真的是不公平的。

命運不論對誰都是公平的，到目前為止我都告訴自己要這樣想。當好運降臨的時候，會分成兩種人，一種是有注意到好運落到自己身上了，那就會邁向成功，但也有些人會因忽略而錯過。然而，運氣的降臨是公平的。不過，在看到舞華小姐的狀況之後，我忍不住懷疑命運啊、神明啊，都是不公平的。所以，如果舞華小姐的好運比一般人要來得少的話，我願意將我的份補給她。

我下定決心每天都要談到一件工作，如果不能接到工作的話，我就不回公司，帶著這樣的覺悟，我每天來回穿梭電視台以及製作公司，在遞出個人資料的時候，總是會被問說：

——你們家的藝人會做什麼？

在學校讀書時成績非常好；會講三國語言；家裡是有錢人；事實上已經育有一個孩子；是從自衛隊退伍下來的……如果真的想以寫真女星的身分出道的話，首要之務就必須要創造一個十個字以內的標語，否則難以獲得任用。

舞華小姐擁有什麼技能呢？歌唱得不好，也不會跳舞，非得提出一點來不可的話，那就是人很好吧。很奇怪對吧。在這個世界上「人很好」會受到親人和學校老師的讚美，在演藝圈卻完全不受認可。

一天談一件，但是一整個禮拜下來卻完全沒有一件工作是談成的。太殘酷了。沒有任何好消息可以回報給舞華小姐，讓我感到非常慚愧。就在這個時候，我收到了來自男友的訊息。

——司，妳每天好像都很忙的樣子，太勉強自己是不行的唷。

從大學時代就開始交往的男友，是我人生的初戀，我們已經在一起三年了。他非常反對我進入演藝圈工作。因為他對演藝圈的印象就是充滿了像鬣狗一般的男人。結果，我進入了圈內工作，我想他應該很怕我會被帶壞吧，並且我們之間的距離說不定也會因此而拉開。

——絕對沒問題的，我一定不會有任何改變的。

我應該要做出這樣的宣示，然而自從我開始工作之後，我們就越來越難碰到面。他也很努力不讓我們之間的距離被拉開，所以才會捎來如此溫柔的訊息。但是，我非常討厭看到這封信件後變得焦躁不已的自己。我知道絕對不應該這樣想，況且這是一封關心我的信啊。好煩躁啊，這封信到底該如何回應我都不知道了，兩人之間的距離又拉得更遠了。

在公司的時候，如果聽到有笑聲傳來，我甚至都會想說是不是有人在笑我。但其實有笑聲是因為電視正在播「全民大猜謎！祕辛搜查員出動！」我們公司的同仁非常熱衷於這個節目。畫面中，寫真女星帶著金槍魚的頭套，進入到有大群沙丁魚的水槽中。這是為了現場拍攝已經失去危機感的沙丁魚群，重新恢復危機意識的畫面。挑戰這個主題的偶像明星，是到三年前還很紅的寫真女星，但因為疑似被寫真雜誌拍到「與職棒選手陷入不倫之戀」的照片，因此人氣直線摔落。然而，當她參加「全民大猜謎！祕辛搜查員出動！」節目錄影，在裡頭大展拳腳後，下滑的聲勢再次死灰復燃。

如果可以在這個節目中露臉的話，那舞華小姐的命運說不定能夠徹底翻轉。

——沒辦法推薦舞華小姐去參加「全民大猜謎！祕辛搜查員出動！」嗎？

——想要去上那個節目的人，我想大概有幾十，喔不，應該有幾百人在排隊吧。

老闆的拒絕讓人大失所望，看來想要上「全民大猜謎！祕辛搜查員出動！」是不可能的了。在我心中已經認定如此。這時候，我的手機鈴聲響起。

是 NextChange 的導播松永累打來的電話。

我將舞華小姐的資料分發給非常多家的製作公司，當然也給了松永先生一份。

——我們要做一個機智問答的節目，會邀請眾多明星一同參加，你們家的舞華要不要也來試鏡看看啊？

沒錯，我們接到邀約了。他們公司從許多經紀公司拿到為數眾多的藝人資料，但似乎有很多人從凸顯個人的性格，到做不到的事情等等，全都寫得鉅細靡遺，因此據說他們決定放手一搏，專找那些沒有特殊專長的藝人來試鏡。

——有趣的人物說不定被淹沒在某處了，所以才要和這麼多人都碰面聊聊。

這是松永先生轉述公司社長片山先生所說的話。

隔週，舞華小姐就前去試鏡了。不過，我們也先被告知說試鏡和學力測驗可不一樣，不是看到題目就能說出答案的。

——這是山本小姐好不容易爭取來的試鏡機會，我絕對會通過測試的！

舞華小姐好像自己已經通過試鏡了似的，緊張感不斷上升。我一定要讓她通過試鏡。因此我和舞華小姐兩個人連日都躲在會議室，為了試鏡做練習。我們希望將舞華小姐塑造成天然呆的偶像。因為在猜謎遊戲中，回答出令人意想不到的笨答案，一定會讓人印象深刻！

對此我們好好地思考了一下。在回答問題的時候，究竟要用什麼方式答錯，才會讓人覺得舞華小姐是有趣的天然呆藝人呢？兩個人針對例題試著想一些答案。如果，題目的答案是夏目漱石的「我是貓」，那該怎麼回答好呢？

——我是狗。

——我是狸貓。

——我是食蟻獸。

我們想了很多其他動物的答案，但是一點都不有趣。還不如用貓（日文ねこ，音為neko）的「ね（ne）」來發想還比較好吧。

——我是蔥（日文ねぎ，音為negi）。

——我好熱（日文ねつ，音為netsu）。

當舞華小姐說出這樣的答案時，我們兩人全都忍不住哄然大笑。舞華小姐，我想這樣一定行得通的！

試鏡是在NextChange製作公司的會議室。松永累先生理所當然在場，而社長片山也出席了，試鏡就在這些成員的參與下開始進行。舞華小姐開始了她的單口相聲表演。太宰治的著作為「○○失格」這一題，坐在會議室角落的我聽到她回答「人蔘失格」這個答案時，忍不住噴笑了出來。松尾芭蕉的著作「○之細道」這一題，她回答「下北之細道」，這讓我完全忍不住，只能趕快走出會議室。

——一定可以一舉成功的！

我是如此確信。然而，在試鏡結束之後，片山先生把我叫了過去，並且跟我說道：

——真的沒見過這麼糟糕的藝人。

原本我以為一定會通過試鏡的，卻沒想到是完全相反的結果。

——她這樣的表現根本讓人完全笑不出來！

現在的觀眾眼睛都是雪亮的，在機智問答類型的節目中，假裝自己是天然呆的偶像，回答出很笨的答案，一定會被看穿，而且觀眾最討厭的就是這種類型的。如果節目中一定要參雜些逗趣的話，那就請搞笑藝人來參與就好了。觀眾想要看到的就是偶像明星真實的那一面，所以連「沒見過這麼糟糕的藝人」這樣的評語都出來了。

——如果你們再繼續用這樣的方式，那我想是不會有人留用她的。

片山先生的一席話讓我的眼淚開始潰堤，我抽噎地說道：

——我已經不知道該怎麼辦了。

這是發自內心的話語。我深知自己不應該講這樣的話，但是無論做什麼都無法挽回頹勢的感覺實在太痛苦了，所以我才會在初次見面的情況下對片山先生這麼說。關於舞華小姐的媽媽身體的狀況，我也一股腦說了出來。

——這樣啊，今天她也是一路努力配合到這種程度啊。

片山先生在思考了幾秒鐘之後，看著正在哭泣的我，微微地笑了。為什麼笑得出來呢？我所說的明明都是真的。片山先生對著這麼想的我說道：

——這種認真過頭的特色說不定還不錯喔！不如就以「豁出去的偶像」為賣點試著推出看看吧？

過度認真的偶像。在回答機智問答遊戲的題目之前，就事先做了功課，然而想出來的答案卻一點都不有趣。因為沒有工作所以想要豁出去，以豁出去的偶像之姿，獲得了在深夜的節目露臉的機會。結果，正式錄影的時候也非常順利，連身為搞笑藝人的主持人都對她留下深刻印象。片山先生更是如此說道：

——這個藝人如果可以好好經營的話，接下來一定還有露臉的機會。

這種感覺就好像在漆黑的隧道中，終於看到遠方出口傳來微微的亮光了。

——今天，我想跟舞華小姐一起喝個酒。

收工之後，擔任主持人的藝人前輩邀請舞華小姐一起到樂屋去小酌。

結束聚會後回來，舞華小姐的右手向下垂放，手心裡握著一張便條紙，並對我說道：

——那個主持人問我今天要不要跟他回去房間喝，關於今後的事情他有很多想要跟我聊一聊的。

右手拿的便條紙上，寫著手機號碼。被邀約了。舞華小姐避開我的眼睛，小小聲地囁嚅道：

——如果我去他的房間跟他上床，那工作量應該會增加吧？如果會的話那我就去。

關於那個主持人，的確有像這樣的傳言。只要有看上眼的女人，他就會主動約到家裡，並跟對方上床。只要跟他上床的話，就可以在他主持的節目中成為固定班底。我原本以為這絕對只是八卦謠言而已。

——不去也沒關係，喔不，應該是說絕對不可以去啊！

就算傳言是真的，我也不想要舞華小姐去做這種事，不可以讓她去做這種事。

——沒關係的。你今天在節目上表現得很不錯，所以下次一定還有演出機會的。

聽到我說的話之後，舞華小姐抬起頭露出開心的笑臉，並說了句「說的也是。」接著她將寫著電話號碼的紙條給撕破，丟進了垃圾桶。有很多藝人僅僅因為在電視節目中的一次好表現，就徹底改變了星運。那次深夜節目的通告播出的隔天，片山先生就打電話過來了。

——「全民大猜謎！祕辛搜查員出動！」的節目製作人對大原舞華小姐很有興趣。

大家擠破頭想要去參加的節目，原本我認為這輩子根本不可能見到這個知名節目的製作人，但機會竟然降臨了。

——說不定舞華小姐真的即將星途大展了！

透過片山先生的介紹，我和神田達也先生碰面了。

初次見面的時候，神田先生滿臉笑容地接了過去的那張名片。圍著彩色圍巾的男子，對著眼前手握那張名片的神田先生說道：

——成為人氣節目的製作人之後，想必一定有很多人來向你推薦自家的藝人吧？

我的名片神田先生應該是可以馬上就還給我的，但他卻一直拿著，並且始終迴避我的視線。

——當你製作的節目不紅的時候，那些經紀人也完全不會來找你推銷吧。

——你到底想說什麼？

——你一定很羡慕吧？那些知名的製作人總是會有許多經紀人主動去推薦自家藝人。

——沒有這種事。

——這種小小的妒忌心理越積越多，人就會因此而改變。

圍著彩色圍巾的男子故意走到我面前站定，然後問神田先生：

——以前，如果讓不紅的人握有權力，並藉此竄紅的話，是一件很危險的事情對吧。

——你說這話是什麼意思？

——這是無法控制的，自己的欲望是無法控制的，就像你一樣。

對著前往推薦藝人的我，神田先生令人意外地回答道：

——總之我們就先錄一集來看看吧。

在深夜節目中表現得一副豁出去的樣子，這樣的偶像說不定正好適合「全民大猜謎！祕辛搜查員出動！」因此馬上就決定採用了。能得到片山先生幫忙講話當然是影響很大，但這麼快就決定真的出乎我的意料之外。

——太好了！

我在神田先生的面前大聲叫了出來。接著我打電話給舞華小姐，在電話中舞華小姐立刻就哭了。為了我所爭取到的這個工作，她反反覆覆不斷說著「謝謝」。公司的其他同事也都感到相當訝異，因為不管是哪個經紀人去遊說，我們家的藝人迄今都還沒有被採用的紀錄呢。

——該不會是和神田先生上床了吧？

老闆如此說道，臉上的表情顯得非常不以為然，但隨後他立刻補上「我開玩笑的啦」，但我想他是認真的吧。

為了讓製作公司的人能夠再次採用舞華小姐，首先最重要的就是把第一次的錄影順利完成，並希望能成為固定班底的候補名單中。這就是我所設定的目標。

首次參與的錄影，主題是驗證長頸鹿的睡眠時間。據說長頸鹿一天只睡不到二十分鐘，因此節目要對長頸鹿的睡眠時間展開調查。舞華小姐帶著碼錶前往動物園，並在長頸鹿旁邊架設了帳篷，就這樣開始調查長頸鹿一天到底睡幾分鐘，一連持續了一個禮拜。因為睡眠調查這件事情只有舞華小姐在做，所以她根本沒有辦法睡覺。片山先生很了解舞華小姐的性格，所以才會建議神田先生讓舞華小姐來挑戰這個主題。

——真的超有趣的！

片山先生在看了錄製完成的影片之後，非常興奮地說道。太成功了。一直努力保持清醒的舞華小姐，卻總是在長頸鹿睡著之前不小心打起瞌睡，醒過來後她察覺到自己不小心睡著了，便哭著對所有工作人員下跪道歉。

舞華小姐豁出去的表現大受好評，收視率以及觀眾的反應都非常良好，所以她也獲得了第二次上節目的機會。第二次舞華小姐參與的主題是蒐集各種動物的放屁聲。除了蒐集動物放屁的聲音之外，她自己也在攝影機前錄下了自己放屁的聲音，這個主題也獲得了莫大的成功。跟其他參與節目的藝人比起來，舞華小姐最大的特色就是認真，一整個就是豁出去的態勢，讓人看了會不由自主發笑，也會被感動。結果，舞華小姐就這樣被納為固定班底的候補名單中，一個月去錄一次節目。也就是說，舞華小姐一個月會有一份固定的收入了。能賺到錢，舞華小姐就可以匯款給她的媽媽了。

——因為山本小姐的關係，我們全家人才能夠得救，這樣的恩情我會用一輩子好好回報的。

第一次從「全民大猜謎！祕辛搜查員出動！」節目領到薪水的時候，舞華小姐哭著對我鞠躬道謝。看到她這個樣子，我也忍不住哭了起來，真的很替她開心，比我自己的事情還要更加高興。

身為經紀人，需要包辦起旗下藝人的人生大小事，更有甚者，對於藝人的家人，也都必須要照看、關心。我終於了解到這才是經紀人真正的職責。

隨著舞華小姐在節目中露臉的頻率越來越高，豁出去的特質也成為一種熱潮，不僅外景節目，就連一般通告邀約也都找上門來了。

——方便的話要不要一起去吃個飯？

錄影工作完成之後，神田先生約我一起吃飯。地點是在廣尾的火鍋店包廂。原本我以為導播也會一起來，沒想到只有我們兩個人。

——妳幫我跟舞華說一聲，在出外景之前就把主題相關的反應都先設想好是不行的喔。

在神田先生突如其來的吐槽之下，兩人聚餐就這樣開始了。為了讓節目內容變得有趣，舞華小姐已經習慣做出過度的反應。神田先生就這樣接連說出舞華小姐的缺點，那都是我沒有留意到的。被神田先生吐槽了，但卻是好意的吐槽。我覺得是因為舞華小姐已經被認定為「全民大猜謎！祕辛搜查員出動！」的固定班底，所以才會有這一連串的糾正，我心裡非常開心，把聽到的話全都做了筆記。

——妳也喝一點吧。

基本上我是不太喝酒的，但難得神田先生都邀請我喝了，所以我也點了卡西斯烏龍酒。一開始因為只有我和神田先生兩個人而已，所以難免有些緊張，對方可是當紅節目的製作人，會緊張也是理所當然的事情吧。不過，幾杯黃湯下肚之後，藉著酒精我慢慢變得放鬆許多。舞華小姐今後如果想要更上一層樓的話，該往哪一個方向努力呢？對於我所提出的問題，神田先生一一熱心且仔細地答覆。三個小時左右的聚餐結束之後，神田先生說了句「我送妳回去吧」，便叫了計程車一路跟我一起搭到了我家的門口。在我下車要進家門前，神田先聲說道：

——我真的很期待舞華的表現。

他說這話的時候，臉上堆滿了笑容。

——遇到神田先生之後，舞華小姐的命運完全逆轉了，真的很謝謝您。

有些時候，就算遇到一百個人，命運也完全不會有任何改變；然而有些時候，只不過是遇到一個貴人，人生就可以徹底翻轉。雖然我曾說過舞華小姐「運氣真背」，但是能夠遇上神田先生，並且參加「全民大猜謎！祕辛搜查員出動！」的錄影，我想這難道不是一直以來的好運都被存起來了的關係嗎？

一個月一次的錄影，舞華小姐被叫到製作公司去拍攝的日子，只要收工神田先生就一定會帶我一起去吃飯，只有我們兩個人單獨吃。而且我們談的不是神田先生給舞華小姐的建議，就是對於我身為一個經紀人真的很有幫助的忠告。吃完飯之後也總是一起搭計程車送我先回家。

——在那麼多得過且過的經紀人之中，山本小姐真的是非常出色啊。

「非常出色」這幾個字，一直在我胸口迴盪。聽了神田先生的話之後，我更有自信可以當好一個經紀人了。神田先生肯定我是一個稱職的經紀人，我知道是我自己的優點讓他能夠認同的。

——疏忽大意會讓人退步，所以絕對不可以犯這樣的錯誤。最近你就有一點鬆懈喔。

神田先生的語氣是嚴厲的，但是他所說的內容卻是如此溫柔。有一次，我突然察覺到在舞華小姐還沒上「全民大猜謎！祕辛搜查員出動！」之前，都會固定出現在節目中的藝人，現在卻不再露面了。有一個和舞華小姐差不多時間出道的女藝人，原本是固定班底，但現在卻沒有演出的機會了。因為在節目中不夠活躍所以被屏除在外的不只一個人，而舞華小姐演出的機會增加因而遭到擠壓的人也不少。舞華小姐沒有注意到因為自己沒有工作、需要機會，卻變成在搶奪他人的工作機會。如果，有個比舞華小姐更有趣的藝人出現的話，那現在的工作一瞬間就會被奪走的吧。所以絕對不能疏忽大意。雖然現在舞華小姐固定演出的節目只有「全民大猜謎！祕辛搜查員出動！」但是這個節目的威力就抵得過十個其他類型的節目，所以絕對不希望失去這個舞台。

——最近跟男朋友感情還好嗎？

那一天，神田先生用很快的速度喝著氣泡芋燒酒，並且很難得地主動問起我的男朋友。自從舞華小姐成為固定班底之後，我便很常需要到錄影現場去盯著，跟男朋友約會的時間自然就減少了。久違的假日跟男朋友約好要一起去吃飯，但老天爺卻喜歡抓弄我，總是會碰到舞華小姐必須去錄影的狀況，這樣的事情一直反覆發生。我想再這樣下去遲早會分手，但卻也沒辦法下定決心跟他分開。和男朋友之間的距離越來越遠，在這個當下被問起感情問題，感覺就好像腳底按摩時，被按到痛處的那個瞬間。

——不能害怕身邊朋友或是環境的改變。

做了這份工作之後，我和大學時代的朋友就很少碰面了，跟男朋友也是如此。但是，取而代之的卻是和神田先生一起吃飯之類的事情。日常相處往來的人變得不同了，周遭的人換了一批。我似乎會被朋友或男友說「妳真的變了」，實在教人感到害怕。我也常常思考自己是不是真的變了。這些事情讓我煩惱到有點討厭起自己來。

但是那一天，神田先生給了我一個答案。

——改變，換句話說就是成長。

改變就是成長。這樣的一句話，讓我感覺到肩上的壓力瞬間消失，煩惱也全都煙消雲散。那些消失無蹤的煩惱，化成點滴淚水不停落下。看到我在哭，神田先生笑著說道：「這沒什麼好哭的吧。」

——我送妳回去吧。

一路以來神田先生教了我好多事情，但是這一天，沒有答案的煩惱卻輕易地化解了。遇到神田先生後人生改變得最多的說不定不是舞華小姐，而是我。能和神田先生認識真是太好了。在計程車裡，我懷抱著這樣的情緒看著神田先生的側臉。結果，不知道是不是神田先生感覺到我正在看他，因此也轉過來看著我。接著，就在計程車中，神田先生凝視著並吻了我。神田先生的唇疊上我的唇，讓我沒辦法出聲。

為什麼？怎麼會這樣？神田先生為什麼會吻我呢？現在到底是怎樣？該不會是那麼一回事吧？神田先生是把我當成一個女人在追求吧？騙人！騙人！騙人！不可能有這樣的事！不對，一定不是這樣。一定是酒喝太多的關係。

神田先生把舌頭伸了過來，好像想將我的唇打開，我趁此機會低下頭逃開了，並連忙說道：

——你，一定是喝太多醉了吧。神田先生，你怎麼了？

沒錯，就是酒精造成的。一定是因為醉了才會這樣。不過，比今天還要醉的狀況所在多有，今天並非是因為喝醉。眼前的人已經不是平常的神田先生了，氣氛轉變了，溫度也不同了。

神田先生突然用左手緊緊握住我的右手，他的手好堅硬，那個力量的強度讓我感到有些害怕。接著，他把臉湊向我的右耳，像吹氣般輕輕地對我說：

——我們去賓館吧。

在計程車中被神田先生抓著手，並聽到他說「我們去賓館吧」，這樣的情況下根本沒有餘裕可以用寬廣的角度去思考舞華小姐的未來，整個腦袋裡只有怎麼逃離現場的想法而已。

——神田先生，你醉得太離譜了。

我的腦袋只能讓我說出這句話來。對此，神田先生回應道：

——不是因為酒的關係，而是因為我喜歡上妳了。

喜歡？喜歡上我了？這是不可能的。一定是騙人的。因為如果這是真的，那麼我想，這一年來他給舞華小姐的那些建議，或是約我吃飯，就不是單純想把熱情傳遞給我，而是想要縮短和我之間的距離吧？不過我一開口仍是防禦性的話語。

——但你有老婆了不是嗎？不可以的。

雖然我所說的話非常老套，但已經讓神田先生了解到我想要拒絕他。

——說的也是，不好意思，我只是在跟妳開玩笑而已。

儘管明知不是玩笑，但在那樣的情況下也只有假裝這一切只是開玩笑，讓彼此從尷尬的狀態下逃開。

——謝謝您的招待。

下了計程車之後，我的心跳仍舊噗通噗通猛烈跳著。我想好好整裡剛剛發生的一切，但我卻感覺到自己的大腦跟不上來。不過我知道，我該做的事情就是將剛剛計程車中所發生的一切，都當做是「開玩笑」，我強迫自己把這樣的想法塞進大腦中。

之前在和神田先生吃完飯的隔天，我都會寫一封簡訊給他，因此儘管發生了那樣的事情，隔天我仍舊遵循往例寄了訊息。我把在計程車裡所發生的事情當作是開玩笑，大腦將寫出來的內容轉化成「昨天謝謝您的招待，之後也請多多照顧了」。

沒有收到回信。這是第一次神田先生沒有回信給我。

接著，每個月錄影一次的時間到了，收工後神田先生也沒有約我一起吃飯。

——看來我這個人終究是時運不濟啊。

舞華小姐傳訊息給我。先前她所參與的錄影節目，並沒有播放出來。

舞華小姐挑戰的主題是透過實驗調查出「蚊子喜歡的血型」，舞華小姐的血型是O型。錄影當天我沒有辦法前往現場，後來透過雜誌的報導我才知道，原來是導播承認在實驗中做了多餘的演出。這是造假的告發事件。跟舞華小姐一起參與實驗的，都是連名字都叫不出來的新人們。因為舞華小姐是固定班底，所以在做實驗之前由她來負責喝酒，讓自己的體溫升高。總之，舞華小姐是事前就知道會造假，仍舊參加這個實驗，所以也算是名符其實的共犯。

——工作人員拿來叫我要喝，我就喝了呀。

說不定舞華小姐真的不知道為什麼要喝酒。然而，她仍舊被當作是共犯。因為八卦雜誌刊出了爆發造假的新聞，所以神田先生傳了簡訊來告訴我：

——舞華的演出要先暫停一段時間。

因為若是舞華小姐再次露臉的話，說不定有人又會想起這個造假的實驗。

在八卦雜誌爆出實驗造假的一個禮拜後，神田先生和片山先生連袂來到我們公司道歉。他們說因為電視台方面的錯誤，傷害到貴公司藝人的形象，真的很抱歉。然而，我們公司的社長並不想要破壞我們和神田先生之間的關係。

——請完完全全不用在意，沒事沒事。

說著說著，社長便將一疊資料遞了過去，裡頭正是公司當下最想要推出去的新人團體。

被冷凍了一段時間之後，舞華小姐還是沒有接獲任何邀約。而且，之後去參與「全民大猜謎！祕辛搜查員出動！」節目錄影的，竟是那時候社長送出資料的那個新人團體！

——到目前為止我的運氣真的算好過頭了，山本小姐請妳不要太在意。

如果決定人類命運的神明真的存在的話，那也只能想說神明很享受舞華小姐的人生。失去「全民大猜謎！祕辛搜查員出動！」的錄影工作，舞華小姐手上固定的工作就變成一件都沒有了。等於是陷入失業的狀態。我去找其他節目推薦舞華小姐，卻被說「我們看看時機再跟你們連絡喔」，但也完全沒有接到任何連絡。一切都回到了原點。不，甚至比原點還糟糕。就在這個時候……

——今天晚上一起去喝一杯怎麼樣？

舞華小姐邀我一起去喝酒。沒了工作的始末我一直沒有好好地跟她說明，她因為關心我所以對我提出邀約。我和舞華小姐一起去了居酒屋。我們兩個年紀相同的女人就坐在吧台的位置。關於工作方面的話題，舞華小姐完全沒有任何負面的評論，只是很開心地說著將來的夢想。

她的夢想，就是存夠錢之後，要在佐賀打造一間房子，帶著媽媽和妹妹一起入住。人生中小小的夢想。要建造什麼樣的房子，裡頭要放些什麼樣的家具，要養什麼寵物……等等之類的幻想不斷地擴張延伸。在同年紀的夥伴之間，沒有太大意義的聊天內容。這世界上的女人們，喝了酒之後所說的話，大致上都是像這樣吧。

結帳的時候由舞華小姐付了錢，我也沒有主動說要付錢。分開之前，我握住舞華小姐的手說道：

——我絕對會爭取到工作的！

在喝酒的時候，舞華小姐完全沒有任何抱怨，媽媽現在已經沒辦法工作了，妹妹的學費也不曉得付不付得出來……等等之類的抱怨全都沒有提到。所以我才會想要跟她說我一定會替她爭取到演出的機會。我不想要在這樣的情況下輸給她。

聽到我說的話之後，舞華小姐雖然臉上掛著笑容，但眼淚卻流了下來。眼淚可以分成許多不同的種類，這時她的眼淚是哪一種呢？不是喜極而泣，也不是不甘心的淚水。

接著，她對著我深深地低下了頭，就像我們第一次碰面時的情景。

——這段日子以來真的很謝謝妳。

舞華小姐說的不是「謝謝妳」，而是「這段日子以來」。隔天，舞華小姐就打電話給公司的社長，說她想辭掉工作了。

一個月後，我在網路新聞上看到：

——寫真女星大原舞華，以AV女優之姿正式出道！

老闆先前曾經說過，「唯一的辦法只有離開公司，去當AV女優。」當時這句話讓我非常不甘心，心想總有一天要讓老闆為此而道歉，但沒想到他說的卻成真了。

不順利的時候，腦海中總會浮現許多的「也許」。一點意義也沒有的「也許」。在我腦中最是縈繞不去的「也許」，就是那時候的選擇。我想要問神田先生，但終究沒有問出口。舞華小姐無法繼續在「全民大猜謎！祕辛搜查員出動！」節目演出，真的是因為蚊子實驗的關係嗎？如果那時候，我跟神田先生一起去賓館的話，舞華小姐應該就不會丟掉工作，這個事件也會就此和平落幕吧？就算只有一次也沒關係。如果那時候可以答應去賓館的話……如果我和神田先生上床的話，舞華小姐就不用當AV女優了吧？

得知舞華小姐演出A片這件事情，是在黃昏的電車上。那班電車上擠了滿滿的乘客，我在智慧型手機上瀏覽新聞，注意到這則新聞時，我落下了大量的淚水，眼睛和鼻子都被淚水占滿了。為了我內心的悔恨、不甘心，以及對舞華小姐的歉意。許多情緒化成了水，從體內溢了出來，變成眼淚和鼻水。從我長大以來，我第一次嚎啕大哭，在這輛客滿的電車上。

——對不起，舞華小姐。對不起、對不起、對不起……

一段時間過後，公司接到了一封信，是舞華小姐寫來的信。

「好久不見了，我是舞華。關於我的新工作，我想大家應該都已經知道了。我做這個決定，可以說是背叛了山本小姐的努力，真的很對不起，如果讓你們感到悲傷，我也在此致歉。

有一段時間，我曾覺得自己的運氣真的很不好。不過，事實並非如此，對吧？和其他人比起來，我的運氣已經算很好了。因為，AV女優公司的人是過往的舊識，所以經紀契約金便宜到大家一定會嚇到。因為我是從「全民大猜謎！祕辛搜查員出動！」出來的，藉著這一層關係我拿到了不少簽約金。有了這筆錢，我已經不用再煩惱經濟的問題了。媽媽現在已經恢復健康，妹妹也開開心心地每天去上學（她還很驕傲地說自己交了個男朋友呢）。我自己也是好到不能再好了。總之我的運氣真的很好，沒錯，就是這樣。

我真的很感謝山本小姐，如果不是因為山本小姐，我恐怕會比現在更早投入這個工作，而且拿到的簽約金恐怕會更少。

山本小姐，如果妳還在意我的事情的話，真的請不要再放心上了。

我長到這麼大，多多少少也結交了幾個朋友，但是我覺得山本小姐是我人生中第一個親密的摯友。山本小姐對我來說真的是最重要的摯友，我可以這麼想吧？

山本小姐為了我這種人的人生，耗費了非常多、非常多自己的時間，真的非常感謝，希望今後會有非常多、非常多的幸福降臨在山本小姐的身上。

真的好喜歡山本小姐。

PS：等我錢存夠了，會在鄉下打造一間自己的房子，到時候一定要來玩喔！」

神田先生把名片還給我了，並且說了一句「對不起」。接受別人的道歉，這是我人生的初體驗。他還真是個讓人內心充滿不快的傢伙啊。

接著，圍著彩紅圍巾的男人說了一段我從沒聽過的事情。

——因為覺得不高興，所以你才把大原舞華踢出節目，對嗎？

神田先生躲避我的眼神，好像在說給自己聽似的說道：

——不是的，並不是這樣。

對著神田先生，圍著彩紅圍巾的男人又提出了另外一個問題。

——在日本每個人都喜歡的經典名曲，甚至還有人因為這首曲子而從死亡邊緣被救了回來。這樣的曲子如果是音樂家在注射了興奮劑之後才創作出來的，你會怎麼想呢？

圍著彩紅圍巾的男人走到我的面前站定，看著我的眼睛說出了答案。

——我是這麼想的。讓每個人的內心都受到鼓舞的名曲，背後創作的故事永遠都不讓世人知道也沒關係。活在這個世界上，不論是誰都必須要有一些缺點，這就是所謂的必要之惡。

圍著圍巾的男子看著我的雙眼，並把手溫柔地搭在神田先生的肩上。

——這就好像駕照的點數一樣，每個人都需要必要之惡的點數，可以把必要之惡發揮得淋漓盡致的人，就能獲得最後的勝利。

當那個擔任主持人的藝人約舞華小姐去他房間的時候，我出言阻止了。如果當時沒有阻止的話，說不定現在舞華小姐的節目會增加不少。而我如果去和神田先生上床的話，說不定舞華小姐就不用去當ＡＶ女優了。

——在這個純淨的世界裡，有一種邪惡是必須要存在的，這就是我想要教妳的事情。

教會我這件事情的圍巾男，轉過頭面向神田先生，大聲喊道：

——第四張名片，成功！

Last Stage

1　神田達也

山本司拿著名片離開房子之後，圍著彩色圍巾的男子對著我說道：

——在這個世界上，有多少男人因為被性慾操控而在工作上迷失呢？

他所說的話就好像拿針刺進手指和指甲之間的縫一般。

——一九七二年，史丹福大學曾經做過一個有趣的實驗，你知道是什麼嗎？

——實驗的事情，現在有必要在這邊說嗎？

——那是一個以孩子為主角的棉花糖實驗，你應該知道吧？

之前在節目所蒐集的資料中曾經看到過，那是「關於自制力的實驗」。實驗中找了一百八十六個四歲的小孩子，請他們依序進入一個房間裡，裡頭事先放著看起來非常好吃的棉花糖。在房間裡先由一個大人嚴厲地說：「我十五分鐘之後回來，在這段時間裡你不能吃棉花糖。」說完就離開房間。大人離開之後，有三分之二的小孩因為忍不住而吃了棉花糖，有三分之一的小孩沒有吃。

這個實驗厲害的地方並不只於此。實驗持續進行著，直到十六年後的一九八八年，當年參加實驗的小孩都二十歲了，再次將這些實驗對象集合起來，對他們做了大腦的攝影。結果發現，在實驗中忍住沒有吃棉花糖的那些人，大腦中有關集中力的部位特別發達，並且他們在社會上幾乎都取得了較高的成就，得到的評價也都很優秀。

——從這個實驗可以看出，原來自制力也是與生俱來的能力。

——所以那又怎樣？你到底想說什麼？

——神田達也先生，你小的時候也是屬於會吃棉花糖的小孩吧。

我想，所謂自制力這項才能，我是沒有的吧。

把大原舞華一腳踢開的理由。在電視台裡，有高層主管認為這個演過頭的單元，大原舞華也算是「造假的共犯」。當時其實我可以說：「大原舞華跟這件事情一點關係都沒有。」基本上高層們應該都會認同我所說的話。但我卻對高層主管們說：「看來的確是如此。」先不管自己手頭上的節目惹上了多大的風波，只要火燒到別的地方去，就能夠轉移焦點了，這就是我，我就是這麼低級的男人。

職場上的男女關係。如果女性認為男性的工作能力強，除了尊敬、感謝與誇讚之外，還開始流露性方面的慾望，那平衡就會開始崩壞。為這類的事情煩惱不已的人我相信不只有我而已吧。

在「全民大猜謎！祕辛搜查員出動！」節目紅起來之前，會來洽談通告事宜的經紀人根本少之又少。然而節目紅了之後，狀況就完全不一樣了。女性的經紀人會穿著短得不能再短的迷你裙，來向我推薦自家的藝人。也有經紀公司的社長帶著偶像女星來找我打招呼，偶像女星穿著領口開到可以清楚看見乳溝的T恤，主動說「請務必賞光跟我一起吃頓飯」，對我提出誘人的邀請。

女主播也是。要將節目的內容提供給哪一位主播，最終的決定權就握在製作人的手中，因此當「全民大猜謎！祕辛搜查員出動！」走紅了之後，女主播們對我的態度就一百八十度大轉變，個個都卯足全力對我示好，也陸續有人會來約我一起吃飯。

其實我思考過好幾次。不論是藝人或是女主播，如果我保證她們能夠成為固定班底，並要求她們跟我上床的話，是不是真的就能如願？現在的我真的有能力去做這種事情嗎？據說的確有一些製作人會把這種權力用在這方面，但我也可以嗎？儘管我內心有股衝動想要測試看看自己的權力到底有多強，但我終究沒有足夠的勇氣。

不過有一次，我總算有機會可以驗證自己的權力到底有多大。那時候是製作公司的人帶我去酒店。自從開始錄製「全民大猜謎！祕辛搜查員出動！」之後，我就沒有閒暇時間可以跑那種地方了。那次去的酒店先前也有公司前輩帶我去應酬過，然而，雖然是同一間店，但進去之後我所看到的情景已經完全不同。

之前去的時候，女人一靠過來，在我報上電視台的名稱時，對方的興奮程度會瞬間飆高，然而接下來興奮度就會以此為高點不斷往下降。我去的作用根本就是幫前輩鋪橋造路，讓前輩可以暢行無阻的工具。但是拿著「全民大猜謎！祕辛搜查員出動！」這個當紅節目的名片，情況可就大不相同了。

在那間店裡頭，有一個小姐是還沒出道的藝人，一聽到我說出節目的名稱，和她之間的距離感馬上就改變了，就連遞給我的名片上也會特意寫上自己的手機號碼。

那時候我確切地感受到自己的權力水準已經提升了。帶著測試自己的影響力究竟大到什麼程度的想法，我打了她的手機號碼，那一天我就和她一起到賓館去了。那是我結婚以來第一次偷吃，心中有罪惡感，但那也成為性愛過程中最刺激的點。男人其實都是沒有自信的，不過一旦確切地建立了自信，那麼自信就會變成男人手上的一把大刀。

那天我感觸良多。比起節目走紅、受到各界的讚賞來說，跟一個在酒店上班的儲備藝人上床說不定反而是我最有自信的時刻，雖然我知道那是不一樣的自信。

之後我偶而會到酒店去，為了確認自己的權力，也為了享受那種罪惡感。不過，就算我清楚感受到自己的權力提升了，我也還沒有足夠的自信能對女藝人或女主播伸出魔爪。我很想再試試看自己手上的大刀到底有多鋒利，到底自己可以做到什麼樣的程度呢？就在這個時候，我認識了DASH會社的經紀人山本司，也拿到了她的名片。

大學時代曾經參加選美比賽並獲得優勝的她，在身旁的同事眼中也是非常可愛的。她經常會為了想要問我的建議而來找我。因此我就主動約她一起吃飯，而她看來也很開心。真是不可思議。跟她一起吃過飯之後，我反而慢慢開始打消對她的不良企圖。她真的很專心地在聆聽我給她的種種意見，而且還一邊聽一邊做筆記。我的每一句話，她都有非常熱烈的回應，這讓我感覺到她對我真的很尊敬。因此我打消了不好的念頭，應該是說，也只能打消了。學校的老師大概也都是像我一樣的心情吧。然而，就在和她一起吃飯吃了半年左右，她對我說道：

——雖然由我來說有點奇怪，但是以一個人來說，以一個男人來說，神田先生真的是很有魅力。

女人這種看似隨興的言語，在男人心中可不知道要激起多大的漣漪啊。看到她因為喝了點酒而脹紅的雙頰，我清楚感覺到自己的心臟噗通噗通地猛烈跳動。血液從心臟不斷來回衝擊前列腺。應該要好好壓抑住的不良企圖，也在血脈賁張的狀況下開始蠢蠢欲動。炙熱的慾望完全無法克制，她會怎麼接吻呢？在床上會是什麼樣子？口交的功力好嗎？在跟她說話的時候，腦中的疑問和妄想全都圍繞著性，完全停不下來。

我的腦海中閃爍著過往和她的點點滴滴，此時圍著彩色圍巾的男人問道：

——跟她一起用餐的時候，你們都聊些什麼呢？

——聊什麼都沒差吧。

——會聊動物的性交相關知識嗎？還是黑猩猩也會手淫之類的話題？

——並沒有聊過這些。

黑猩猩的話題是沒聊過，但動物性交相關的常識就曾經出現在話題中。那是為了要了解她對性愛所抱持的觀點而開啟的話題，真的是非常笨拙的方式。不良企圖讓血液激盪不已的用餐過程，不管聊些什麼，我心中都只有一個想法，那就是「如果我約她上床會怎麼樣呢？」

最後一次跟她一起吃飯的那一天，也就是她和男友的戀情不是很順利，所以提出來找我商量的那一天。那對我來說等於是開啟了最後的開關。我想，既然她對我那麼尊敬，應該也很喜歡我吧，對此我很有信心。所以，我就在計程車上約她一起去賓館。但是，說完之後她臉上的表情讓我的自信瞬間萎縮。尊敬等於喜歡，我在這個題目上答錯了。身為猜謎節目的製作人，我卻在這種題目上犯了錯。她只是單純地敬重我，如此而已。

我覺得，人在成功的道路上若是犯了錯，往往會害怕讓周圍的人發現自己所鑄下的過錯。因為這樣的狀況被看見的那一瞬間，就變成了別人會加以利用猛攻的弱點，所以才會感到害怕。跟山本司是在工作場合中認識的，到目前為止她對我所抱持的尊敬之意，如今全都遭到了背叛。她的敬意，是對於節目紅起來之前都不斷在努力的人。而我就這樣失去了一個支持者。

失望的感覺就像一種病毒一樣。一個人的失望不曉得影響的範圍會有多廣，我對此感到害怕。如果是年輕時就對自己信心十足的人，說不定就不會這麼想了。然而，四十多歲了才好不容易到手的自信，簡直就像耐震強度堪憂的住宅一般。山本司所帶給我的失望病毒，難道不會廣泛散播嗎？我對此感到害怕。當她來事務所時，我就會因為神經緊張而難以集中精神。因此，大原舞華在過度造假演出的單元中有露臉，就成了一個非常好的機會。將病毒的後路截斷的機會。我決定不再敲大原舞華的通告。

在我回到家並且開始這個遊戲之前，我並沒有察覺原來失望的病毒早就從山本司以外的地方全面性地擴散開來。哈里奇利便當店的大木真、Q企劃公司的機智問答編劇木山光、NextChange 的導播松永累。

至少病源就有這三個人了。也就是說，對我感到失望的病源，應該早就從各個不同的地方開始散播了。我眼中只有山本司，所以認為只要關閉這個管道就可以安心了，真的像是童話裡穿著透明新衣的國王一樣。在電視台裡，我看了很多只能用裸體的國王來形容的人，所以我壓根就不希望自己變成那樣，但沒想到不知不覺自己也變得如此赤裸。

The Name這個機智問答遊戲，該不會就是為了讓我了解到這一點吧？

在我眼前這位圍著彩色圍巾的男人，對我懷抱著憎恨、厭惡和失望，強迫我以答題者的身分參加這個遊戲，而我兒子的性命，就是參加這個遊戲的獎品，這也讓我沒有辦法選擇逃避。

那麼，剩下的名片，它的主人到底對我帶有什麼樣的恨意呢？厭惡我嗎？對我感到失望嗎？當我望向右手所剩的兩張名片，圍巾男饒有興致地盯著我的臉看。

——那麼，時間剩下最後十五分鐘，快沒時間囉，而且和也應該也快撐不住了吧。

捲入這件麻煩事，自己的頭還被綁上了炸彈，這是和也出生以來第一次離死亡的恐懼如此接近，他的眼睛看來已經渙散，無法聚焦了；被膠帶封住的嘴巴也激烈地喘著氣。他維持著雙手被手銬固定在牆上的狀態，雙腳則開始抽筋。

眼前原本排成一列的五位男女，現在只剩下一個了。剩下的是站在正中間，超過三十五歲的肌肉男。名片則還有兩張。

——請你讀一下手上剩下的兩張名片。

——AYUZAK 機構的 CEO，TAGAMI NARIKAZU。

——還有一張吧？

——大山高中的老師薄井忍。

——遊戲進行到這裡你玩得很開心吧？接下來應該要歸還的名片只剩下一張。

在此藉機重新確認一下遊戲規則。

——在這裡頭有一張是從沒不曾發給我的名片對吧？

——沒錯，有一張名片是不需要的。

在剩下的兩張名片中，有一張是不曾遞送給我的，時間則剩下十五分鐘。看著這兩張名片，我全力打開大腦的所有腦細胞，拚命問自己。

AYUZAK 機構的 CEO，名片上寫的並不是董事長，而是特立獨行地使用了「CEO」，難道會是ＩＴ電腦系統的公司？公司名以及 TAGAMI NARIKAZU 這個名字，在我的腦細胞裡完全沒有任何記憶。

另外一張是大山高中的老師薄井忍。那是在和也就讀的高中教書的老師所給的名片。對於薄井忍這個名字我完全想不起來，但是對於名片上寫著大山高中我卻有點印象，我記得自己曾經拿過這個學校的名片。不是在和也的開學典禮，也不是家長參觀日。還記得那一天我是為了錄製「全民大猜謎！祕辛搜查員出動！」所以直接到學校去的。

在「全民大猜謎！祕辛搜查員出動！」裡頭有一個企畫，主要就是為了揭開在日本各地撿化石去換錢的「化石獵人」神祕的面紗。我聽說和也就讀的大山高中，有一堂一年只上一次的難得課程，內容就是採集石頭，所以我便帶著記者一起前往參加。我平常是不能到學校去錄影的，所以這次我先在錄影前到學校去打個招呼。我想我去學校應該也會讓和也感到驕傲吧。

我希望能聽到和也對我說：「爸爸你一到學校，每個人就都像瘋了一樣呢。」這也是確認自己影響力的一種方式。不過那一天，和也因為生病所以向學校請了假。我造訪了大山高中的校長室，從校長開始拿到了不曉得多少張大山高中的名片。

——我曾經拿到過大山高中的名片，就是在錄製化石單元的時候。

一聽到我說的話，圍著彩色圍巾的男人眉宇之間堆出了一座小山。

——看來這件事情你的海馬迴並沒有當做不重要的資訊進而處理掉呢。

大山高中的名片我的確有拿到過，但問題是，當時所拿到的名片中，是不是有薄井忍老師的。另外一張 **AYUZAK** 機構的名片則是完全沒有任何記憶。若從這個角度來思考的話，我要返回的名片應該是大山高中老師薄井忍的可能性比較高。也就是說，眼前僅剩的這個肌肉男，應該就是大山高中的薄井忍老師了吧？應該把最後這張名片還給這個男人嗎？

在進行這個遊戲的過程中，有件事情我一直很在意。透過白色睡衣，可以看得到肌肉男的手腕。在他的手腕上有明顯的刺青圖案，兩隻手腕都有。他刺的是綠色的火焰圖形，看起來就像是手腕燃燒起來了一般。而且還看得到「HELL」（意為地獄）這個英文字。身上刺有這種意象強烈的刺青，這樣的男人會是老師嗎？我想他是老師的機率恐怕是低到不行。所以到底是怎麼一回事呢？如果大山高中老師薄井忍的名片不是這個活火山的，那難道AYUZAK機構的名片會是這個肌肉男的？

剩下的時間只有十分鐘左右了。絕對不能答錯。焦慮會讓人的思考變得遲鈍，這種情況我在錄製猜謎節目的現場看過太多次了。

沒錯，就是如此。在猜謎的領域裡，我可是創造題目的人，而不是答題的人呢。在觀看其他猜謎節目的時候，我有一個習慣，就是在看到題目後，我不會只單純去思考解答，而是會去想為什麼出題的人會想要出這樣的題目。由於時間越來越緊迫，壓迫得我都忘記了自己的工作了。

我是創造題目的人。從這個角度來思考看看。如果我是出題者，那麼關於The Name這個遊戲，我會如何讓它變得有趣呢？剩下的兩張名片中，有一張是屬於眼前這個肌肉男的。光是這樣的話會有趣嗎？對答題者來說或許算有趣，但是對觀眾來說恐怕是毫無驚喜可言。該怎麼做才能讓觀眾在最後的最後可以大吃一驚呢？是什麼？該怎麼做？要創造什麼有趣的梗？

在少少的幾個記憶細胞中，我找到了！將重要的事情清楚記錄下來的記憶細胞。遊戲剛開始的時候，圍著彩色圍巾的男人曾說過：「這些人，就是這幾張名片的持有者。」「請將你所拿到的這幾張名片，發還給站成一排的這幾個人。」在說這些話的時候，圍著彩色圍巾的男人察覺到穿著白色睡衣的五人隨意排列的狀況。

我一直認為有六張名片，但選項只有五個人，不過事實上應該是圍巾男也要算進去，總共有六個選項吧？最後的一張名片並不屬於穿著白色睡衣的男人，而是應該要還給掌控整個遊戲過程的主持人。這遊戲的重點其實是在這裡吧？

以The Name這個遊戲來說，如果我是創作者，我一定會這樣做。最後的正確答案，就是把薄井忍的名片，還給圍著彩色圍巾的男人。並且，AYUZAK機構這張名片是多出來的，跟這個我從來沒見過的肌肉男一樣都是假的。如果正確解答真的是如此，那麼現在最重要的事情，就是將AYUZAK機構這張名片不屬於肌肉男的可能性提高。

然後，還有一件我從一開始就注意到的事情。AYUZAK機構TAGAMI　NARIKAZU這張名片，品質跟其他名片比起來算是非常糟糕。如果真的是擔任CEO的話，那麼應該至少會選用好一點的紙來製作名片。

——一張名片我可以問一個問題，可以吧？

——規則就是這麼訂的。

我拿出AYUZAK機構的名片，想要藉由提問來判定這個男人究竟是不是CEO。時間只剩下八分鐘，我只能賭在這個問題上了。一個再單純不過的問題。

——我想問你，CEO是哪些字的簡稱？

我提出問題之後，圍著彩色圍巾的男人立刻就轉過身去，似乎是想把臉上的表情隱藏起來。而肌肉男則是露出了一張冷冰冰的撲克臉，大大睜著充滿血絲的眼睛瞪著我。

——CEO是哪些字的簡稱？請你回答我。

我也不客氣地瞪回去。肌肉男嘴巴張開但卻吐不出任何一個字來，圍巾男走近他，並用手抓住他的肩膀。

——請說出你的答案。

肌肉男用力地從口中擠出一句話來。

——我不知道！

看起來就好像懊惱的岩漿從火山口的頂部溢出來了一般。我教了肌肉男：

——CEO是Chief Executive Officer的簡稱。

這麼一來，AYUZAK機構這張名片是多出來的，且肌肉男是假選項的可能性就一口氣提高了。那麼接下來就是要提高大山高中老師薄井忍的名片屬於圍巾男的可能性，因此我繼續進攻。

——接著我想要針對薄井忍的名片問一個問題，可以吧？

——可以的，那麼也就是說，這是你的最後一個問題了。

我直直看著圍著圍巾的男人並問道：

——薄井忍先生是教哪一科的老師？

圍巾男的眼神避開我的視線，轉而向肌肉男說道：

——請你回答。

——我不只是要問他，也想要問你。

——問我？

——你也是選項之一吧，不是嗎？

——我也是選項之一？

——如果你也是選項之一的話，那就必須要回答我的問題。

從遊戲開始以來，我就一直處於被壓迫的一方，一直被追問。然而，我感覺到這個問題讓我首次變成追問者。

圍巾男似乎是想要一解遭我追問的窘境，特意露出牙齒哈哈大笑地說道：「那麼我也回答吧，算是給你的優待。」故意加上「優待」這兩字，可見他有多麼不開心，這傢伙想必很不甘心吧。

——那麼，請回答，你是教哪一科的老師？

圍巾男伸出右手對著肌肉男擺出一個「請」的手勢，示意讓對方先說，於是肌肉男回答道：

——國語。

兩隻手腕都有刺青，而且還刺「HELL」。這樣的人不可能在學校教國語，絕對不可能。

接著，我詢問圍巾男的答案。

——我教的是生物。

圍巾男完全沒眨眼地回答道。

此時，腦中的記憶相互串連起來了。教生物，也就表示真的是到學校去錄影時搭上線的，也就是參加採集化石課程的時候。採集化石就是生物科的內容。那麼也就是說，大山高中薄井忍是生物老師。這張名片肯定就是那時候所拿到的。

記憶真是不可思議。離散的所有細節一個一個串連起來的時候，四處散落的記憶就像也像是被磁鐵吸過來一般集合起來。這個遊戲開始了之後，圍巾男所說的話不外乎就是動物、科學和生物這三個領域。對於大腦相關的知識當然他也很清楚。如果僅是興趣的話不可能有這麼豐富的知識，但若是老師就可以理解了。

另外還有一點，圍巾男若是大山高中的老師，那可以說是與和也產生關連性了。剩下五分鐘，我決定了！

——和也，我要還最後一張名片了。我一定會答對，一定會把你救出來的！

氣力放盡的和也，像是擠出了最後一絲力量用雙腳支撐住自己的身體，並把頭抬起來看著我的眼睛。接著他大大地點著頭，像是在說「爸爸我相信你！」

雖然我的大腦不斷發出停止的指令，但我伸出右手時仍舊不停顫抖。使勁將自信灌注在眼神中，我把大山高中薄井忍的名片拿到圍著彩色圍巾的男人面前。

——這張名片是你的，大山高中的薄井忍先生。

圍著彩色圍巾的男人連一毫米都沒有從我的視線移開，他問道：

——那麼剩下的名片呢？

——這張 AYUZAK 機構我不曾拿到過。

——所以說，這張名片是不要的囉？

——AYUZAK 機構這張是假的，多出來的名片。

圍巾男用像是青蛙眼睛的一雙眼直直看著我，開口說道：

——你判定我是薄井忍的最終理由是什麼？

——我想，你應該是在可以與和也取得聯繫的地方工作。

——為什麼會這麼想呢？

——因為你提到黑猩猩手淫的事情。

這時候，圍著彩色圍巾的男人突然眨了一下眼睛。

——在和也提起之前，我也不知道這件事。但是你卻知道。

是這個男人教和也的嗎？還是和也教這個男人的呢？我不知道。不過，如此一來和也和圍巾男的關係就串起來了。是偶然嗎？還是為了讓遊戲變得有趣所以特別招待？不論如何，我已經提出我的答案。

——所以我要把這張薄井忍先生的名片還給你。

已經沒有辦法回頭了。和也用強而有力的眼神，看著給出最後答案的我。絕對是正確答案，不會錯的！接下來就只剩等待那一聲「答對了！」

——這的確是我的名片。

確認了！圍著彩色圍巾的男人確定就是大山高中的生物老師薄井忍。

圍著圍巾的男人，喔不，是薄井忍，對著還在現場的肌肉男說了聲「辛苦了」，接著便推了推他的背，肌肉男完全沒看我一眼，就這樣走出了房子。

——他是假的，是跟你完全沒遇過的人，你真厲害。

終於把所有的名片都還回去了。雙腳的力氣一瞬間被抽走，我瞬間癱軟，膝蓋和雙手撐在地板上。

我看著薄井，只見他笑著慢慢地把和也嘴上的膠布撕下來。

有一件事情我必須要問他，沒有問到答案的話不能算是畫下句點。會來這邊的每個人，都對我充滿了恨意、憎惡，以及失望。所以薄井忍理當也對我懷抱著某種情緒吧，我是這麼想的。

2 圍著彩色圍巾的男人

神田先生，總算來到這個階段了，你總算猜到我是大山高中的薄井忍。離時限還有兩分鐘。神田先生一定認為自己答對了，所以想必有問題想要問我吧。

——你對我懷恨在心的是什麼事情？你對我有什麼埋怨、憎恨的事情嗎？

我就直接地把事實說給他聽吧。

——我對你既不怨恨，也沒有厭惡，更不會感到失望喔。

比起先把和也的手銬打開，看來他更想知道自己為什麼會捲入這樣的事件裡，他就是這種凡事都以自己為優先考量的人，真是遺憾。脫離緊張的氣氛之後，本性就流露出來了。

——那麼，你為什麼要做這種事？

——為了要讓你知道，你的所作所為傷害了周遭的人。

——為什麼你非得讓我知道不可呢？

認為自己已經全部答對的神田先生，恢復了原本的強勢。我對他說道：

——對於傷害了這麼多人，你有好好反省了嗎？

——反省了。

如果真的有反省，應該不會這麼快就說出口，我相信，他心中真正的想法應該仍舊是「有人勝出就一定會有人敗北，這是沒辦法的事情」。他一定認為必要的犧牲是無法避免的。

——到最後總是無法體會他人心情的人獲勝，你不覺得嗎？

這個世界上有好人也有壞人，有勝利者，也有失敗者，壞人總是占比較多的贏面對吧。

——你變了對吧？變得不再替人著想了對吧？難道不是嗎？

這個問題讓神田先生的強勢為之頓挫，他喃喃自語著，應該也認為自己的確改變了。

——神田先生，你變得非常強勢且敏銳，這真的很棒，但是相對的，你變強變敏銳的代價，就是有人會因此受到傷害。我希望你能了解這一點。因為有些人會因為神田先生所說的話，或者做出的動作，而導致人生大轉彎。因為你亂踢一顆石頭，結果害得整個懸崖都崩塌了，希望你能注意到有些人將因此無法踏上這條路。

神田先生低著頭，似乎是透露出「我已經清楚了解到了」的感覺，不過真正重要的事情，他還沒有理解。

——那麼，就讓我來揭曉吧。

神田先生抬起頭，我想他心裡在等待的想必是我模仿峰田先生喊出那一句「你答對了！」在時限正式結束的那一瞬間，我說出了這一天最大的笑點。

——你答錯了！答案錯誤！

神田先生的表情看起來就好像體內的血液一瞬間凍結。接下來要開始解開謎底了。

——這是怎麼一回事?我應該是答對了吧?名片都還了不是嗎?

——沒錯,這張的確是我的名片。

——那我就是答對了不是嗎?

——就如同你所說的,名片總共有六張,應該要返還的名片有五張。

——但事實上要返還的人物選項除了穿著白色睡衣的五個人之外,還要再加上你,總共六個人。

這是第一個重要的解謎重點。

——我跟你根本沒有碰過面。

沒錯,我和神田先生今天是初次碰面。

——應該是在錄製化石單元的時候你將名片遞給我的吧?

——並不是,因為我那時候似乎正在住院。

——什麼?那麼,也就是說這張薄井忍的名片是不用返還的名片?

總算是清醒過來了。將擔任主持人的我列為選項之一,並且還將薄井忍的名片歸還給我,推理到這種程度真的讓人感到惋惜,不過,終究還是想得不夠深遠。

——所以,AYUZAK 機構這張名片才是正確答案?

無法承認錯誤的神田先生,說話的音量整個放大了,真讓人感到悲哀。

——你最後一張要返還的名片，應該是AYUZAK機構這張才對。

這是第二個重要的解謎重點。

——名片總共有六張，應該要返還的名片有五張，選項人物則總共有七個人。

這就是The Name這個遊戲最有趣的地方了，六張名片，要還五張，但身為選項的人物不是看得到的那五個人，也不是六個人，而是七個。我和他也都是選項之一。

——神田先生，很遺憾你答錯了，你的答案是不正確的。

神田先生看來依舊無法接受自己答錯的事實，臉上表情看來似乎有更大的疑問浮現。

——你在說什麼啊！到底是怎樣啊！為什麼從不曾和我見過面的你，要讓我跟和也捲進這種麻煩事之中呢。到底為什麼！為什麼你要做這種事！

那麼，接下來的時間也該讓答錯的達也先生了解一下正確答案，以及背後的理由是什麼了。

——我僅僅只是被任命為The Name這個遊戲的主持人，負責掌控遊戲的流程而已。

沒錯，我只是個掌控進度的主持人。

——那麼到底是誰！如果不是你的話，那到底是誰做出了這些事來！

為了讓神田先生了解The Name這個遊戲是由誰策劃，以及是為了什麼而策劃，我用智慧型手機播放一段影片給他看。重要解答的採訪錄影畫面。

「哈里奇利便當　大木真」

手機裡有一通未接來電，是陌生的號碼打來的，對方還特地在語音信箱留了言。

——我們在找對神田達也先生懷恨在心的人。

聽了留言之後，我就根據來電顯示回撥，並和「薄井忍」約在涉谷的泡沫紅茶店碰面。剛踏進泡沫紅茶店時，我沒有注意到原來那個人就是薄井忍，他主動走近我，並對我說道：

——是大木真小姐吧？我是薄井忍。首先，有件事情我必須先跟妳道歉。

——必須先跟我道歉？

——我，欺騙了你。

「Q企劃　機智問答編劇　木山光」

被「全民大猜謎！祕辛搜查員出動！」節目踢出來之後，憤怒與恨意每一天都在我的體內滋長，真的覺得如果再不找個地方發洩的話，我一定會被壓垮。因此我把心中的話寫在推特上。當然多多少少會有點罪惡感，但是「已經不會再共事了所以沒差了！」輕易切割開來。感覺是大腦所發出的指令，就這樣突破自己的防線，在推特上寫下對神田先生的抱怨。儘管如此，但如果連節目的名稱都寫出來的話，未免就太像是敗犬只敢在背地裡說三道四地遠吠，所以我只寫些像是「神田達也吃大便」、「神田達也去死一死吧」「神田達也根本沒有活著的價值」之類的話，每寫一篇，就覺得壓力的螺絲被鬆開了一些。

原本是一天發一篇，慢慢變成一天三篇、五篇、十篇。結果，不久後第一篇回應產生了。在「希望神田達也全家人都死光光」這句推特發文下方，有人回了句「我也是這麼想的」。我對這個人抱持著高度的好奇，稍微查了一下發現對方的名字叫「薄井忍」。我關注了他，結果他就寄私訊給我了，私訊裡頭寫道「你所寫的神田達也，是『全民大猜謎！祕辛搜查員出動！』節目的製作人對吧。」經過幾次的私訊往返之後，我與這個自稱是薄井忍的人碰面了。

「NextChange　導播　松永累」

我接到了木山光先生打來的電話，在此之前我跟他完全沒有聊過天。會打電話給我，只因為我在進入「全民大猜謎！祕辛搜查員出動！」節目製作團隊的第一天，就惹得神田先生大動肝火，當天就被炒魷魚了。

——你好像也被「全民大猜謎！祕辛搜查員出動！」踢出來了對吧？

你也是神田先生的犧牲者吧，他這麼說。

——有個人想要見見你，要跟他碰個面嗎？

在聽到薄井忍這個名字時，第一時間想到的是我高中時有個老師也叫這個名字。難道真的是他。不過，見面的時候來的人並不是我所想像的薄井忍。薄井忍只是他的假名。

——你是在尋找對於神田達也懷有某種恨意或憤怒的人對吧？

被公司辭退之後，我到便利商店打工，每天都過著與收銀機為伍的日子。在我心中當然憤恨難消，久久無法平息。和片山先生一起製作節目以來，或許有不少讓人情緒激昂的地方，那也都是他所帶給我的。我請 NextChange 的助理幫忙調查對神田先生帶有怒氣或懷恨在心的人，結果出來了，名單隨隨便便都超過十個人。

第二次跟他碰面的時候，我跟他說：「我最推薦的人選應該是大木真。」除此之外還有另外一個人，一個讓我一直以來都耿耿於懷的人，所以才會打那通電話。

「DASH 公司　山本司」

我接到松永累先生打來的電話。

——大原舞華小姐的事情，真的是太遺憾了。

他告訴我有個人想要見見我，是一個叫做薄井忍的人。到了約定好的那一天，在泡沫紅茶店的包廂裡，他終於出現了。

「哈里奇利便當　大木真」

有一天，就是我僅僅用了一分鐘將名片遞給神田先生的那一天。我去拜託他，希望便當可以繼續跟我們家訂的那一天。我的一分鐘，跟那個人的一分鐘，是全然不同的概念。證據就是，他拿到我的名片後連看也沒有看一眼，輕輕接過去之後就走掉了。

所以我決定了，我要參加這個遊戲。

「Q企劃　機智問答編劇　木山光」

我把目前為止的人生，一股腦全部都跟他說了。為什麼會變成機智問答編劇，以及為什麼會被辭退。他不斷說著「不好意思」，然後問道：

——神田達也讓你的人生扭曲成這副德性，但你認為他記得你的名字嗎？

我初次將名片遞給神田先生的那一天，他其實看也沒看，只有用手輕輕接下而已。

——很不甘心對吧。所以我們來讓神田達也記住你的名字吧！

在我當老師的時候，為了讓學生們快一點記住彼此的名字，所以我想了一個遊戲，而他聽了這個遊戲的玩法之後，顯得非常興奮。

——真是太有趣了，The Name名片遊戲，這太棒了。

「NextChange　導播　松永累」

——藉著The Name這個遊戲來讓他記住你的名字吧！

取薄井為假名的他，將寫著自己真實姓名的名片遞給了我。

——這張是我的名片，神田達也同樣也不記得這張名片。

名片上寫著「AYUZAK 機構 CEO TAGAMI NARIKAZU」。

——我們一起來讓神田達也了解自己對我們造成了多大的傷害吧！

「DASH公司　山本司」

他不斷對我道歉。

——因為爸爸的關係，讓大原舞華變成AV女優了，真的非常抱歉。

接著，他，也就是和也，將他對自己父親，也就是達也先生的看法，全部都跟我說了。

那麼，接下來就是遊戲的主角現身說法的時間了。

我將和也左手及右手的手銬打開。神田先生邊叫著「和也」，邊衝到他的身旁。

——爸爸，你答錯了呢，就跟我想的一樣。

3　神田和也

——在機智問答遊戲中，身為出題者有很多樂趣吧？我現在總算了解爸爸的心情了。

我的雙手終於從手銬上解開了，現在該輪到我對身為猜謎節目製作人的爸爸，揭曉The Name這個遊戲的正確解答了。

——爸爸，虧我還有點期待呢，真像個笨蛋，你果然還是答錯了啊。

原本理應是人質的我，突然間接過全場的主導權，爸爸整個人都呆住了。人都會有忘記事情的瞬間，就是這個，我就是想要看到這一幕。

——但是這一切真的太棒了，我從沒見過的糟糕的部分藉此機會全部都看到了。

爸爸的臉看來再也忍不住了，他的身體則好像被無形的空氣綑綁住了似的無法動彈。

——和也！這到底是怎麼一回事！

爸爸的聲音聽起來就好像從已經擰過好幾次的毛巾，再擰出幾滴水滴落在地上一樣。

——是我把這些對爸爸懷恨在心、憤恨難消的人聚集在一起的，企劃出這個遊戲的人也是我。

事情的發展超乎自己的想像，大腦跟不上變化的速度，就會導致說不出話，身體也動不了。我的行動超過了爸爸大腦運作的速度，這感覺真爽！我覺得爸爸接下來應該是想講一些「為什麼你要做這種事？」之類的無關緊要的話，所以我搶先回答道：

——在這個遊戲中，我最希望能答對的部分，爸爸卻答錯了。

我伸出手奪下爸爸握在右手的「AYUZAK 機構 CEO TAGAMI NARIKAZU」名片。

——爸爸，你剛剛說這張名片是「多出來的」對吧。

薄井老師像我真正的父親一樣，在一旁用溫暖的笑容守護著我。老師，再一下子就好了。我現在就要揭曉了。

——我遞給爸爸的名片卻變成了多出來的名片。

看起來爸爸正在拚命地從記憶倉庫中搜尋相關資訊，但似乎怎麼樣也找不到為此而保留的記憶。但是我知道，爸爸的海馬迴是將這個記憶歸類在不需要的範疇並捨棄了。與一分一秒無關緊要的日常風景一起被捨棄了。

——這是我在國中二年級第一次製作的名片。那時候在班上很流行製作自己的名片。

我用爸爸教會我的知識，說明我的名片消失在爸爸腦海中的小小故事，爸爸的臉一直朝我靠近過來。

——那可是我用電腦努力設計出來的名片，並且在網路上發送印刷，印一百張花了一千圓。為了讓自己的名片可以比周遭朋友的名片更加有模有樣，我拚了命地不斷思考。那時候我想，公司名稱就叫做 AYUZAK 機構吧。和也這個名字用字母拼出來是「KAZUYA」，從後面念回來就變成「AYUZAK」。至於「TAGAMI NARIKAZU」，首先是將神田變成田神，和也則變成也和，用字母拼出來就變成 TAGAMI NARIKAZU 了。頭銜放上引人注目的 CEO，拿到學校去之後，看到的人也都讚不絕口。

於是有人說道：「有製作出『全民大猜謎！祕辛搜查員出動！』這個節目的爸爸就是不一樣。」讓我感到非常驕傲。不過，班上的所有人有沒有稱讚我都無所謂，我最想得到的，是爸爸的肯定啊！爸爸，我真的好希望能得到你的讚美。

我希望能讓身為猜謎益智節目製作人的爸爸，拿著我的名片出題讓他猜，這可是我第一次

認真創作出來的猜謎題目。我希望他能解開公司名和人名的轉換手法，

但是啊但是，那一天的晚上，我一直在等著爸爸回家，直到清晨四點，他才終於踏進家門，而我立刻就將名片遞給了他。你還記得嗎？爸爸，你還記得吧？

爸爸的視線從我的身上閃開了，逃避了，爸爸在逃避。但我不會再讓他有機會閃躲了。

——那天爸爸神情非常疲憊，用右手拿著我的名片看了大約五秒的時間，並用不帶任何感情的語調說「哇，真厲害啊。」我問說「你知道這個公司名以及人名有什麼含意嗎？」我希望爸爸可以來解開我所創作的謎題。結果爸爸你卻說「不好意思，我下次再想喔。」就這樣走去浴室洗澡了。名片就這樣被放在客廳的桌子上，爸爸就去洗澡了。洗完之後，爸爸直接去睡覺，而名片則依舊被留在桌子上。我出給爸爸的猜謎題目，你完全沒有思考過就這樣擺著，於是我偷偷地將名片放到爸爸的桌上。爸爸，你不記得我遞名片給你的時候臉上是什麼表情了嗎？不記得了吧？

我瞪著爸爸持續訴說著，爸爸還是盯著下方面，一副逃避的模樣。

——對不起。

終於，爸爸的嘴裡擠出了「對不起」這三個字。但我才不想聽到這樣的話。

——說「對不起」或「很抱歉」根本沒有任何意義。

薄井老師的一句話就把我的心情全部表達出來了。

——爸爸，那天是我的紀念日，你知道是什麼紀念日嗎？

爸爸總算把頭抬起來了，我望向爸爸的眼睛，像是瞪視著最深處的大腦一般說道：

——那天，是我對爸爸不再有任何期待的紀念日。

我對爸爸不再有任何期待之後，就可以很輕易地和爸爸以及媽媽分開了。

爸爸，其實要很謝謝你。十七歲的我說感謝之類的話可能太過草率了，但是我對爸爸的感謝，至少比周遭同年齡的傢伙們要有價值，且有意義多了。因為真的多虧爸爸教了我那麼多事情。

在小學低年級的時候，因為爸爸在電視台工作，所以我曾有過被當作藝人般對待。但是升上高年級之後，小孩子內心的「妒忌」也跟著變大，我察覺到有些傢伙開始在蒐集我的負面事證。雖然我覺得爸爸在電視台工作很值得驕傲，但我也開始了解到在電視台裡頭，還是有分成在當紅節目裡頭工作的人，以及在不紅的節目裡頭工作的人。學校生活讓我學會了勝利組裡頭也還是會有勝利者以及失敗者。真的是一個學習的殿堂，在學校真的可以學習到許多事情。

因為我意識到爸爸在電視台裡頭是屬於不紅的人，所以在學校時，我對於以爸爸為榮的驕傲態度也收斂許多，但爸爸一直在教導我，一直在灌輸我。每個禮拜他都會帶我去釣魚，喋喋不休地跟我玩機智問答，藉以教會了我很多我所不知道的知識。學校不會教的興奮與感動，爸爸都一一教會我了。

去到學校進入教室之後，我就一直被當作透明人，也沒有人會跟我一起玩，我所感受到的環境就是如此，而這一切都是爸爸為我創造的。雖然爸爸在工作上表現不是很好，但他卻是我身邊最接近的一個英雄。比起那些能夠打倒所有敵人的英雄來說，爸爸既無法將敵人打倒，大家也不會稱讚爸爸「好帥」，但是離我最近，而且為我打造了一個遮風避雨的家，對我來說爸爸就是最帥的英雄了。

然而，自從「全民大猜謎！祕辛搜查員出動！」節目紅起來之後，這個英雄就從我身旁離去了。爸爸總算找到了屬於自己的舞台，卻也因此減少了跟我一起去釣魚、一起玩樂的時間。能夠跟我的英雄碰面的時間也變少了。取而代之的是，周遭的人開始會說我的英雄有多麼帥、多麼棒。在我身旁的時候，沒有人給我的英雄爸爸任何好評，但減少了與我碰面的時間之後，周遭的人卻開始給予他正面的評價。為爸爸感到開心嗎？還是為自己感到寂寞？當我注意到的時候，我已經是個連開心時候也沒辦法笑出來的人了。

跟家人在一起很開心，但是也很難受。爸爸媽媽在社會上的營生方式所帶來的評價，會影響到小孩子，將小孩子捲入其中。

紀念日，對爸爸不再有任何期待的紀念日。一開始我還想說自己在爸爸的心中最重要的地位已經被取代，然而我錯了，從以前到現在，在爸爸心中最重要的一直都是工作，自己製作的節目大紅大紫就是他最大的夢想。一直無法如願的他，就是利用跟我在一起來轉移注意力。因為他將全力傾注在孩子身上，這是任何人都會認同的事情，所以才會藉此來轉移注意力吧。沒錯，說起來我只是爸爸殺時間的工具而已。或許我只是爸爸在成功人生的路程上稍作休息的中繼站吧。

沙耶在國中二年級的時候懷孕了，在沙耶發現自己懷孕時，肚子裡的寶寶已經七個月，所以沒辦法墮胎。當她跟我一起升上高中二年級的時候，小孩都三歲了，由住在栃木縣的爺爺奶奶幫忙扶養。沙耶就當作自己沒有小孩，繼續回到高中就讀。

也是有人說過沙耶的孩子很可憐，但真的是這樣嗎？我並不這麼覺得。如果一開始小孩子就沒有得到沙耶的愛，取而代之的是爺爺和奶奶的疼惜與照顧，那說起來是很幸福的。但事實上是一開始沙耶全心全意地呵護這個孩子，但卻不得不轉手交給爺爺和奶奶扶養，從這個角度來看的話就很可憐了。如果從一開始就沒有的話，那還比較好。一直都有但卻突然消失了，這種感覺才教人難受呢。

有親情的呵護是怎麼一回事我還不太清楚，然而有件事我倒是很了解，那就是人們往往在受到照顧的時候感受不到，等到一直待在自己身邊的人不見了，才會發現那份愛也隨之消失了。就好像一直存在的太陽突然之間不見了，人們才會發現。太陽不見了，人們才會知道原來太陽的存在並非理所當然的事情。太陽不見了，但當夜晚來臨，天空中就剩下月亮，而這個月亮，就好像是那份愛殘留下來的香氣。如果說連月亮都一起不見，整個世界一片漆黑，那還比較好，因為還能看得見月亮，所以反而讓人感到異常難受。

結果，媽媽也是在結婚之後就一直把自己擺在人生的第一順位。生下我之後，當然對於自己懷胎十月的我疼愛有加，但是，江山易改本性難移。當她開始不用費心在我身上時，原本生養小孩所必須捨棄的欲望就又開始萌芽。滿足媽媽心中欲望的關鍵，就是來自於人們羨慕的眼光。在當空姐的時候就一直是這樣了，這就是媽媽的本性。坐在沙發上翻閱流行雜誌，在網路上搜尋，一定要穿上會讓人們多少投以羨慕眼光的衣服以及包包，才會走出門去。大人其實比小孩子要單純多了，跟電視台的人結婚也得到許多人的羨慕。

媽媽真的很厲害。本來的出軌對象是健身房的教練，再婚的對象卻是健身房認識的某公司負責人。真的很強。比起因為製作出當紅節目「全民大猜謎！祕辛搜查員出動！」的爸爸來說，媽媽的再婚對象可是連鎖店的老闆，等級超越太多了。也就是說，這個六十三歲、有過兩次失敗婚姻紀錄的男人，就是我現在的爸爸。媽媽讓旁人羨慕的點又再次向上推升了。

我的新爸爸是個有潔癖的人，看到我在家裡沒有穿著室內拖鞋，就用冷漠的眼神問我說「赤腳踩在地板上腳板會留下油脂，你對這個完全不在意嗎？」我回答道：「倒不是很在意。」結果隔一個禮拜他就為了我在附近租了一間房，一間專屬於我的房間。之後我想我應該會自己一個人住在那邊吧。對於新爸爸的提案，媽媽只說了一句「租了一間房給你住真的太棒了呢」。

父母親會守護著小孩？不是這樣的吧。把孩子養大的是父母親沒錯，但扶養到一定的程度之後就必須要有所體認，守護孩子的不是父母親，而是孩子自己。因為我的英雄棄我而去了，讓我學會了這一切。

——爸爸，謝謝你。

我望向爸爸的眼睛，像是瞪視著最深處的大腦一般說著感謝的話語。

不過，我還有事情瞞著爸爸。關於執行ＴｈｅＮａｍｅ這個遊戲的理由。我並不單只是為了爸爸才這麼做的，另外我也想要讓某個人開心。那個人，深愛著我，脫下我的衣服，用舌頭舔遍我身體的每一吋肌膚。將爸爸捨棄不要的感情，轉換成別種形勢用在我身上的人，那就是薄井老師。

——到底是怎麼一回事？和也，這到底是怎麼一回事？和也，現在到底怎麼了？

爸爸就像跳針的唱片一般重複說著一樣的話。我用手將脖子上的裝置給拆掉。

——謝謝你為我擔心，這個炸彈是假的。

我看看手錶，時間接近了，薄井老師重設的時間快到了。

——今天最主要的目的是要為薄井老師創造回憶，在爸爸的見證下創造最後的回憶。

爸爸不知道薄井老師對我來說有多大的意義，從那個時候開始，我對他的愛就已經超越了爸爸。

薄井老師跟其他老師完全不一樣。他不會去討好學生，也不會為了讓自己的分數能夠高一點而去做一些沒有意義的事情。而且，上他的課非常有趣，偶而說些關於大腦的話題也非常引人入勝。

——如果可以充分了解大腦的運作機制，那不管作什麼事情都可以變得非常輕鬆。

這是薄井老師教我的。心痛和被施暴的痛是一樣的，因為大腦用來感受心痛的部位，和感受被毆打的痛是一樣的。那一天老師所說的話，讓班上的一些零星的霸凌事件消失了。感受到痛苦的不是心，而是大腦。過往想起和爸爸一起度過的時光，胸口就會覺得悶痛，但現在已經可以用客觀的角度來看待自己。

薄井老師的課真的很有趣。但是，老師的臉上幾乎很少露出笑容，他給人的感覺就是一個怪異的大人，所以沒有人想要靠近他，除了我之外。

我感覺到薄井老師把許多情感的開關都關閉了，這樣的生活方式跟我很像。我從小學的時候開始，就受到稱讚、羡慕以及妒忌。周遭的人對我的態度隨著爸爸的人生而反覆起伏，在這個過程中，我不得不捨棄許多事物，把開關全都關掉。因此，對於薄井老師把開關關掉的事情自然而然吸引了我的注意，我想知道為什麼他要這麼做。

我常用來寫作業的地方不是教職員休息室，而是空無一人的生物教室。我第一次去偷看的時候，節拍器正以一定的規律不快也不慢地擺動著。後來我才知道原來節拍器的節奏就和老師的心跳速率是一樣的。老師總是會把節拍器的節奏調到和自己的心跳一樣，並將節拍器的聲音當作背景音樂，邊聽邊做事。他說這樣可以讓他冷靜下來。比起各種不同的曲調交互替換，固定的頻率輕輕地發出聲響的節拍器，說不定這是最不會受傷的生存方式。我覺得跟任何人都沒有交集，就這樣活著也很好，但卻不知怎麼會想要向薄井老師吐露心聲。說不定我和他是互相交集的兩個圓。

薄井老師也讓我一窺他的傷痕，就在新宿尾隨老師去買DVD的隔天，他將DVD放進電腦，在細小的嗡鳴聲中讀取內容。這可是據說是蘿莉控的薄井老師所買的DVD呢。薄井老師只讓我一個人知道。到底DVD的內容是什麼呢？我感到非常亢奮，這種亢奮的情緒讓血液集中，我也因此勃起了。

在電腦螢幕中所播放的畫面，是賓館的房間，一個看起來像國中生的男孩站在房間裡，任由一個滿臉鬍子的大叔脫掉他身上的制服，並且幫他口交。

——不論是青蛙或是人類，在成長的過程中都是最美的。

我單純地感到開心，因為我看見了老師心底的傷痕。就像那時候沙耶跌倒擦傷了膝蓋，皮膚剝落露出粉紅色的肉一樣。薄井老師深深隱藏不讓任何人看見的傷痕，就這樣呈現在我眼前。

——你會因此而討厭我嗎？

老師讓我看DVD是有什麼打算嗎？為什麼覺得讓我看到這樣的傷痕也沒關係呢？如果我就這樣走進教職員室，把他的事情全都抖出來，那他一定會就此完蛋。難不成他就是希望如此？老師到底是帶著什麼樣的期待而讓我看的呢？是不是因為他認為我跟他是同類？

薄井老師只讓我看他已經潰爛的傷口，我對他的感情說不定稱得上是愛。我將自我保護的方法教給老師，當作是一種回禮，希望能對老師有所幫助，如果他對我有所期待的話。

我難以啟齒的話，薄井老師幫我向爸爸說明了。

——和也幫我拆掉了脖子上的裝置。

薄井老師接過我從脖子上拆下來的裝置，邊用右手轉圈回收，邊對爸爸說道：

——身為一個老師，我在生活上壓抑了各式各樣的欲望，是和也的出現才救了我。他成為我可以傾訴的對象，讓我能將那些絕不透露給任何人知道的部分跟他說。

原來老師是這麼想的。這是老師第一次說出他心中對我的想法。

那一天，薄井老師讓我一窺他傷痕的那天，電腦螢幕仍持續撥放著DVD的畫面時，我鎖上了生物教室的門。

——老師，謝謝你。

感謝的話語從我的身上滿溢出來。我拉下褲子的拉鍊，接著牽起老師的右手，讓他觸碰我勃起的那玩意兒。

——老師，沒關係的。

老師用大大的大人的手，慢慢地握住我的那玩意兒。

——你真的太好了，你對我真的太好了。

老師一邊說著，一邊把手放進我的褲子裡，眼眶裡則浮現了些許淚水。從那之後我每天都會和老師碰面。平日就是放學後在生物教室，假日則到老師的家裡。老師只為了我而開班授課，教的內容都是學校裡面不會提到的生物知識。不只是大腦的運作機制，還有在這個世界上各式各樣的實驗，以及動物界殘忍的生態。老師讓我了解到這世界的真實面、人類的真實面，也就是所謂的本性。這些內容比爸爸所製作的「全民大猜謎！祕辛搜查員出動！」還要刺激，越是深入了解，我就越喜歡人類和動物。我對老師所抱持的感情，就像以前爸爸帶我去釣魚時我對爸爸的感情一樣。

課程結束之後，就輪到老師紓解壓力了，只要是老師想做的事情，什麼都可以。只要能讓老師開心，我什麼都願意做。自從跟老師好了之後，我就不曾想像沙耶然後手淫了。

老師和我就像兩個交叉的圓，儘管交叉的部分很小很窄，但卻是渾厚又結實的圓。圓形交叉的部分只有一個人知道就夠了，這樣就可以生存下去。那就是自己該在的地方。老師創造了一個屬於自己的地方，這樣就很足夠了。日後就算被誰傷害了，沒有人可以訴苦也可以好好活下去。

——我找到很有趣的東西喔，和也，我覺得你應該也會很有興趣。

薄井老師邊嚷嚷邊將他找到的八卦新聞拿給我看，那是一個跟爸爸一起工作的人所寫的抱怨文，似乎是在爸爸的節目中負責創作謎題的人。

——和也，看來對你的爸爸充滿憤怒與憎恨的，不只有你而已。

只有一開始會感到心痛就像針刺一般的痛，但只有在一開始而已。

——看了陌生人寫了對你爸爸的批判，你有什麼感覺嗎？

爸爸離開我的身邊，取而代之的是得到莫大的成功。有人對於這樣的爸爸憎恨不已，我對自己的父親也是充滿怨恨。

——雖然不知道為什麼，但我已經可以平常心面對了。

薄井老師於是跟我說了一個提案。

——你覺得我是在妄想也沒關係，但我想跟你說一個可以看到你爸爸痛苦不已的方法。

老師天馬行空地發想，教了我一個讓我既興奮又開心的方法。所以我開始擬定計畫。我把憎恨爸爸的人聚集起來，教他們一個可以讓爸爸了解我們心中痛苦的方法。

為了讓這齣戲更加完美，我開始收集素材。首先我連絡了在推特上抱怨爸爸的推理謎題作家。為了從木山先生身上得到更多資料，我跟他碰了面，不過我找的人果然都不會馬上就說出內心話，這也是理所當然的，畢竟我是當事人的兒子。然而，當我露出適當的微笑說「我希望我爸趕快死一死」，對方就會開始慢慢地卸下心防。大木小姐、木山先生、松永先生、山本小姐都是。從他們身上我得知非常多我所不知道的爸爸。

以木山先生所提供的想法為開端，ＴｈｅＮａｍｅ這個遊戲逐漸成形。我跟薄井老師說了這個計畫之後，他說「我有一些有趣的想法。」然後加了許多意見進去。到時候要跟爸爸說些什麼呢？光是想像就讓人覺得好開心。和薄井老師在生物教室拚命思考怎麼處理爸爸的那些時光，成為我和老師相處的一個新的樂趣。

然而，然而……就在我升上高二那一年的春假，薄井老師遭逢意外，一輛超速的摩托車完全沒有轉彎，筆直地撞上了老師。就像空瓶被踢飛一般，老師的身體彈飛起來，頭部直接撞上護欄，這樣的意外也讓他不得不辭去教職。

在學校可說是流言四起，說薄井老師變成植物人了；說他的臉變得潰爛不堪，連鼻子都不見了……總之就是無法再現身人前的狀態。

薄井老師的老家就在千葉縣，從木更津車站出來之後轉搭二十多分中的巴士就能抵達。當我到的時候是薄井老師的媽媽出來接待我的，她原本也是個老師，從她滿頭的白髮以及明顯的眼袋，就可以看得出來她現在的日子過得不怎麼樣。薄井老師的老家是一棟兩層樓的建築，走進玄關、穿過走廊，就可以直通老師專屬的房間。眼前是一扇拉門，也就是說，薄井老師應該就在門後，我想要拉開門，但又不想開。不知道老師變成什麼樣子了。對我疼愛有加的老師，因為某種原因沒辦法在人前出現了。我內心感到有些不安，但卻又有點亢奮。

我無意識地抖著右手拉開了門，果然薄井先生就在裡頭，他穿著純白色的睡衣坐在床墊上，雙眼一直盯著電視看。老師就像動作遲鈍的河馬一般慢慢地望向我。薄井老師並沒有變成植物人，五官也沒有傷得亂七八糟。頭上戴著的針織帽似乎是用來遮掩頭上的傷痕用的。整體來說似乎有變瘦了一些，除此之外跟之前的薄井老師幾乎沒什麼兩樣。

——和也。

老師緩慢地呼喚我的名字，接著雙頰膨脹起來露出了笑容。全部都是不實的謠言！老師根本一點都沒變！我走進老師，用雙手握住老師的手，老師的媽媽把門拉上之後就離開了，留下我們兩個人在房間裡。

我一直覺得好害怕。自己唯一的避風港，如果失去老師的話真不知道該怎麼辦，對此我感到很害怕。老師抱著我的肩膀。久違了，我的避風港。我感到自己的身體融化了。然而，雖然感到安心許多，但卻也有種異樣的感覺油然而生，而且是從我進入房間後就覺得不對勁。在榻榻米上散落著非常多張紙，上頭密密麻麻寫滿了字，而且從筆跡看來寫得非常用力，我看得出來那是老師的字，也能夠看懂那些紙上面寫的是活動記錄，不是日記，而是老師的活動記錄，他將自己一整天所做的事情鉅細靡遺地寫了下來。

老師鬆開我的手之後，立刻拿出一張白紙用筆寫下：

——和也來找我了。

我看著眼前這副不可思議的景象，似乎是察覺我的想法，老師的媽媽再次回到房間，並且開始說明老師的狀況。關於在事故中老師所失去的東西……

爸爸專屬的遊戲ＴｈｅＮａｍｅ當然已經進入了尾聲。

最後，要給爸爸一個驚喜，為此我告訴老師：

——老師，二十個小時又十五分鐘，時間已經差不多了。

薄井老師的表情完全沒有感到可惜，他開朗地看著我說道：

——這樣啊。和也，今天我過得很開心喔。

——薄井老師，謝謝你，真的非常感謝。

——彼此彼此。和也，我也很謝謝你。

要讓爸爸通盤了解的時間到了。原本這個遊戲只是一個妄想，但卻付諸行動的決定性關鍵。我看著手錶數著：

——十、九、八、七……

爸爸開始往後退，不知道他是不是認為那個項圈裝置會爆炸，都說那是假的了。最後的最後，仍舊只看到他可悲的身影。

——五、四、三、二、一、〇。

時間到了。二十個小時又十五分鐘。

突然之間，薄井老師像是迷路的孩子一般不安地環顧著四周，他不知道自己到底身處何方。

——和也，這裡是哪裡？

我開始說明要讓爸爸了解的事情。

——爸爸，老師因為事故的關係海馬迴只剩下一半了。

老師的大腦只能保存二十個小時又十五分鐘，過後就會重來。

——老師，沒關係的，這裡是爸爸的家。今天，我們是來實行ＴｈｅＮａｍｅ的計畫。

在薄井老師的大腦中，並沒有任何可以連結到我所說的情報以及當下狀況的記憶細胞，然而老師卻沒有驚慌失措，只有看著我的眼睛並大大地點了點頭，就好像一個孩子一般。

——和也，這是怎麼回事？這到底是怎麼一回事呢？

反倒是爸爸看起來比較慌張，真的是太沒用了。喪失記憶的又不是他。我牽著薄井老師的手，帶他到牆邊讓他坐下來。

——今天我和爸爸要來上薄井老師的課喔。

我去薄井老師老家的那一天，老師和老師的媽媽對我說明了一切。因為事故的關係，海馬迴失去了一半，因此在事故發生之後，每天的記憶在經過二十個小時又十五分鐘之後就會全部消失，醫院的醫生毫無感情淡淡地說明這一切。

老師在事故中頭部撞上了護欄，傷到了大腦，並且讓海馬迴接受二十個小時又十五分鐘的記憶之後，便會全部洗掉。

在老師的大腦中，已經無法再累積新的記憶了，這樣的狀況除了理所當然無法再當老師了之外，要回到社會研判應該也不可能了。每天老師的媽媽都得要跟他說明因事故而造成記憶障礙的經過。薄井老師的每一天，都是從接受這個事實開始。對此，老師並沒有太過震驚的表現，而是接受了自己的狀態，並將每天所做的事情都記錄在白紙或是便條紙上。老師的媽媽說，從那之後老師一直在房間裡生活，足不出戶。

在老師的媽媽說明一切的時候，我注意到薄井老師的脖子上有一道傷痕，那是脖子被勒過的痕跡，是他的媽媽嗎？還是他的爸爸？應該是想趁著薄井老師睡覺的時候，結束他的性命。不是要殺死他，而是一種幫他終結一切的溫柔。

延伸與持續，每天都持續過著毫無貢獻的日子，老師，以及老師的爸媽，持續著完全沒有任何一丁點幸福感的每一天。如同節拍器一般平淡而沒有任何趣味地持續著。已經沒有任何可能性，前方只有絕望而已，所以老師的媽媽或是爸爸才會想要動手終止這一切吧，讓老師的節拍器能夠停下來。

薄井老師在媽媽的面前露出了笑容，溫柔地問道：

——你不覺得我能這樣活著是一件幸福的事情嗎？

聽到這句話之後，老師的媽媽便默默地走出了房間。

以前我曾經問過薄井老師。

——家庭到底是什麼？血緣關係到底有什麼意義？

這個問題讓薄井老師很難得地直視著我的眼睛，他回答道：

——關於這個問題，我是這麼想的。所謂的夫妻，兩人之間並沒有血緣關係，但卻是名符其實的家人。以夫妻為名的家人。不同的地方在哪裡呢？因為夫妻是透過法律而結合的嗎？不是這樣吧？當對方的存在已經比自己還要重要的時候，這樣的關係難道稱不上是家人嗎？彼此都認定對方是自己生命中最重要的人時，難道不能變成是家人嗎？

若是如此，那麼為什麼薄井老師的父母親會想要掐死他呢？這是因為考量到小孩的幸福嗎？如果是家人的話，或許會這麼做，但是，真的是如此嗎？說不定，是因為考量到自己的人生，所以才會想要殺死老師吧？到底實情是什麼呢？如果是家人的話，就會去思考小孩的幸福，但是如果沒有這麼做的話，就不再是家人了。

若是如此，那老師可以說是沒有避風港了，為我創造了一個避風港的老師，如今卻無處可躲，一想至此，我就覺得老師真的好可憐，我真的好愛老師，這是我第二次如此強烈地感受到對他的愛。

在我把名片遞給爸爸的那一天，我看到自己的名片被隨意地放在桌上時，我心中想的是我真的很愛爸爸。我一直都是如此愛著爸爸，而我也終於意識到自己原來如此深愛著爸爸。我明白一直近在身旁的東西也會變遠、也會消失，所以我希望爸爸也能感受到我對他的愛。在愛裡頭還混雜著悲傷與難過之類的情感，我也想讓爸爸知道。

所以，在老師的媽媽離開之後，我再也忍不住上前擁抱了老師，並且把我的脣貼上老師的脣。老師，我流下了眼淚，甚至哭出了聲音，是因為開心嗎？是因為不甘心嗎？還是因為寂寞呢？老師也像我一樣流著淚，他還愛著我，真的好可憐啊。每天都反覆過著從零開始的生活，每天都以理解整個事件當作起點。

薄井老師邊擦著眼淚邊對我說：

——明天，我就不記得自己發生過哪些事了。和也你也要卯足全力地度過每一天啊。

這就是真相。老師每天的記憶都會消失不見，所以說出了肺腑之言。不只要努力過活，更要卯足全力去度過每一天，這才厲害。每個人都是得過且過地活著，在某些里程碑的階段會卯足全力，然而絕大部分都不是如此。薄井老師的話讓我想了很多，人生的道路上會發生些什麼事誰都不知道，所以每天都必須要卯足全力才對。因此我決定了，我要全力去過我的人生，並且我要和老師一起拚盡全力創造我們活著的回憶。

——和也，The Name，你還有在計畫嗎？想傳達給你父親的想法，已經都消化了嗎？

薄井老師的話讓我想起來了。自從失去薄井老師之後，失去了避風港之後，因為失去的不安太過強烈，以至於我忘記了The Name的計畫。但是，薄井老師的話讓我對爸爸的情緒，以及The Name這個遊戲的計畫，全都從記憶細胞中喚醒，一股衝動讓我忍不住說道：

——老師，我們來執行The Name吧！不是光想而已，真的動手做吧！

我寫下筆記讓老師每天可以閱讀，包括和老師說過的話，以及我們一起決定的事情，全都寫下來。老師每天醒來就是先看這些筆記，把一切全都塞進海馬迴裡。我一邊進行The Name計畫的布局，同時每周一次到老師的家裡去更新一次筆記。這麼做就好像在替老師的大腦寫下記憶，讓我感到很開心。我和大木小姐、木山先生、松永先生、山本小姐等人碰了好幾次面，把我的計畫全盤跟他們說明。真的很厲害，當我說要施行The Name這個遊戲計畫時，每個人都完全沒有任何猶豫，也不會感到害怕。於是我了解到當大人失去了最重要的東西時，就會有所覺悟。

然後，這一天總算到來。對著身為機智問答節目製作人的爸爸，提出ＴｈｅＮａｍｅ遊戲的這一天。在爸爸回家之前，老師一邊把我的手銬在固定於牆面的手銬上，一邊說道：

——今天在ＴｈｅＮａｍｅ進行的過程中，我會替你和你爸爸上一堂課。

老師在聆聽大木小姐、木山先生、松永先生、山本小姐等人訴說爸爸對他們所做的事情，以及對爸爸的想法時，完全沒有一絲同情，他想要將這些人當作教材，為我和爸爸上一堂課。

二十個小時又十五分鐘的記憶消失了之後，老師抱著膝蓋坐在地上直直看著我。時間差不多了，是該替ＴｈｅＮａｍｅ畫下句點了。爸爸也一直盯著我看。對於我接下來要說些什麼，爸爸顯得不安且無助。不過，爸爸也沒有怒吼著叫我停止這一切的勇氣。如果是以前的爸爸應該就會有不同的表現，我想這就是現在我和爸爸之間的距離。

——和也，你到底想要做什麼？好好說明一下你想做的事情。

——這一切是為了讓爸爸和老師碰個面，我想要你們見一下彼此。另外還有一個重點。我要將今天最重要的目的告訴他。

——我想要在爸爸的面前，停下老師的節拍器。

爸爸的表情看來是一臉茫然，不過，現在最後一道題目要登場了，出題的人是我，答題者是爸爸和老師。

——大象及藍鯨的故事。爸爸，以前你常講這個故事給我聽對吧？老師也知道這個故事吧？關於在森林裡游蕩最後變成僅剩的大象這樣的故事。

當我開始說起這個故事的時候，老師的臉上慢慢地浮現了溫柔的笑容。

——那隻孤單的大象，說不定並不是因為伙伴們都死光了，而是自己遠離了伙伴。大象是會變的，所以我覺得或許它是因為離開了伙伴，所以才會落單。

——很有趣的解釋。

薄井老師喃喃地說。

——但是，能夠理解大象的變化的，並不是它的家人，不是大象。

接下來我要讓老師的夢想成真，如此一來我就可以完成另一件期待的事情。

今後爸爸會怎麼做呢？爸爸會變得如何呢？爸爸會如何看待我呢？爸爸和我的距離會拉得多遠呢？從今以後，爸爸還會為我打造避風港嗎？就讓爸爸試試看吧。老師，謝謝你，因為你的關係，讓我變得更堅強了。現在就來試試看吧，爸爸和我到底是不是一家人。

——我要出題目給爸爸和老師了，所以老師，大象和藍鯨的故事你清楚嗎？

薄井老師緩緩地站起身來，一臉愉悅地開始說道：

——華特森看到了在面海的懸崖上站著一頭巨大的母象，這頭母象失去了伙伴，獨自來到了這片懸崖。它非來這裡不可。這頭象並不是平白無故來到這座懸崖的。它來這邊是為了要和誰碰面呢？

過了不久，象的眼前這片廣闊無邊的海，突然有個龐然大物衝出了海平面。沒錯，浮出水面的正是一頭巨大的藍鯨。藍鯨朝著大象游去，掀起萬丈波瀾。

大象跟藍鯨是偶然在這邊相遇的嗎？當然不是！據說大象跟藍鯨可以用人類聽不到的低周波頻率互相溝通。沒錯！想必是這頭失去同伴的大象，把大海中唯一的一頭藍鯨喚來的吧。懸崖上的大象，一定有很多話想要跟漂浮在海中的藍鯨說。雙方都擁有聰明而碩大的腦袋，以及長長的壽命，活在這個世界上會伴隨著多少痛苦，能夠了解並共享箇中滋味的伙伴，也只有彼此了。心意相通的大象和藍鯨。但是大象和藍鯨並沒有陪在彼此身邊一起離開……仍舊守著各自的孤寂。拚命用別的方式將寂寞的感覺告訴對方……這一對寂寞的伙伴……大象與藍鯨。

老師的右手拿著遙控器。這個遙控器原本就是用來操控繫在我脖子上的炸彈。我慢慢地將遙控器從老師的手上拿走，並且慢慢地取下圍在老師脖子上的彩色圍巾。在他的脖子上繫著裝有炸彈的裝置，這是真的炸彈。

這是老師所添加上去的最後一幕。

——老師，謝謝你。今後我會和爸爸再一次好好地面對彼此的，所以，我的問題是……

我看著爸爸和老師，提出我的題目。

——爸爸是大象，那麼老師是？

薄井老師對著爸爸露出了大大的笑容並回答道：

——藍鯨。

我使出渾身的力量吼叫了一聲，並且慢慢地，按下了搖控器上的按鈕。

Continue

薄井老師。

老師，好久不見了，我是和也。

已經十一年沒見到你了，從那之後，老師就這樣活了十一年，真的辛苦你了，可以這麼說吧？

我現在二十八歲了。

老師的爸爸打探了我的下落，並特意將老師因為腦栓塞而過世的事情寫在信裡寄給了我。這個家我也已經十一年沒有踏進來過了。為了讓爸爸，也就是我的父親，玩ＴｈｅＮａｍｅ這個遊戲，我把老師帶到這個家裡來，從那之後我就沒再進來過了。已經過了十一年了，但是這房子裡的一切卻全都沒有改變。

老師的遺照用的是擔任教師時候的照片吧，臉上一點笑容都沒有。據說老師完全沒有留下任何露出笑容的照片。真有老師的風格啊。

在進入房間之後，老師的爸爸和媽媽就主動離席了，所以現在房間裡只剩下我和老師兩個人。

現在，我就這樣看著老師的照片，自己一個人隨意說著話。不論我說了些什麼，照片裡的老師仍舊沒有露出笑容，當然也沒有任何回應，真像那時候在生物教室的情景啊。就是老師還不會看著我的眼睛跟我說話的那時候。

那一天，那個時候，我按下了搖控器上的按鈕，引爆老師脖子上的炸彈時……結果什麼都沒發生。

不管按了幾次都沒有任何反應。我和爸爸不約而同癱軟在地。

接著，我的眼裡淌出了大量的眼淚，完全停不下來。

記憶已經重設的老師朝著我走過來，並且問我「和也，你為什麼在哭呢？」

我為什麼會哭呢？為什麼眼淚會不斷冒出來呢？直到如今我依舊無法理解。

老師一臉不可思議地看著不斷哭泣的我，而我的父親，我的爸爸，就這樣抱住了我。

這就是Ｔｈｅ　Ｎａｍｅ這個遊戲最後一幕的畫面。

老師和我一起創造出來的名片遊戲最後的一幕，跟我的想像完全不同。負責製作炸彈的是老師，所以結局老師是可以修改的，但我沒想到會是這樣的結果。說不定，老師是想要透過這個遊戲來彌平我和爸爸之間的代溝吧，真是曲折的方式啊。

老師，我現在在自己創立的公司工作，那是我和大學的朋友一起創立的公司，今年已經邁入第六年了，我們公司主要的業務就是設計網路上的動畫。

我是公司的社長，社員只有三個人，是一間很小的公司。一開始的三年大家都是用打工的方式一邊努力，好不容易到了去年總算有些雛形出來了。

但是我們可以說還完全上不了檯面。跟資金龐大的公司比起來，我們實在太渺小了，要爭取到一個案子都非常困難。

我在那一天，變得一無所有了。這是老師帶給我的，也是老師害的。我就此一無所有。

在那個遊戲之前，我覺得自己很不幸。我把一切都怪罪在爸爸的身上，並藉以當作是生存的力量，真像個小孩子一樣。

爸爸在那時候自己任意地挑選了那樣的環境，我的人生拜爸爸所賜變成如今這副模樣，於是我做了最糟糕的選擇，決定要把父親的人生也捲進來。

然而，老師脖子上的裝置卻沒有引爆。

所以我變得一無所有，和老師的記憶一起重新設定了。在那一天的那個時間點，徹底消失。

隔天，我在家接到了老師寫給我的信，我嚇了一大跳。

為了要施行Ｔｈｅ　Ｎａｍｅ遊戲，我們要一起到爸爸的家去，出發之前老師說「請給我三十分鐘的時間」，然後便在餐廳寫起了信，寫完之後還投到郵筒裡去。那時候我還不知道那封信是寫給我的。

那封信的一字一句，都在強化我的記憶細胞。

【和也

我剛剛請你讓我離開三十分鐘，好來寫這封信給你。

首先，我要先向你道歉。

經過二十個小時又十五分鐘，在我的記憶重設之前，這個遊戲的結局是不是和你所想像的不太一樣？

我應該還活在這個世界上吧，儘管二十個小時又十五分鐘的記憶全都消失了，連寫這封信的記憶也消失了，但還活著對吧。

但是，就算我還活著，我們最好不要再見面了，再也不要見面了。這樣最好。

經過這場遊戲，在結局降臨之前，你應該變得一無所有了對吧。

一無所有，也就是說，你自由了。

自由並不是一件可怕的事情，然而自由也不是一件可以創造出來的事情。

我今後會繼續活著，並且不再與你見面。

應該會變得足不出戶吧我想。

如果沒有爸爸和媽媽的照顧，我想我也沒辦法繼續活下去。

我想我應該會過著每天重設記憶，讀著自己寫的筆記，了解自己的狀況之後思考著同樣的事情。

今天我也想過要自己了斷生命。

但是，我想就把我自己今後的人生交付給爸爸和媽媽吧。交給讓我誕生在這個世界上的爸爸和媽媽。

我知道我一定會帶給他們許多困擾。

說不定他們也會覺得我死了會比較輕鬆。

然而，在和你一起寫下The Name的腳本之後，我的心情就為之改變了。

我沒有辦法自己一個人生存下去。

但無論如何那也是我的人生。

所以我覺得就試著交付給我的爸媽試試看吧。

和也，在接下來的日子裡，我會每天起床就閱讀筆記，充分理解自己的狀況之後，便開始想像和也你過得怎麼樣。

這樣的人生也是有其樂趣的，不算太糟糕。或許有人會認為像我這樣的人生很不幸，但只要我本人覺得其實還不賴的話，那應該也可以稱得上是幸福吧。

和也，謝謝你這兩年以來跟我一起生活。

那麼，接下來要開始玩The Name了。

那麼，我們出發吧。我不會害怕。】

就像信中所寫到的，我真的變得一無所有了。

想要傳達給爸爸的想法也消失了……不過更重要的是，爸爸就像是神隱了一般，突然之間就從我的眼前消失不見了。

我和老師也沒有再碰過面。

一無所有。

的確，我變得自由了。自由啊。

那天之後，我再也沒有見過父親。

在那之後父親提出調動現職的申請，就此退出節目製作的領域。

父親離開「全民大猜謎！祕辛搜查員出動！」這個節目之後，所參與的節目似乎越來越無聊，收視率不斷下滑，撐了兩年終於結束了他的電視台生涯。

在製作節目的過程中，父親應該惹毛了不少人，也有很多人對他懷抱著恨意，但當他離開之後，節目的內容卻反而變得有趣起來。

父親那時候充滿攻擊性的內容，似乎慢慢變得平淡無奇。

在我聽到這樣的評語時，我內心想的是父親在製作節目時想必拚上全力在戰鬥吧。

讓節目內容變得有趣，並藉此提升收視率，但在這個過程中就會從周遭的人身上奪走些什麼。

為了自己的勝利而帶給他人不幸。

在拚出全力來戰鬥的時候，父親或許會變成他人恐懼的來源，越變越糟糕。

老師對我說的話，你還記得嗎？

人們是期待和平的，然而一旦和平真的降臨，是不會產生任何價值的喔。

因為期待著和平，所以才會催生出好聽的歌、好看的故事，以及美麗的畫作。

在父親離開後，變得和平的「全民大猜謎！祕辛搜查員出動！」或許也是有同樣的狀況。

我為父親打造了Ｔｈｅ Ｎａｍｅ遊戲，讓父親就此離開製作節目的工作，然後就連節目也都沒了。

每個禮拜都有人在期待著「全民大猜謎！祕辛搜查員出動！」，但我卻粉碎了這些人的期待。

從那一天到現在雖然不曾再見面，但是父親每個月都會寫信寄給我。

十一年之間每個月都會寫，已經有一百三十封以上。

但是，我一封都沒有拆開來看。雖然都有收起來，但我沒有勇氣打開來看。實在感到太害怕了。

老師從那之後的十一年之間一直好好活著。

應該每天都有在想像我現在的樣子吧。

現在，我已經長大了，創立了一間公司，每天辛苦工作著。但是因為公司真的很小，所以經常都拉不到客人。

就算把名片遞給對方了，結果名片還是會就這樣被放在桌子上，這種事情還不只發生過一次。儘管碰面好幾次了，但是仍舊記不起我名字的人也是很多。

在那樣的情況下，我就會想起那一天所進行的ＴｈｅＮａｍｅ遊戲；想起那個時候老師所說的話。

老師對哈里奇利便當的大木真小姐所說的話。

「要在事業上、工作上取得領先，光靠實力是不夠的。聰明，以及狡猾也是必要的。」「因為夠狡猾而得到勝利的人，遭到落敗的人責怪，也只是因為單純的忌妒罷了。」

有一次有個透過介紹的工作，那時我才知道原來競爭對手在接待客戶代表時安排了女人，當下我的想法是：「太狡猾了吧！」但老師的話就立刻浮上我的腦海。所以我就對著自己說：

「你還不夠資格當一個成功者啊。」

老師對Q企劃的木山光先生所說的話。

他說「就像每個人都有適合的衣服尺寸，可以找到尺寸適合自己的夢想，說起來也是一種才能。」

這句話的意涵我每天都有感受到。在我創立公司的時候，和伙伴一起討論未來的夢想，突然之間這句話就會飄過我眼前。也就是「現在我心中的夢想，尺寸是適合我的嗎？」

老師對NextChange 導播 松永累先生所說的話。

「為了要實現夢想，必須要作出許許多多的犧牲，而這些犧牲會讓開花結果的夢想變成黑色，所以夢想的顏色是黑色的。」

在我的公司剛成立的時候，一開始提供我們工作的是一間出版社。雖然是一間小小的出版社，但是出版社的老闆在聽了我們闡述對未來的夢想所投注的熱情之後，就把工作交給我們了。真的非常感謝他。

在接下來的五年裡，那間出版社都一直將工作交給我們處理，但是去年，資金雄厚的大出版社決定跟我們合作，但是這家大出版社開出的條件是「要和我們合作的話，我們希望你們切斷和其他出版社的往來。」

於是，我捨棄了一開始就把工作交付給我們的小出版社。因為我們對未來懷抱著夢想所以從一開始就將工作交付給我們的支持，我一把撕毀然後丟進垃圾桶。老師，我的夢想已經慢慢慢染黑了，但是，夢想變成黑色真的讓人感到很難受啊。

老師對DASH公司山本司小姐所說的話。

「每個人都需要必要之惡的點數，可以把必要之惡發揮得淋漓盡致的人就能獲得最後的勝利。」

那樣的點數我也擁有對吧。在未來的日子裡，我的夢想會逐漸染黑，同時有一天我也一定會盡其所能地使用必要之惡的點數吧。

那一天，在老師家的時候，老師一邊抹去我的眼淚一邊說道：

「明天，我就不記得自己發生過哪些事了。和也你也要卯足全力地度過每一天啊。」

每天每天都卯足全力去打拚真的很累啊，但是，如果不像這樣每天每天去拚搏，毫不畏懼自己的夢想染黑地去活著的話，那麼夢想的尺寸恐怕就不適合我了。

老師，每天都卯足全力去打拚真的好辛苦，老師所說的最後一句話真的是最嚴苛的了。

跟我一起創立公司的那個大學同學，臉上的表情改變了，思考邏輯也改變了。了解現實面之後，不再有餘裕的心情，感覺已經決定了繪畫工具的顏色。

我啊，不希望自己像那時候的爸爸一樣，不想要在事業上獲得成功。說不定我還會變得比較開心呢。

比起我現在的工作，今後我想我會提出許多二選一的機智問答題目。二擇一選擇題的答案我也會全數了解。我知道哪一個才是正確解答。但是，往那個方向的話就會有人變得悲傷，像這樣的題目就非答對不可。我想這就是所謂的大人吧，這條路是爸爸也曾經經歷過的。

這種二擇一的問題出現的話，那幾位穿著白色睡衣的人一定會浮現在我腦海，包括他們的五官和姓名。

我也會向前挺進嗎？我也會踏上父親曾經走過的同一條路嗎？至少我有在前進，而現在的我已經沒法說出不和父親走同一條路了。

因為，我希望我現在的工作可以獲得成功，所以我才會感到非常難受。

老師在上課的時候曾經說過一席話。有一首國人都非常喜歡的經典名曲，數不清的人因為這首曲子而得到救贖，然而創作者卻是音樂家在注射了興奮劑之後才創作出來的，你會怎麼想呢？

老師認為，就算是創作者注射了興奮劑，如果曲子真的有拯救人命的價值，那麼只要永遠都隱瞞著別讓這世界的所有人發現就好了。

老師，那時候你真的是這麼想的嗎？那是老師真正發自內心的答案嗎？

那個時候其實我有想過。我的想法是，如果可以的話在創作的時候最好不要注射興奮劑，但我並沒有把這樣的想法說出來。

然而，現在呢，現在我就不那麼確定了。

我啊，直到聽聞老師的死訊之前，都還會不時想著可不可以讓老師的病被醫治好，然後再次出現在我的面前對我說說話，我希望他能對我說：「不要緊的，不用那麼勉強自己。」

在「全民大猜謎！祕辛搜查員出動！」剛開始播出的時候，爸爸也是為了拚生存卯足了全力吧。

老師一定非常了解這一點，而老師自己也是一邊被染黑一邊死命掙扎，為了生存全力以赴吧。

然而，如今想要聽到老師說出如此溫柔的話語，可能性已經是零了。

因此，我今天下了一個決定。

剛剛我抵達老師的老家時，跟老師的父親打了聲招呼。

這是我第一次與老師的父親碰面，他對我深深低下了頭，說了句「真的很謝謝你」。接著在進入房間之前，他對我說了一番話。

老師在這個房間裡生活了十一年之久，期間完全無法踏出房間一步，並且必須接受父母親的照顧才能夠好好活著度過每一天。最後他罹患了腦栓塞被送到了醫院。

——我的兒子進入加護病房，徘徊在生與死之間時，你覺得他都在想些什麼呢？

老師的父親問了我這個問題。

這樣的事情我不知道想像了多少次，值得期待的事情終究發生了，或者是老師因為重大疾病而過世了，諸如此類的想像。但是當老師被送進了加護病房，面臨到生與死的關卡時，我發自內心的想法是：

——好想要幫助老師，好希望老師能夠好好地活下去。

對於自己有這樣的想法我是覺得有點不可思議，但是在完全無法伸出援手的狀況下讓老師就這麼死去，我多少覺得「心有不甘」。為什麼會有這樣的想法，對此我思考了很多，而我得出的答案是：

——因為我們是父子，所以才會如此。

老師，接下來我會去找我的爸爸、我的父親。

並且，我會將我的名片遞給他，我自己公司的名片。

AYUZAK 機構 CEO 神田和也

老師，那麼我出發了。

終

逆思流

記不起 THE NAME GAME

（原名：名刺ゲーム）

作者／鈴木收
譯者／李喬智
發行人／黃鎮隆
協理／陳君平
總編輯／洪琇菁
國際版權／林孟璇
執行編輯／呂尚燁
美術主編／陳又荻
企劃宣傳／邱小祐
出版／城邦文化事業股份有限公司　尖端出版
台北市中山區民生東路二段一四一號十樓
電話：(〇二)二五〇〇七六〇〇　傳真：(〇二)二五〇〇二六八三
E-mail：7novels@mail2.spp.com.tw
發行／英屬蓋曼群島商家庭傳媒股份有限公司城邦分公司　尖端出版
台北市中山區民生東路二段一四一號十樓
電話：（〇二）二五〇〇—七六〇〇（代表號）
傳真：（〇二）二五〇〇—一九七九
北部經銷／祥友圖書有限公司
電話：（〇二）八五一二—三八五一
傳真：（〇二）八五一二—四二五五
中部經銷／高見文化行銷股份有限公司
電話：〇八〇〇—〇五五—三六五
傳真：（〇二）二六六八—六二二〇
雲嘉經銷／智豐圖書股份有限公司　嘉義公司
電話：（〇五）二三三—三八五二
傳真：（〇五）二三三—三八六三
南部經銷／智豐圖書股份有限公司　高雄公司
電話：（〇七）三七三—〇〇七九
傳真：（〇七）三七三—〇〇八七
一代匯集／香港九龍旺角塘尾道六十四號龍駒企業大廈十樓B&D室
電話：（八五二）二七八三—八一〇二
傳真：（八五二）二七八二—一五二九
馬新總經銷／城邦（馬新）出版集團　Cite(M)Sdn.Bhd.
E-mail：Cite@cite.com.my
大眾書局（新加坡）　POPULAR(Singapore)
E-mail：feedback@popularworld.com
大眾書局（馬來西亞）　POPULAR(Malaysia)
E-mail：popularmalaysia@popularworld.com
法律顧問／王子文律師　元禾法律事務所
台北市羅斯福路三段三十七號十五樓
二〇一六年十二月一版一刷

■中文版■

郵購注意事項：
1. 填妥劃撥單資料：帳號：50003021戶名：英屬蓋曼群島商家庭傳媒(股)公司城邦分公司。2. 通信欄內註明訂購書名與冊數。3. 劃撥金額低於500元，請加附掛號郵資50元。如劃撥日起 10～14日，仍未收到書時，請洽劃撥組。劃撥專線TEL：(03) 312-4212 ・ FAX：(03) 322-4621。E-mail：marketing@spp.com.tw

國家圖書館出版品預行編目資料

記不起 THE NAME GAME / 鈴木收著 ; 李喬智譯 . --初版.
--臺北市：尖端出版, 2016.12
面 ; 公分. --(嬉文化)
譯自：名刺ゲーム
ISBN 978-957-10-7025-4(平裝)

861.57　　105018818